イメージで読み解くフランス文学

イメージで読み解くフランス文学

――近代小説とジェンダー

村田京子

水声社

イメージで読み解くフランス文学　◉目次◉

はじめに

周知のように、ジェンダー（gender）という言葉は、生物学的な性（sex オス・メス：生殖機能など肉体的な器官の違い）ではなく、文化的・社会的・心理的な男女の性のあり方をさす用語として使われている。それゆえ、ジェンダーは社会や文化によって左右され、歴史の展開に対応して変化するものでもある。例えば、一昔前の日本では「一人前の男ならば妻子を養わねばならない」、「女は子どもを養育し、家事をしなければならない」といった社会的通念が浸透していた。または「男はタフでなければいけない」、「女は優しくなければいけない」とされ、「男は知性、女は感性」といった「男らしさ」「女らしさ」に対する決めつけがなされてきた。しかし、男女共同参画が推進される現在では、こうした考えも少しずつ変化している。テレビのドラマやコマーシャルでも、社会で活躍する女性の姿が描かれる一方で、料理や洗濯、育児をする男性が登場している。

しかしながら、子どもを産む身体機能を持つ女性は、ともすれば、子どもを産み、育児や家事に従事することが社会的役割とされ、家庭という「私的空間」に属するとみなされがちである。それに対して男性は「公的空間」（政治・社会・経済的領域）を独占し、肉体的・知的レヴェル両面において女性を劣った存在とみなす男性優位の父権制社会が形成されてきた。こうした女性差別は昔から存在していたが、ヨーロッパでは、産業革命が進展して資本主義体制が確立した一九世紀社会──すなわち、現代の私たちが生きる資本主義社会のルーツ──において明確になる。いわゆる「専業主婦」という観念が生まれたのも、この時期である。

フランスにおいて革命前のアンシャン・レジーム下では、貴族階級は男も女も職業を持たず、社交生活に明け暮れていた。女性も公的人格を持っていて、子どもは乳母や養育係、家庭教師が育てるものであった。それに対して、母親に母乳で子どもを育てるよう推奨したのが、ジャン＝ジャック・ルソーである。一方、市民階級（ブルジョワ階級）や農民は夫婦共働きであった。ところが一九世紀になって、家内産業から大規模な工場生産に移行するにつれ、夫は外に働きに出て妻は家庭に残り、家事や子育てに専念するという性別役割分業が確立する。それに伴い、妻を働かさないで「専業主婦」にすることがブルジョワ男性のステータスとなる。

服装に関しても、アンシャン・レジーム下の貴族は女性だけではなく男性も、羽飾りや刺繡のついた華やかで色鮮やかな衣装を身に纏っていた（ルイ一四世が赤いハイヒールを履いていたのは有名である）。ところが一九世紀のブルジョワ社会では、男性は黒っぽい上着に長ズボンという今の日本のサラリーマンが着用しているような地味なスーツを着て、妻に高価な衣装、宝石などを身につけさせるようになる。要するに、美しい妻を持ち、高価な衣装を着せることが男の甲斐性であり、男の理想となる。一方、良妻賢母が女の理想像であった。

ところで、文学作品は、時代を超越した普遍的な価値観を担うと同時に、作品が生み出された社会におけるジェンダー観を色濃く反映している。とりわけ、「近代小説の祖」とみなされるバルザックが登場してからは、なおさらである。バルザックの小説大系『人間喜劇』（約九〇編）は、フランス社会のあらゆる階級・職業・年齢の二五〇〇人以上の人物を登場させ、フランス各地を物語の舞台としている。そしてバルザック自身、『人間喜劇総序』の中で「戸籍簿と張り合う」と宣言して、自らを歴史の「秘書」とみなしているのだ。文学史において彼は「レアリスムの祖」と目されているように、現実をありのままに描いたバルザックの作品は、一九世紀当時の社会の風習、思想、ジェンダー観を忠実に反映していると考えられる。それはバルザックに留まらず、一九世紀の多くの作家に当てはまる。したがって、本書では「近代小説」をジェンダーの視点から分析していきたい。

また、芸術小説、芸術家小説を多く生み出したのも、一九世紀の作家たちである。というのも、小説の中で絵画や彫像に言及したり、登場人物を絵画の人物像に喩えたりするには、「芸術の大衆化」が必要であったからだ。すなわち、ルーヴル美術館の一般開放や、サロン（官展）への一般参加が認められるようになるのは、フランス革命後であり、革命後に経済的覇権を確立したプチブルジョワたちが文化的教養を求めてサロンに殺到するようになる。また、複製画やリトグラフ（石版画）の普及によって、小説の読者である一般大衆にとって、絵画が身近なものとなった。さらに、一九世紀は詩人や作家と画家、彫刻家、音楽家など芸術家たちとの連帯が深まった時代で、テオフィル・ゴーティエが美術評を書き、エミール・ゾラが印象派を擁護する論陣を張るなど、文学と造形芸術が密接に関わるようになる。

それゆえ、本書では一九世紀フランス文学を、作品と関連のある絵画や彫像などのイメージを媒介にして、ジェンダーの視点で読み解いていく。さらに本書の特徴は、一九世紀に覇権を握ったブルジョワ階級の父権的な価値観に基づく「女らしさ」「男らしさ」の範疇から外れる人物に焦点を絞って、作品を分析していることにある。こうした人物がどのような点で「女らしさ」「男らしさ」に欠けるのかを検証することで、当時のジェンダー観をより一層、浮き彫りにすることができよう。

第一章では、スタール夫人の『コリンヌ』を取り上げ、男の領域とされる「公的空間」で華々しく天分を発揮した女性詩人が、いかに悲劇的な末路を遂げるのか、その過程を絵画・彫像などのイメージを通して探っていく。第二章では、男を破滅させる「宿命の女」像を、「宿命の女」を描いた絵画を参照しながら、一九世紀前半のバルザックの作品において検証する。第三章では、ゾラの『ナナ』を取り上げ、一九世紀後半の第二帝政期における危険な娼婦像を、印象派のマネの絵画などと関連づけて分析する。第四章では、同じくゾラの『獲物の分け前』を取り上げ、娼婦のナナと対極をなす社交界の女王、ルネの身体がいかに男たちに搾取されていくのか、当時のモードを反映したファッション・プレートや絵画を通じて見ていく。

第一章から第四章までで取り上げる女性たちは、それぞれ社会的身分や立場が異なるものの、ブルジョワ的な道徳観に基づく「女らしさ」の範疇から外れた存在で、皆同様に社会から疎外されていく。その過程を検証することで、彼女たちのどのような性質が危険視され、排除の対象となったのか、明らかにしていきたい。第五章では、第四章までとは逆に、「男らしさ」の範疇に当てはまらない、両性具有的な男性を取り上げる。そして、彼らがどのように描かれ、どのように「男らしさの危機」と関連しているのか、ロマン主義文学から自然主義文学にかけて探っていく。

こうした分析作業を通じて、一九世紀フランスに限らず、現代の日本にも通じる「女らしさ」「男らしさ」の観念への問題提起を行っていきたい。また、絵画・彫像などイメージを介することで、文学作品の読解に新たな視野が広がることを期待している。

第一章　天才的な女性詩人の悲劇——スタール夫人『コリンヌ』

スタール夫人の『コリンヌ』（一八〇七）は、前作の『デルフィーヌ』（一八〇二）と同様に、優れた女性の悲劇的な運命を扱っていると同時に、作者自身が「旅行小説」「イタリアに関する小説」と呼び[1]、正式のタイトルが『コリンヌまたはイタリア』であるように、イタリアは物語の単なる背景ではなく、一つの大きな主題を構成している。

スタール夫人は、一八〇四年二月に亡命先のドイツ、ワイマールで作品の着想を得た後[2]、物語の舞台をイタリアに定め、一八〇四年一二月から翌年六月にかけてトリノ、ミラノ、パルマ、ボローニャ、アンコーナ、ローマ、ナポリ、フィレンツェ、ヴェネツィアを巡った。彼女はそこで名所旧跡や美術館を訪れたばかりか、当地の名士や文学者、芸術家たちとも交流し、克明なメモを取った。それに基づいて書いたのが『コリンヌ』である。それゆえ、この小説は、スコットランド貴族オズワルド・ネルヴィル卿が「美しきイタリア」の象徴と呼ばれるコリンヌに導かれて、ローマからナポリ、ヴェネツィア、フィレンツェと、イタリア各地を訪れる旅物語で、その内容は町並や自然、建築物、芸術作品の紹介だけではなく、イタリア人気質、イタリア文学や演劇に関する考察も含めた広範な領域にわたっている。

物語の冒頭では、秩序と規律を重んじる独立した国家イギリスから来たオズワルドにとって、何世紀にもわたって他国の支配下にあるイタリアは退廃の極みであり、何の魅力も持っていなかった。しかし、コリンヌによって次第に想像力を掻き立てられ、イタリアの美しさに開眼していく。とりわけローマのヴァティカン美術館やフィレンツェのウフィツィ美術館、コリンヌのローマの屋敷やティヴォリの別荘にある絵画や彫像の描写に多くの頁数が割かれている。それはガイドブックや解説書のような客観的な記述ではなく、登場人物の眼を通したものである。さらに登場人物のポルトレ（人物描写）にも絵画・彫像が援用され、オズワルドの亡き父親の肖像画が父の代理的存在となるなど、この物語において、絵画・彫像が果たす役割は大きい。シモーヌ・バレイエの言葉を借りれば、「絵画と彫像は主人公を象徴し、謎めいた鏡のように密かに出来事を映し出している」[3]。本章では、絵画・彫像を通してスタール夫人の小説を読み解いていきたい。

女の登場人物のポルトレ

女主人公コリンヌが物語に初めて登場するのは、天才的な即興詩人として、ローマのカピトリーノの丘で元老院から桂冠を授けられる儀式の場面においてである。ローマ中の熱狂した人々が彼女を待ち構える様子が次のように描かれている。

とうとうコリンヌの車をひく四頭の白馬が群衆の中に現れた。コリンヌは古代風の車の上に座り、白衣の少女たちがその横を歩いていた。彼女が通る至る所で、空中に香水がふんだんに振りまかれていた。彼女を一目見ようとそれぞれ窓に身を乗り出し、窓の外側は花鉢と緋色の絨毯で飾られていた。皆が叫んでいた。「コリンヌ万歳！」「天才万歳！」「美女万歳！」

こうした熱狂的な雰囲気の中で、コリンヌが華々しく登場する。

彼女はドメニキーノのシビュラのように装い、頭にはインドのショールが巻かれ、極めて美しい黒髪がそのショールに入り混じっていた。ドレスは白で、胸の下で青いドレープが結ばれていた。彼女の衣装は一風変わっている（pittoresque）とはいえ、わざとらしさをそこに見出せるほど、普通の装い方から外れているわけではなかった。[4]

ドメニキーノは、一七世紀イタリア・バロック期の画家で、シビュラ［神から霊感を授けられ、予言能力を持つとされる一〇人程度の古代の女性たちで、デルポイのシビュラ、クマエのシビュラが有名である］[5]を描いた彼の絵《クマエのシビュラ》は四枚存在し、スタール夫人はその全てを見た可能性があるという。[6]そのうち三枚はほとんど同じ色彩、同じ構図の絵（**図1-1**）で、描かれた女性の

図1-1　ドメニキーノ（ドメニコ・ザンピエーリ）《クマエのシビュラ》（1610）

図 1-2　カスパル・ファン・ウィテル《ティヴォリのシビュラの寺院の眺望》(1720 頃)

子どもっぽい丸顔は「あまり悲劇的ではなく、コリンヌにあまり似ていない」[7]として、シモーヌ・バレイエは現在、ロンドンのウォレス・コレクションに収蔵されているシビュラの絵（別図1）をコリンヌのモデルとみなしている。

この絵のシビュラは他の絵とは違い、金髪ではなく黒髪で、「真剣な面持ちで不安げに待っている様子」[8]は、将来の苦しみを漠然と予見しているかのようで、コリンヌのモデルにふさわしい。衣装に関しては、スタール夫人はドメニキーノのシビュラに倣い、頭にターバン、青のドレープに白の衣装をコリンヌに纏わせているが、ピンク地に金糸の模様のある布には言及していない。ともあれ、コリンヌは色彩豊かな衣装を纏った「絵のような（pittoresque）」華やかさに溢れていた。さらに、彼女の腕は「目も醒めるほど美しく」、長身で「ギリシア彫刻のように肉付きが良く、若さと幸福の印が力強く現れていた」。

シビュラは「太陽の熱と美の神。ひいては美術と音楽と詩歌の神」[9]アポロンの巫女である。絵画、音楽、演劇、舞踏とすべての芸術に秀で、霊感に衝き動かされて即興詩を作り出すコリンヌがイタリアの輝く太陽の光の下、誇らかに進んでいく姿は、シビュラそのものであった。彼女の好みの楽器もリラ［古代ギリシア・ローマで用いられた竪琴］であった。シビュラとコリンヌの相関関係はさらに密接で、彼女のティヴォリの別荘はテヴェローネの滝の下に建ち、その真向かいの山の頂にはシビュラの神殿（図1-2）があった。作者は、「シビュラという神の霊感を吹き込まれた女性に捧げられたこの地ほど、イタリアにおいてコリンヌの住まいにふさわしいものがあろうか」と語っている。実際、彼女の亡骸はここに埋葬されることになる。

図 1-3　ラファエロ《パルナッソス》(1509-10)（ヴァティカン宮殿）

図 1-4　《パルナッソス》の一部「抒情詩人たち」。左からアルカイオス，コリンナ，ペトラルカ，アナクレオン。座っているのがサッフォー。

ナポリのミゼーノ岬でコリンヌが即興詩を披露する場面でも、彼女はクマエ山のシビュラの洞窟に触れ、自らの暗い運命を次のように予言している。

神託を下す巫女は残酷な力に揺さぶられるのを感じています。何だかわからない無意識の力が天才を不幸に陥れます。天才は死すべき人の感覚では捉えきれぬ領域の音を聞きつけます。他の人々には未知の感情の神秘に入り込み、その魂に収まりきれない一人の神を秘めることになるのです。

このように、シビュラに喩えられるコリンヌは、キリスト教以前の古代の異教の世界を体現していた。「コリンヌ」という名前も、イギリス貴族エッジャモンド卿の娘であった女主人公が父の名を捨て、自ら選んだ名前で、「ピンダロス〔古代ギリシアの詩人〕の友人で詩人でもあるギリシア女性」コリンナに因んだものであった。ラファエロが描いたヴァティカン宮殿のフレスコ画《パルナッソス》（図1-3）ではコリンナは、画面左下に描かれた抒情詩人のグループ（図1-4）の中で、アルカイオス、ペトラルカに挟まれ、彼らと並ぶ桂冠詩人として描かれている。右下の自分の名を書いた巻物を持っているのが同じく有名な女性詩人サッフォーで、スタール夫人は後に彼女を主人公にした戯曲を書くことになる。

物語始めの、古代の二輪馬車に乗ったコリンヌの勝ち誇った姿は、読者の心に鮮烈な印象を残すが、そこに、作者が密かに込めた政治的な意味合いを読み取ることができる。スタール夫人の自由

図 1-5　ピエール＝ポール・プリュードン《ボナパルトの勝利と平和》（1803）
「平和の女神」と「勝利の女神」の間に立つ，古代風の衣装を纏ったナポレオン。

思想を危険視して彼女を国外追放したナポレオン・ボナパルトは、当時、古代ローマの英雄のイメージで語られることがしばしばであった。[10] 一八〇二年に総裁政府の第一統領として、イギリス政府とアミアンの講和条約を締結したボナパルトは、平和をもたらした共和国の英雄として讃えられていた。新古典主義の画家プリュードンの《ボナパルトの勝利と平和》（図1-5）がそれを如実に物語っている。四頭立ての古代の二輪馬車の中央に立っているのがナポレオンで、勝利を表す月桂樹の冠を被り、古代風の衣装を纏っている。その左横には豊饒の角と果物を手にする「平和の女神」が並び、右横で手綱を取り、翼があるのが「勝利の女神」である。

彫刻家のカノーヴァがナポレオンの注文で作製した彫像《甲冑を脱ぎ、平和をもたらすマルス［ローマ神話の軍神］としてのナポレオン》（図1-6）では、ナポレオンは杖の先に鷲を頂く王杖を左手に握り、右手には勝利の女神ニケが君臨する天球を載せている。平和を象徴するかのように、彼の剣は足元の木の幹に立てかけられたままである。この理想化されたナポレオンの裸体像は、初代ローマ皇帝アウグストゥス像（図1-7）――パクス・ロマーナ（ローマの平和）をもたらした皇帝として有名――に倣ったものだ。実際、ヴァグラムの戦い［一八〇九年のオーストリア軍との戦いで、ナポレオンが勝利した］の後、フランス学士院が彼にアウグストゥスの称号を授与することを申し出たという。[11]

ナポレオンはすでに一七九七年に、ローマ教皇ピウス六世とトレンティーノ講和条約を結び、領土の割譲、多額の賠償金を受け取るだけではなく、ヴァティカン宮殿からラファエロの絵など約一〇〇点の美術品を接収し、ルーヴル美術館に収容していた。さらに彼は、パリを「新たなローマ」[12]

図 1-6　アントニオ・カノーヴァ《甲冑を脱ぎ，平和をもたらすマルスとしてのナポレオン》(1802-06)

図 1-7　初代ローマ皇帝アウグストゥス像

にすべく、古代ローマに倣って、カルーゼルの凱旋門、ヴァンドームの円柱を建設した。彼は最盛期のローマ皇帝のように、絶大な権力の掌握を目指していた。

一方、スタール夫人は、シャトーブリアンがナポレオンを残虐な皇帝ネロに喩えて「ネロが栄えても無駄なこと」[13]と彼を批判したように、ナポレオンをネロと同一視している。『コリンヌ』には、皇帝ネロを弾劾する箇所が幾つも見出せるが、その一例として、ミゼーノ岬でコリンヌが作った即興詩の一節を挙げておこう。

アグリッピーナの墓は、カプリ島の対岸のあの海辺にあります。その墓はネロの死後にやっと建てられました。母親殺しは、母の遺灰まで追放したのです。彼はバイアエに、大罪を犯したその土地に長い間住んでいました。偶然は私たちの眼下に何という怪物を集めたことでしょう！　ティベリウスとネロが向かい合っているのです。

スタール夫人は、「フランス革命の申し子」とみなされたナポレオンが共和主義的な革命精神を踏みにじって皇帝となり、母なる祖国を裏切ったとして、ネロの「母親殺し」に重ね合わせていたのかもしれない。また、ナポレオンによって祖国フランスを追われたスタール夫人自身の気持ちが反映されているようにも思える。こうした観点から見れば、カピトリーノの丘の場面で、プリュードンの絵のナポレオンを彷彿とさせる形で女主人公が登場しているのは、彼女がナポレオンと同等に、またはナポレオンに代わって勝利の冠を授けられるためであったと言えよう。

図1-8　ジャック＝ルイ・ダヴィッド《ナポレオンの聖別式と皇妃ジョゼフィーヌの戴冠式》(1805-08)
ダヴィッドの絵では，教皇ピウス七世に代わって，ナポレオン自らがジョゼフィーヌの戴冠を行っている。それは，ナポレオンの権力を誇示するものであった。

コリンヌの戴冠の儀式に立ち会ったオズワルドは、次のような感想を抱いている。

彼は自国においてしばしば政治家たちが民衆に肩車されて祝福されるのを見たことがあった。しかし、女性に、天賦の才能だけで有名になった女性に敬意が表されるのを見るのは初めてであった。しかも、彼女の勝利の戦車は誰にも悲しみの涙を流させることはなかった。

コリンヌの栄誉は自らの天分によって勝ち取られたもので、ナポレオンのように殺戮に明け暮れる戦争によるものではない。引用傍線部には、スタール夫人の密かなナポレオン批判が透けて見える[14]。ダニエル・ジョンソン＝クーザンが指摘しているように、コリンヌの戴冠式は、ダヴィッドの《ナポレオンの聖別式と皇妃ジョゼフィーヌの戴冠式》[15]（図1-8）が表象する「歴史的・政治的な現実」[16]を反転させるものであった。スタール夫人は、ナポレオンという「軍事的天才」に「詩的天才」コリンヌを対峙させることで、ナポレオンへの挑戦を行ったと言えよう。

さらに、オズワルドが驚いているように、この当時、イギリスでは「女には家庭の務め以外の天職はない」と一般に考えられており、女性が自らの才能を公的空間で披露することは、世間の顰《ひん》蹙《しゅく》を買うことになる。それは、イタリアで育ったコリンヌが母の死後、イギリスの父の屋敷で過ごした六年間、偏狭な道徳感に凝り固まった義母の下で彼女自らが体験したものであった。フランスでも同様である。スタール夫人は『文学論』（一八〇〇）の中で、「フランス革命以降、男たちは女をもっとも愚かしい凡庸さに追いやる方が、政治的にも道徳的にも有用だと考えるようになった[17]」

と語り、次のように続けている。

　フランス人はその妻にイギリス女性の全ての美徳、その引きこもった風習、孤独への好みを与えることができたならば、輝かしい天賦の才能よりもこうした性質を好むようになるだろう。しかし、そこから彼らが得られるのは、何も読まず、何も知らない妻であり、会話の中で興味深い考えも、巧みな表現も、高尚な言葉も全く見出せなくなるだろう。[18]

　このように、スタール夫人は女性に凡庸と沈黙を課す社会を批判し、優れた才能を持つ女性は「並外れた／異常な女性（*une femme extraordinaire*）」[19]として社会から疎外され、「インドのパリア［カースト制度における最下層の不可触民］」[20]のような立場に陥っていると嘆いている。

図1-9　コリッラ・オリンピカ（1727-1800）

　それに対して、イタリアのみが女性の才能を嫉妬や憎悪なしに認め、賛辞を惜しまない国であった。実際、即興詩人コリッラ・オリンピカ（**図1-9**）が、一七七六年にカピトリーノの丘で桂冠を授けられる栄誉に浴している。[21]この当時、強力な統制国家を形成できなかったイタリアは、他国に隷属するという不幸を味わっていた。それゆえ逆説的ながら、社会的束縛がないために、とりわけ女性は個人の自由を享受できたのだ。しかも、政治・軍事活動を奪われたイタリア人にとって、「芸術の栄光のみが許された唯一の栄光」であった。したがって、コリンヌが自らの才能を開花させ、それを十分に発揮できるのはイタリアでしかなかった。しかしながら、イギリスの保守的な道徳感を根強く持つオズワルドとの恋愛によって、彼女の心は引き裂かれることになる。

コリンヌと対極にあるのが、彼女の異母妹ルシールである。彼女のポルトレは次のようなものだ。

彼女の顔つきは極めて繊細で、体つきはすらりとし過ぎるほどであった。というのも、その立ち居振る舞いに少し弱々しさが認められたから。顔色は素晴らしく美しく、一瞬のうちに蒼白になったり赤くなったりした。碧い眼を伏せることがしばしばで、とりわけその顔色の変わりやすさに、彼女の表情が現れた。極度の慎みによって是が非でも隠そうとした心の動きが、知らぬ間に顔色の変化によって表に出ていた。

ルシールは白い肌に碧い眼、「素晴らしく美しい金髪」の華奢な女性で、漆黒の髪に生き生きとした黒い眼、少し日に焼けた肌の、健康に溢れるコリンヌとは正反対の女性であった。ルシールを形容する語は「慎み深さ」「沈黙」「無垢」「天使のような純潔」などである。このように、「純粋無垢」「慎ましさ」を体現するルシールはまさに、家父長的なイギリス社会[22]における「理想の女性」であった。また、コリンヌが「心にしみる繊細な声音」で「華やかで響きのよいイタリア語」の自作の詩を歌い上げ、聴衆に熱狂を吹き込むのに対し、[23] ルシールは「穏やかで弱々しい声」の持ち主で、彼女との会話にはコリンヌとの間で味わう「尽きることのない活気」が欠けていた。オズワルドは「想像力が望みうる全てを超えるコリンヌの天分」と、落ち着いた家庭の幸福を約束する「沈黙と慎み深さの神秘的なヴェール」に包まれたルシールとの間で揺れ動く。しかし彼は結局、後者を結婚相手に選ぶのである。

すでに触れたように、コリンヌは異教の世界に属し、シビュラに喩えられていた。一方、ルシールはキリスト教の世界の女性として、コレッジョの聖母マリアに喩えられている。物語の最後でオズワルドが妻のルシールと幼い娘ジュリエットを伴って、スコットランドからコリンヌのいるフィレンツェに向かう途中、パルマの教会でコレッジョのフレスコ画を見る場面がある。ルシールがフレスコ画を見せるために娘を両腕に抱いたところ、その母子の姿が偶然、絵の聖母子像（図1-10）と同じポーズになる。それを見たオズワルドは両者が酷似していることに

図1-10 アントニオ・アッレグリ・ダ・コレッジョ《階段《スカーラ》の聖母》（1523）

衝撃を受ける。

ルシールの顔はコレッジョが描いた慎ましく優美な理想像にあまりに似ていたので、オズワルドは視線を絵からルシールに、ルシールから絵に何度も往復させた。彼女がそれに気づき、眼を伏せると、さらに驚くほど似てきた。というのも、コレッジョは伏せられた眼にも、天に向けられた眼差しと同じくらい心にしみる表現を与えることができた恐らく唯一の画家であったのだから。眼にかかったヴェールは、考えと感情を全く隠すことなく、さらなる魅力、天上の神秘の魅力を与えている。

このように、ルシールは「慎ましさ」と「優美さ」を体現するコレッジョの聖母像と一体化している。しかも、彼女の「伏せられた眼」は、コリンヌのモデルとなったドメニキーノのシビュラの「天に向けられた眼差し」（**別図1**）と対照をなしている。夫がかつて姉と愛し合っていたことを知ったルシールは、ボローニャでドメニキーノの絵を見た時、絵の前で立ちすくむ夫に対して、「ドメニキーノのシビュラの方が、コレッジョの聖母よりも心に訴えるものがあるのですか」とおずおずと尋ねる。それに対して、オズワルドは次のように答えている。

シビュラはもはや神託を下さない。彼女の天分、才能、全ては終わってしまった。しかし、コレッジョの天使のような女性はその魅力を何も失っていない。一方の女性に多くの苦しみを与えた不幸な男は、もう一人の女性を決して裏切らないだろう。

実際、オズワルドに捨てられた後、コリンヌの詩の才能は枯渇し、彼女は見る影もなくやつれ、生気を失っていた。その変わり様は、カステル＝フォルテ公がオズワルドに見せる二枚の肖像画に反映されている。一枚は、コリンヌがかつて『ロミオとジュリエット』の主人公を演じて拍手喝采を受けた時のもので、「白い衣装」に花と宝石の冠を被り、「その顔は、自信に満ちた幸せな表情で生き生きとしていた」。もう一枚はスコットランドから戻ってきて以来、脱ぐことがなかった「黒い衣装」を着たコリンヌの肖像で、彼女は「死人のように蒼ざめ、眼は半ば閉じ、その長い睫毛は視線を覆い隠し、血の気の失せた頬に翳《かげ》を落としていた」。

このように、スタール夫人は絵画を援用することで、登場人物の身体的・精神的特徴、その心の移り変わりを視覚的なイメージとして読者の想像力に訴えかけている。次に、ローマ、フィレンツェの美術館に収められた美術作品が物語の展開にどのように関わり、どのような象徴的な意味を持っているのか、検証していきたい。

造形芸術の象徴的意味

ローマのヴァティカン美術館でコリンヌがオズワルドを最初に案内するのは、古代ギリシアの神々や英雄たちの彫像が集められた部屋であった。

そこでは最も完璧な美が永遠の眠りについているかのようだ。こうした表情や見事な姿を見つめていると、自らにうっとりしていると、人間に対する神の何ともわからない意図が、神が授けた高貴な面立ちによって表現されていることがわかる。それに見入っていると、魂はアントゥジアスムと美徳に満ちた希望へと高まる。

一八世紀の美術史家ヴィンケルマンの『ギリシア芸術模倣論』（一七五五）の影響を受けたスタール夫人にとって、《ベルヴェデーレのアポロン》（図1-11）のような古代彫刻に見出せる「英雄的な沈着さ」、「力強さの感情」は、「開放的で自由な政治体制」の中でしか発揮できないものであった。その中で、ラオコーン像[24]（図1-12）とニオベ像——ニオベ像については後で詳述する——だけが激しい苦悩を浮かべている。しかし、それは「天の復讐」であって、「人間の心に生じた情念」によるものではない。したがって、「政治的秩序がその機能と調和していた」時代において、彫像にはメランコリー（憂愁）の痕跡はほとんど見当たらず、専ら「心の安らぎ」を表していた。

引用傍線部の「アントゥジアスム（enthousiasme）」はスタール夫人の作品世界の鍵となる言葉で、佐藤夏生によれば、「もともとはギリシア語で預言者の『神がかり』状態を指し、後に詩人の『霊感』を意味するようになった[25]」。それは個人の魂と神との合一を求める神秘主義思想と同質のもので、両者とも「無限に対する感情[26]」から生み出される。したがって、「アントゥジアスム」は「魂の高まり」「高揚感」「熱情」「熱狂」などと訳されるものだ。スタール夫人によれば、芸術家は自

図 1-13 《瀕死のアレクサンドロス大王》（ウフィツィ美術館）

図 1-11 《ベルヴェデーレのアポロン》（ヴァティカン美術館）

図 1-12 《ラオコーン》（ヴァティカン美術館）

由な環境の中ではじめて、神から霊感を受け、その高揚感のうちに優れた作品を生み出す。そして、それを見た者にもアントゥジアスムを引き起こすことになる。

それに対して、ジュスティニアーノ宮殿のアポロンの頭部と《瀕死のアレクサンドロス大王》の頭部（図1-13）は、「夢想に耽り、苦しむ精神状態」を示している。この二つは、ギリシアが隷属状態に陥った時代のもので、すでに「誇り」も「魂の平静さ」も失っていた。語り手は次のように説明している。

もはや外に糧を見出せなくなった思考は自らの内に閉じこもり、内的な感情を分析し、こね回し、掘り下げる。だが、その思考には幸福と、幸福だけがもたらす充実した創造の力はもはや存在しない。

小説のこの部分はコリンヌがオズワルドに解説を行っている場面にあたる。しかしそれは、シビュラとして古代の世界を象徴するコリンヌ自身の心象風景と重なる。すなわち、《ベルヴェデーレのアポロン》が表象する古代の黄金時代にあたるのが、物語冒頭の、カピトリーノの丘でコリンヌが「イタリアの栄光と幸福」を歌う場面である。カステル＝フォルテ公は、彼女の即興の才能を次のように説明している。

彼女の才能は、単に豊かな精神によるものだけではなく、あらゆる高邁な考えが彼女の内に引き起こす深い感動によるものです。それを思い起こさせる言葉を彼女が一言発するたびに必ず、感性と思考の尽きることのない源である高揚《アントウジアスム》感によって、彼女は活気づき、霊感を与えられるのです。

すでに触れたように、コリンヌが自らの才能を発揮できたのは、イタリアという女性に寛容な国で、自由と自立を享受していたからだ。彼女が二番目の即興詩を披露するナポリのミゼーノ岬の場面では、雰囲気は一変する。この時期、コリンヌは愛するオズワルドが保守的なイギリスの道徳や、祖国への義務に縛られて彼女の元を去ってしまうのではないかと懸念し、激しい苦悩に苛まれていた。それゆえ、彼女の詩はメランコリーに満ちた次のようなものであった。

愛、心の至上の力、詩情、偉大さ、宗教心を内に秘める神秘的な魂の高まり《アントウジアスム》！　私たちの魂の秘密を握り、心の生、天上の生を私たちに与えた男性から運命によって引き裂かれる時、一体どうなるのでしょうか。恋人の死や不在によって女が地上で一人だけになると、一体どうなるでしょう。憔悴し、倒れてしまいます。この周囲の岩山は、打ち捨てられた寡婦を冷たく支えなかったでしょうか。かつては恋人の胸に、英雄の腕に支えられていたのに。

このミゼーノ岬の場面に関しては、スタール夫人の親友のレカミエ夫人が、一八一七年に亡くなった夫人に敬意を表して、画家のジェラールに注文した絵（**図1‐14**）が有名である。この絵では、夜闇の迫る夕暮れ時、ヴェスヴィオ山の白い煙が立ち上る暗い背景のもと、竪琴を傍らに置いたまま、不安な様子で空を見上げるコリンヌの姿が描かれている。最前列のオズワルドや他の聴衆も恐れにも似た悲しみの表情で彼女を見つめている。ローマの輝く太陽の下、カピトリーノの丘で喜びに満ちた陽気な聴衆が彼女を取り囲んでいた冒頭場面とは対照的である。

この場面では、聴衆の中でもオズワルドをはじめとするイギリス人たちは、「イタリアの想像力によって、メランコリックな感情が表現される」のを見て感動する。一方、ナポリの人たちはその詩句が個人的な悲しみから霊感を得たのではないかと危惧している。本来、シビュラは神の言葉を受け取るに過ぎず、その言葉に個人の感情が入る余地はない。彼女は言わば、巫女の立場を逸脱していた。その上、芸術創造には誰にも束縛されない自由な立場が必要不可欠であったのに、彼女自らがすでに、それを放棄していた。コリンヌはローマを発ってオズワルドについて行く時、「私をお好きなようにして。奴隷のように、あなたの運命に私を鎖でつないでちょうだい」と語り、精神的にオズワルドに隷属していた。それはまさしく、先ほど見た、ギリシアの不幸な時代の彫像と通底するものである。

オズワルドに捨てられた後のコリンヌは、フィレンツェの屋敷に閉じこもり、深い悲しみに沈む。彼女は言葉を紡ぐ能力をすっかり奪われ、たとえ詩を書いてもその言葉は「あらゆる人々の心に応える、一般的な思想、普遍的な感情」を表すものではなくなっていた。もはや、アントゥジアスムを引き起こす創造的な力を失っていた[27]。

このように、ローマでの美術館巡りは単に、作者が美術史的な見解を開陳する場であるだけでは

図 1-14　フランソワ・ジェラール《ミゼーノ岬のコリンヌ》（1819-22）
竪琴を傍らに置いたまま，不安な様子で空を見上げるコリンヌ。

なく、女主人公の心象風景を映し出し、彼女が辿る運命を予告するものであった。この本のタイトル『コリンヌまたはイタリア』が示すように、女主人公の人生とイタリア（特に古代ローマ）の歴史は照応関係にあったと言えよう。

フィレンツェで傷心のコリンヌが訪れるのが、ウフィツィ美術館である。そこで唯一、彼女が関心を持ったのがニオベ像［テーバイの王妃ニオベはアポロンとディアナの母レトに向かって自分が七男七女を産んだことを自慢したため、怒ったレトは二人にニオベの子どもを全員弓矢で殺させた］（図1-15）であった。この彫像は、最後の一四番目の子どもが倒れる場面を表したもので、ニオベは娘を必死に守ろうとしながら、悲痛な思いで身を捩《よじ》らせている。コリンヌは、ニオベ像の「最も深い苦悩の奥にある穏やかさ、その威厳」に心を打たれる。スタール夫人はこの彫像を「絶望の中にあっても美しさを保つ理想的な芸術の一例[28]」とみなしており、ニオベ像はコリンヌそのものであった。語り手は、次のように描写している。

ニオベは身が引き裂かれるような不安な様子で、娘を胸に抱きしめている。この素晴らしい容貌に表れた苦悩は、宗教心などに全く救いを求めない古代人に見られる、あの宿命の様相を帯びている。ニオベは眼を天に向けているが、希望はない。というのも、神々そのものが敵なのだから。

コリンヌもまた、自らの不幸を抗いがたい「宿命」という言葉で言い表している[29]。その上、「神々そのものが敵」というのも両者に共通している。ニオベは女神レトを侮辱したためにアポロンから罰を受ける。一方、コリンヌはアポロンの巫女としての使命を裏切ったことで、天罰を受ける。というのも、コリンヌの使命は、天と地の仲介者として「神の言葉」を受け取り、その言葉を人々——とりわけ、彼女の才能を認め、受け入れてくれた祖国イタリアの人々——に伝え、彼らの内にアントゥジアスムを引き起こすことであった。彼女は聴衆との魂の交感によって、本来の力以上に自らを高め、「超自然的なアントゥジアスム」に鼓舞される。彼女自身の言葉を借りれば、「私の心の中で語りかけてくるものは、私自身よりも価値がある」。

図 1-15 《ニオベ》(ウフィツィ美術館)

ところが、カピトリーノの丘の場面ですでに、コリンヌは神との契約を破っていた。彼女は「イタリアの栄光と幸福」に関する即興詩の中で、「ここでは、人は善意の神を敬うことで、［……］心の痛みでさえ慰められる。我々の儚《はかな》い人生の束の間の不運も、不滅の世界の豊かで厳かな胸に抱かれて、かき消えてしまう」と歌う。その時、歓喜に沸く聴衆の中で、一人だけ悲しみに沈む男性がいた。それがオズワルドであった。彼女はそれに気づくと、前言を翻して、「だが、慰めを与えてくれる我々の神さえも忘れさせることのできない苦しみがある」と語り、深い苦悩に寄り添い、慰める詩句を連ねる。その詩句はオズワルドの心を強く打つが、それも当然で、「コリンヌの後半の即興詩は、ローマの人々へというよりは彼に向けたものであった」からだ。彼女は一人の人間を慰めるために、「神の言葉」を歪めてしまった。

さらにミゼーノ岬の場面では、コリンヌは「神から授けられた才能」が永遠に失われてしまう前に、「最後の光を愛する人のために輝かせたい」という個人的な思いから、即興詩を作った。それでも聴衆を感動させられたのは、「自らの苦しみをこらえて、とにかく一時は自分の個人的な心境を克服しようと努めた」ためだ。カトリーナ・セスによれば、[30]「ミゼーノ岬」という地名は、ギリシア神話において、ミゼーノが神々に歌で挑戦したため、トリトン［海神ポセイドンの息子］によって岩山から海に投げ込まれたというエピソードに由来し、彼の亡骸が埋葬された岬が「ミゼーノ岬」と呼ばれるようになった。したがって、コリンヌの即興詩の舞台そのものが、「禁忌《タブー》の侵犯」の場であった。彼女は一人の男への愛情のために神との契約に違反した罰として、次第に言葉を失っていく。「瀕死の白鳥の歌」と呼ばれる最後の歌で、コリンヌは次のように嘆いている。

もし私が、世界が示す神の善意を讃えるために、よく響く私の竪琴を捧げていたならば、運命を全うし、天の恵みを受けるのにふさわしかったでしょうに。

このように、コリンヌはニオベと同様に、神への冒瀆行為ゆえに、激しい苦悩に苛まれることになる。ニオベ像はその象徴であった。さらに、コリンヌの臨終の場面でも、造形芸術が象徴的な役割を果たしている。彼女は死ぬ間際に、常に手元に置いていたオズワルドの肖像画を取り除いて、イエス・キリストの肖像を胸に抱いて死んでいく。それは、地上の愛を断念した証であり、彼女は神と和解することで、心の平安を取り戻すことができた。

最後に、コリンヌのローマの屋敷、ティヴォリの別荘にある絵画・彫像の持つ象徴的な意味を探っていきたい。

コリンヌのギャラリー

コリンヌのローマの屋敷には、ニオベ像、ラオコーン像、メディチのウェヌス（ヴィーナス）像（図1-16）、瀕死の剣闘士の像（図1-17）のレプリカが飾られていた。四つの彫像の内、初めの二つはすでに見たように、「天の復讐」を表すものであった。さらに《瀕死の剣闘士》もまた、「絶望」と「死の苦悶」の表象である。それに対して、ウェヌス像だけが「美」「若さ」「活力」を体現し、絶頂期のコリンヌを彷彿とさせる。シモーヌ・バレイエによれば、草稿の段階では《ベルヴェデーレのアポロン》（図1-11）もそこに含まれていたのが、決定稿で削除された。[31] このアポロン像はスタール夫人のお気に入りの彫像でもあり、「アポロンの巫女」であるコリンヌと関わりが深く、本来ならばウェヌス像と対をなすものであった。スタール夫人が最終的にアポロン像を削除したのは、「苦痛」や「死」を表す彫像はともかく、アポロンのような逞しい男の裸体像が若い女性の部屋に飾られているのは、当時の読者には不謹慎に思われる恐れがあったためではないか、とバレイエは推測している。[32] 確かにそれが一因であろう。同時に、ウェヌス＝コリンヌの恋人となるオズワルドが、「太陽の神」アポロンというよりむしろ、「絶望」を表す《瀕死の剣闘士》に近い、メランコリックな男性であったからではないだろうか。

オズワルドに関しては、物語始めに「気品ある美貌」とあるだけで、具体的な身体的特徴には全く言及されていない。しかし、コリンヌとオズワルドが彫刻家のカノーヴァのアトリエを訪れた時、ちょうど制作中であった《マリア・クリスティナ王妃の墓碑》（図1‐18）のための一つの彫像が、オズワルドと酷似していた。それは、「力の象徴であるライオンにもたれかかる苦悩の精」（図1‐19）であった。決定稿では削除されたが、草稿には次のような記述があった。

彫刻家は、彫像のポーズをより分かりやすく説明するために、ネルヴィル卿に座って同じポーズでよりかかるように頼んだ。彼の上品な顔立ち、優雅な体つき、眼差しのメランコリックな表情、蒼白い顔色が美貌の「苦悩の精」と驚くべき類似性を見せていた。[33]

カノーヴァは、先に見たナポレオン像（図1‐6）のような逞しい男性像よりはむしろ、《アモールとプシュケ》（図1‐20）に代表される、女性的な美青年の彫像作家として有名である。「苦悩の精」もアモールと同様に、華奢で優雅な「女性化された身体」の持ち主である。オズワルドは火事や戦争など物理的な危険に対しては、ひるむことなく立ち向かい、自分の身を顧みず他者を助ける勇敢さを見せる。その一方で彼は涙もろく、気絶することもしばしばで、いわゆる「女性的な感受

図 1-16 《メディチのウェヌス》（ウフィツィ美術館）

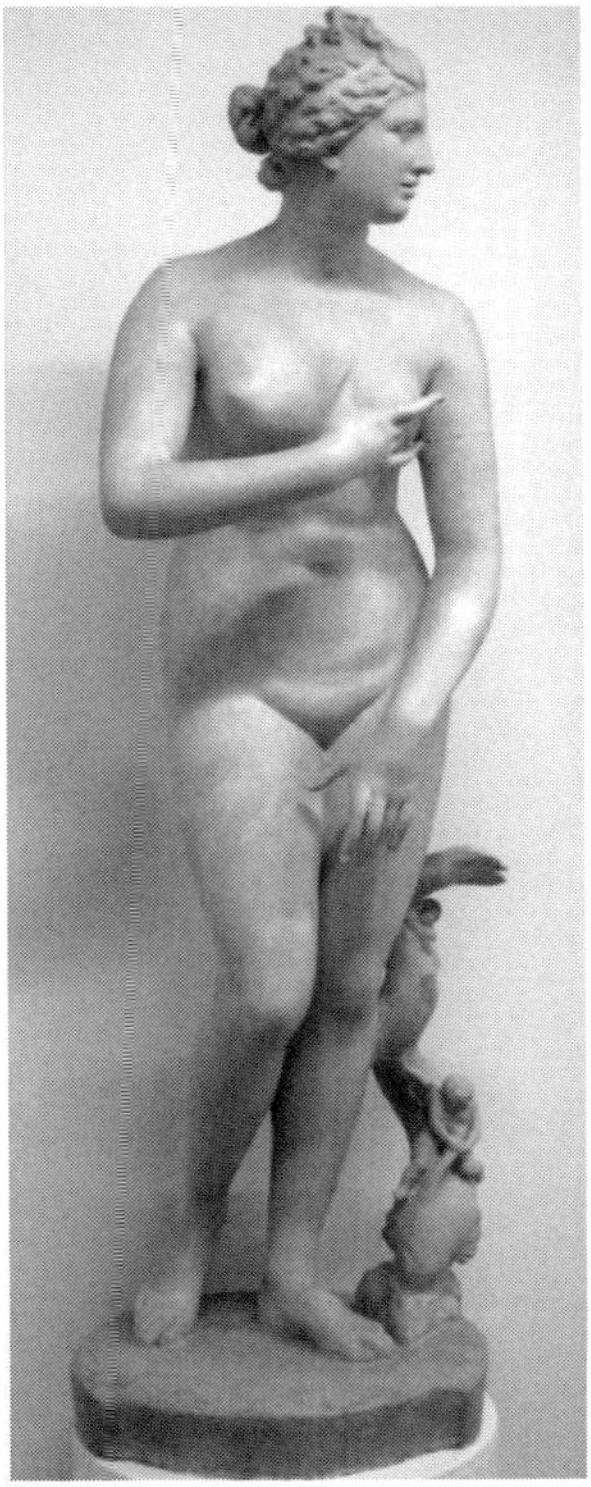

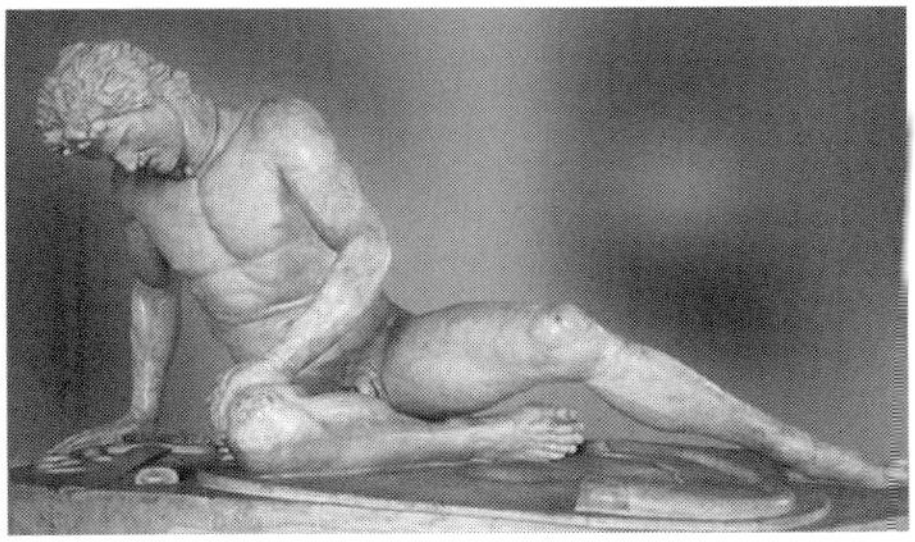

図 1-17 《瀕死の剣闘士》（ローマ，カピトリーノ美術館）

図 1-18　アントニオ・カノーヴァ《マリア・クリスティナ王妃の墓碑》（1798-1805）

図 1-19　《マリア・クリスティナ王妃の墓碑》の一部「力の象徴であるライオンにもたれかかる苦悩の精」

図 1-20　アントニオ・カノーヴァ《アモールとプシュケ》(1797)
プシュケの方が背が高く成熟していて，アモールがプシュケによりかかる形で立っている。

性」を持っていた。

スタール夫人と親しかったドイツ人文学者シュレーゲル［スタール夫人の子どもたちの家庭教師としてイタリア旅行にも同行した］が定義しているように、「真の男らしさは、揺らぐことのない誠実さ、個人的な意見を持つ勇気に立脚する」[34]とするならば、他人の意見に左右されやすく、何事にも優柔不断なオズワルドは、「真の男らしさ」に欠けていた。[35]とりわけコリンヌとの関係において、一旦彼女との結婚を決意しながらも、彼女が亡き父の意に叶う女性なのか、常に父の肖像画に問いかけては決心が揺らぐという優柔不断ぶりであった。それが「力の象徴であるライオン」＝「権威的な父」に「もたれかかった／支えられた（appuyé）」受動的な男性として、視覚化されている。オズワルドとコリンヌとの間でも、コリンヌの方が彼を精神的に支える立場に立っている。彼女は、彼が病気の時は「その頭を腕で支えてやり」、ヴェネツィアで、彼女と別れて軍隊に合流する決心がつかないオズワルドを、彼女自らが無理やり出発させるのだ。二人の間では男女の役割が逆転し、オズワルドの方が「女性化」している。

こうしたオズワルド像は、オシアンとも関連づけられている。「オシアン」は三世紀のスコットランドの吟唱詩人とされ、ケルト神話を歌った彼の詩の英訳をマクファーソンが出版した詩集（一七六〇―六五）［実際はマクファーソンの贋作］に発する。超自然や幻想的な光景をメランコリックな口調で歌ったオシアンの詩は、一八世紀末から一九世紀にかけてイギリスやフランスで大流行し、ロマン主義の先駆けとなった。オシアンを題材にした作品としては、ジロデやアングル、ジェラールの（図1－21）の絵が有名である。ティヴォリのコリンヌの別荘にある美術作品で唯一、オズワル

図 1-21　フランソワ・ジェラール《ローラの岸辺に竪琴の音で亡霊を呼び寄せるオシアン》(1801)

ドの関心を引いたのが、オシアンを題材としたジョージ・ウォーリスの絵――「父の墓の上で眠るケアバーの息子」を描いた絵――である。この絵は現在では失われていて、見ることができないが、コリンヌは次のように解説している。

彼［ケアバーの息子］は、死者に表敬しに来るはずの吟唱詩人［オシアン］を三日三晩、待っています。その詩人が遠くに、山を降りてくるのが見えます。父の亡霊が雲の上を漂っています。野は霧氷で覆われ、木々は葉が落ちているものの、風に揺れています。その枯れ枝も枯葉も嵐の方になびいているのです。

オズワルドはこの絵を見て、自らの父の墓とスコットランドの山を思い出し、涙を流す。彼もまた、父の死後、故郷の屋敷に戻った時、「父の墓にぬかずいて」いる。ここでも、「強い父」に従順な「息子」の姿が浮き彫りになっている。それと同時に、この幻想的で荒涼とした風景の絵は、ウォーリスのもう一枚の絵――古代ローマの英雄キンキナトゥスを描いたもの――と対照をなしている。後者の絵は、「豊かな植物」「燃えるような空」「自然全体の陽気な雰囲気」を持った「南の豊饒さ」を表象している。二枚の絵に見出せる「北（le Nord）」と「南（le Midi）」の対立[36]は、「北」の人間＝オズワルドと、「南」の人間＝コリンヌの精神構造の根本的な違いを明らかにするものである。

さらに、コリンヌのティヴォリの別荘には様々なジャンルの美術品が集められていた。ウォー

図 1-22　ジャン＝ジェルマン・ドゥルーニ《ミントゥルナエの囚人マリウス》（1780 頃）
宿敵スッラに敗北したローマの将軍マリウスは，ミントゥルナエで幽閉され，死刑を宣告される。マリウスが処刑しにやって来た兵士に向かって，「お前にマリウスを殺す勇気があるのか」と叫んだところ，若い兵士は後ずさりし，マントで顔を覆ってしまう。兵士は将軍の鋭い視線を見返すことができなかったのだ。この絵では「勇気と道徳の力の模範となる人物」が描き出されている（ルーヴル美術館の作品案内サイト参照）。

図 1-23　フランソワ・ジェラール《ベリサリウス》（1797）
東ローマ帝国の勇猛な将軍ベリサリウスは，彼の人気に嫉妬した皇帝ユスティアヌス一世によって，無実の罪を着せられて両眼をくり抜かれ，物乞いに身を落としたとされている。ジェラールの絵は，盲目のベリサリウスが道案内の少年（蛇に咬まれて瀕死の状態にある）を抱えて歩く場面を描いたもので，夕陽をバックに，逆境にも関わらず毅然とした態度の将軍の姿が浮き彫りになっている。

リスの作品以外には、古代ローマを描いた歴史画として、ダヴィッドの《ブルートゥス邸に息子たちの亡骸を運ぶ刑吏たち》（別図2）、ドゥルーエの《ミントゥルナエの囚人マリウス》（図1-22）、ジェラールの《ベリサリウス》（図1-23）、聖書を題材としたものはアルバーニとムリーリョの絵、神話を題材としたものは、レーベルクの《エリュシオンでディドに会うアエネアス》と《瀕死のクロリンダと十字軍の武将タンクレディ》である。文学作品を題材としたものは、ラシーヌを扱ったゲランの《フェードルとヒッポリュトス》（図1-24）、シェイクスピアを扱ったレイノルズの《マクベスと魔女》（図1-25）、さらに風景画としては一七世紀の画家で、ロマン派の先駆けとされるサルバトール・ローザの絵があった。

これらの絵は小説の内容自体と密接に関わっている。例えば、ダヴィッドの絵は、祖国を裏切った二人の息子に自ら死刑宣告を下したローマの執政官ブルートゥスに関してで、息子たちの亡骸が彼の屋敷に運び込まれる場面を描いたものである。画面左上には処刑された息子の血まみれの足がのぞき、画面右には息子たちの死を嘆く母と妻（または姉妹）の悲痛な表情が描かれている。左画面の影の部分にブルートゥスが厳格な顔つきで座っており、その後ろにはローマの寓意像「ローマ建国神話にある、双子の赤ん坊に乳をやる雌狼が台座に彫られている」[37]がある。この絵から導き出されるのは、「息子を（祖国への）義務のために犠牲にした父親のテーマ」である。それは、コリンヌへの愛情よりも祖国への義務を優先するよう息子に命じた、父親のネルヴィル卿にも当てはまる[38]。コリンヌはこの絵を「祖国愛が吹き込んだ最も恐ろしい行為」と批判しているが、彼女もまたその犠牲となる運命にあった。

図 1-24　ピエール＝ナルシス・ゲラン《フェードルとヒッポリュトス》(1802)

図 1-25　ジョシュア・レイノルズ《マクベスと魔女》(1786)

さらに、ドゥルーエとジェラールが描いた、祖国に裏切られた英雄像は、バレイエによれば、スタール夫人の父親ネッケルに相応する。(39) このように、コリンヌのギャラリーは様々な側面――「恋愛の側面」「知的、宗教的、政治的側面」(40)――で象徴的役割を果たしている。(41) ここではコリンヌと特に関わりの深い絵に絞って、もう少し見ていきたい。

レーベルクの《エリュシオンでディドに会うアエネアス》は、ウェルギリウスの叙事詩『アエネイス』に出てくるカルタゴの女王ディドにまつわる話［トロイア戦争に敗北したアエネアスがカルタゴに流れ着き、ディドと恋に落ちる。しかし、トロイア建設を使命とするアエネアスは彼女を捨てて旅立ち、絶望した女王は自ら命を断つ］に基づいている。ディドを題材とした作品としては、ゲランの《トロイアの陥落をディドに語り聞かせるアエネアス》（図1-26）が有名である。レーベルクの絵は紛失してしまったが、それは、ディドの死後、アエネアスがシビュラに導かれてエリュシオン［ギリシア神話における死後の楽園］のディドに会いに行き、彼女に拒絶される場面を描いたものである。コリンヌはこの絵について、次のように述べている。

彼はディドに近寄ろうとしますが、亡霊になった彼女は憤慨して遠ざかり、（彼女を捨てた）罪人を見ても、もはや愛情で胸が高まらなくなったことを喜んでいるのです。

このディドのエピソードは、オズワルドの裏切りを読者に予感させる伏線となっている。実際、コリンヌが死ぬ前に自作の詩の朗読会を開く時――それは「彼女を捨てた恩知らずの男に、彼が死

図 1-26　ピエール＝ナルシス・ゲラン《トロイアの陥落をディドに語り聞かせるアエネアス》（1815）

図 1-27　バルトロメ・エステバン・ムリーリョ《十字架を背負うキリスト》（17 世紀後半）

に追いやったのが、愛することも考えることも最高にできた女であったことを今一度認めさせる」ためであった――、彼女はディドに喩えられている。ヴェールを被った「亡霊」のようなコリンヌは、広間の隅の椅子に座っていたが、オズワルドを見つけると思わず立ち上がるものの、すぐ椅子に腰を落とす。その動作を作者は「人間の情念がもはや入り込めない世界で、アエネアスに出会った時のディドのように顔を背けた」と表現している。スタール夫人は一八〇三年にフランクフルトで画家のレーベルクに会い、この絵のデッサンを見せてもらったという[42]。そこから生み出されたのがこの場面で、コリンヌの愛と死は、神話的次元にまで高められたと言えよう。

最後に、アルバーニの《十字架の上で眠る幼子イエス・キリスト》とムリーリョ[43]の《十字架を背負うキリスト》(図1-27)を取り上げてみよう。どちらの絵も十字架が描かれ、「キリストの受難」をテーマとしたものである。ムリーリョの絵に関して、コリンヌは次のように語っている。

それは、十字架の重みに押しつぶされたキリストです。[……]キリストの何という眼差し! 神々しい諦め、それでいて何という苦悩と苦しみゆえの、人の心に対する何という共感! これは疑いなく、私の絵画の中で最も素晴らしい絵です。

コリンヌはまさに、「十字架の重みに押しつぶされたキリスト」と同じ立場に身を置くことになる。本質的な意味において、オズワルドとの愛の成就を妨げているのは、彼女の天賦の才能と輝かしい栄光そのものであった。というのも、女の領域が私的空間である家庭に限定された社会――オズワルドが生きるイギリス社会――では、彼の父親が明言しているように、コリンヌの「あまりにも非凡な才能」、その「自立した生き方」は、イギリスの「家庭習慣」には適さないとみなされたからだ。彼女は「並外れた女性」であるがゆえに、社会から疎外されていく。スタール夫人が『ドイツ論』の中で述べているように、「女にとって、栄光そのものが幸福の華々しい死にしか成り得ない」(44)のだ。

保守的な社会規範に押しつぶされたコリンヌは、「キリストの受難」のイメージを帯びるようになる。彼女が素性の分からない「コリンヌ」ではなく、名門貴族の「エッジャモンド嬢」という父の姓(45)を取り戻すまでは、イギリスに連れていけないと主張するオズワルドの言葉に衝撃を受けて、コリンヌは気を失って床に倒れる。その時、頭を強く打ち、血が迸《ほとばし》り出る。意識を取り戻した彼女は鏡に映った自らの姿を見て、次のように言う。

> オズワルド、あなたがカピトリーノの丘で私に出会った時は、こんな風ではありませんでした。額には希望と栄光の冠を被っていました。今ではその額は血と埃で汚れてしまいました。

それは、彼女が「希望と栄光の冠」に代わって、キリストと同様の「茨の冠」を被った瞬間であった。スコットランドで恋人の裏切りを目の当たりにしたコリンヌは、フィレンツェに戻り、心を落ち着かせるために教会に向かう。季節は六月、薔薇の馥郁《ふくいく》とした香りが漂い、幸せそうな人々が散歩する中で、孤独感を覚えた彼女は「私は世界の秩序の枠の外にいる」と嘆き、次のように思う。

全ての人々には幸福がある。私の命取りになる、この苦しむという恐ろしい能力は、私だけの特別なものだ。ああ、神さま！　でも、この苦しみに耐えるよう、どうして私を選んだのか。あなたの聖なる息子のように、私も「その杯が私から遠ざかるように」と祈ることはできないのだろうか。

引用傍線部のセリフは、『マタイの福音書』に出てくる「ゲッセマネの祈り」と呼ばれるもので、イエス・キリストがオリーヴ山の麓にあるゲッセマネの園で、十字架の刑に処せられる前夜に発した祈りの言葉である[46]。「その杯」とは、十字架の苦しみを指している。クリスティーヌ・プランテは、次のように解釈している。

ここではキリストは、犠牲を前にしての全く人間的な弱さ、逃避への誘惑と同時に、神の次元に及ぶ耐えがたい苦しみ、その贖《あがな》いの約束を体現している。それはまた、神の選択（「どうして私を選んだのか」）というテーマも含んでいる[47]。

このように、コリンヌは神に選択された特別な存在として、自らをキリストの運命に重ね合わせている。一九世紀のロマン主義時代には、「芸術および芸術家の神聖化[48]」の流れの中で、キリストのモデルがしばしば動員されるようになる。しかし、それを女性に当てはめることは困難であった。

図 1-28　カルロ・ドロチ《悲しみの聖母《マテル・ドロローザ》》（1665）

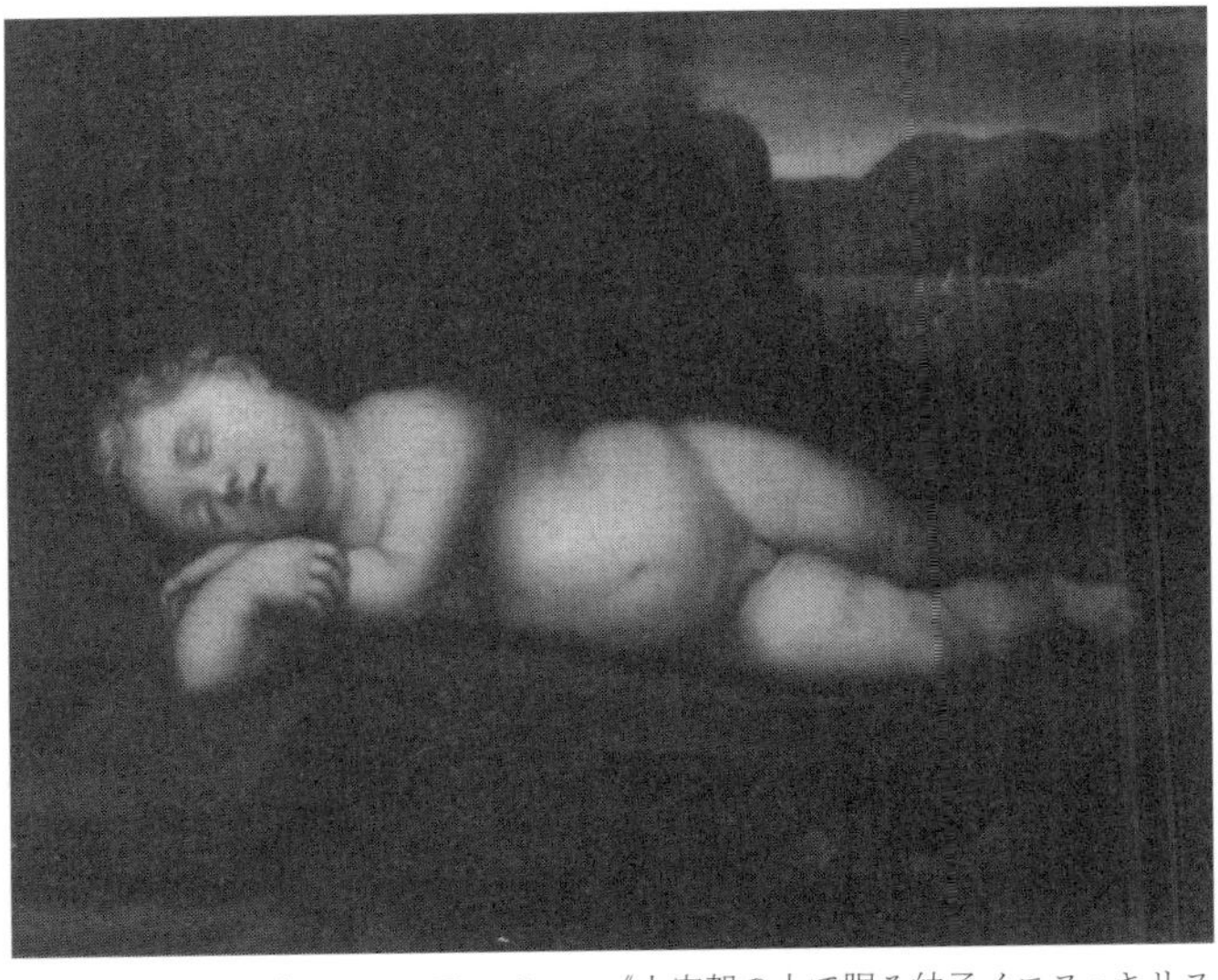

図 1-29　フランチェスコ・アルバーニ《十字架の上で眠る幼子イエス・キリスト》（17 世紀前半）

というのも、この当時、芸術創造は男の領域とされ、女性が排除されていたからだ。また、キリスト教の教えでは、苦悩の浄化の女性モデルとして、聖母マリア、とりわけ「悲しみの聖母《マテル・ドロローザ》」（図1‐28）が理想であった。「慎ましさ」と「従順さ」を体現し、コレッジョの聖母に喩えられるルシールがまさに、その典型である。

確かに一九世紀フランス文学において、芸術家に限らず、キリストに喩えられるのは男の登場人物のみである。例えば、バルザックの『ゴリオ爺さん』では、主人公のゴリオが「父性愛のキリスト」に喩えられ、ヴィクトル・ユゴーの『レ・ミゼラブル』では、負傷したマリウスを背負って地下道を逃げるジャン・ヴァルジャンの姿は十字架を背負ったイエス・キリストを彷彿とさせる。コゼットやファンティーヌなど、運命に虐げられた女性たちは、ジャン・ヴァルジャンのような勇敢で逞しい男によって救われ、守られる存在でしかない。それに対して、スタール夫人のコリンヌは誰にも支えを求めず、一人で苦難の道を辿っていく。その意味でも、コリンヌは例外的な女性であった。

このような観点から見れば、アルバーニの《十字架の上で眠る幼子イエス・キリスト》（図1‐29）も、コリンヌの「受難」と関連づけられる。アルバーニの絵は「[キリストによる]贖罪の神秘の巧みな象徴[49]」とみなされているが、コリンヌの場合、「受難」の後の「復活」への希望がそこに見出せる。彼女はこの絵について、オズワルドに次のように言っている。

何という優しさ、何という落ち着きがこの顔に表れているか、見てご覧なさい。それは何という純粋な思いを呼び覚ますことでしょう。天上の愛には、苦しみや死を恐れることは何もないと感じさせます。

この幼子イエスのイメージは、コリンヌの最後の詩を、病気の彼女に代わって朗読する少女——花の冠を被り白い衣装を纏った、「人生の苦しみがまだ何の痕跡も残していない」、穏やかで優しい顔つきの少女——に反映されている。さらに、オズワルドとルシールの娘ジュリエットは、コリンヌと同じ黒髪に黒い眼で、彼女に酷似している。コリンヌは自分の知識と才能をすべて、ジュリエットに伝授しようとする。コリンヌから音楽の稽古をつけてもらったジュリエットは、次のように描写されている。

彼女は自分の背丈に合った大きさの、竪琴に似たハープをコリンヌと同じ手つきで持っていた。その小さな腕ときれいな眼差しがコリンヌに全く似ていた。美しい一幅の細密画《ミニアチュール》のようで、さらに子どもの優雅さが加わり、あらゆるものに無垢な魅力を添えていた。

コリンヌは言わば、ジュリエットの内に「復活」を遂げるのである。このように、女性から女性へと才能が受け継がれることで、コリンヌの悲劇の物語に、未来への一条の希望の光が見出せる。コリンヌが所有する二枚のキリストの絵は、それを物語っていると言えよう。

以上のように、スタール夫人の『コリンヌ』における絵画・彫像の果たす象徴的役割を見てきた。絵画・彫像は、登場人物の身体的特徴を視覚化し、読者に鮮明な印象を与えると同時に、登場人物の性格や気質、精神状態の移り変わりを表す指標としても機能していた。それはまた、女主人公の運命を予告し、物語の展開と密接に関わるものであった。さらに、ナポレオンに対する政治的批判や、女性を家庭空間に閉じ込め、天分を持った女性を疎外しようとする保守的な社会に対するスタール夫人の異議申し立てを、絵画的表象を通して読み取ることができる。その意味では、コリンヌはスタール夫人そのものであり、コリンヌに扮したスタール夫人の肖像画（図1－30）や、コリンヌを彷彿とさせるターバンを頭に被った肖像画（図1－31）など、両者を結びつける肖像画が多く描かれたのも不思議ではない。

*

スタール夫人は、彼女と親交のあったゲーテやシスモンディ、ボンシュテッテンなどから「造形芸術に対する感受性の欠如[50]」を指摘されてきた。『コリンヌ』の中でも、語り手は、全ての芸術の中で音楽が「最も即座に魂に働きかけ」、「音楽だけが純粋に宗教的である」と述べ、造形芸術よりも音楽に高い価値を付与している。しかし、シモーヌ・バレイエが指摘しているように、前作の『デルフィーヌ』と比べて『コリンヌ』の新しい点は、「他の芸術様式との結びつき[51]」にあり、絵

図 1-30　ルイーズ＝エリザベト・ヴィジェ＝ルブラン《コリンヌに扮したスタール夫人の肖像》(1808)

図 1-31　フランソワ・ジェラール《スタール夫人の肖像》(1810)

画・彫像は人物像に色彩と立体感を与え、その感情表現を豊かにするのに役立っている。また、抽象的な音楽とは異なり、絵画、特に歴史や神話、聖書を題材とした歴史画は、鑑賞者（＝読者）に主題に対する知識を要求するが、その主題に重なる形でコリンヌの物語が展開している。したがって、スタール夫人は『コリンヌ』という作品によって、文学を造形芸術に結びつける新しい次元を切り開いたと言えよう。

第二章　「宿命の女」像——バルザック『砂漠の情熱』から『従妹ベット』まで

「宿命の女」と絵画

一九世紀ヨーロッパにおいて、想像力の世界を席巻した女の元型は、「マドンナ（聖母マリア）」「男を誘惑する女」「女神（ミューズ）」の三つに還元できる。[1] 幼子イエス・キリストを抱いた聖母マリア（図2－1）は、慎ましく羞恥心にみちた処女、および貞淑で献身的な良妻賢母型の女性を表し、ブルジョワ社会が模範とする女性像であった。一方、「女神」は「自由の女神」に象徴されるように、生身の女性というよりは、一つの理念を体現したものだ。例えば、一八三〇年の七月革命時にドラクロワが描いた《民衆を率いる自由の女神》（図2－2）では、三色旗を掲げ、「自由」を象徴するフリジア帽をかぶり、民衆の先頭に立ってバリケードを乗り越えて進む、逞しい女性が「自由」のアレゴリーとして描かれている。それに対して「男を誘惑する女」のタイプが、いわゆ

図 2-1　ラファエロ《小椅子の聖母》(1514)

る「宿命の女（femme fatale）」と呼ばれる女性像である。松浦暢はその著『宿命の女』において、一九世紀後半イギリスのラファエル前派の絵画（**別図3**）の女性を「宿命の女」のルーツ的存在とみなし、次のように描写している。

　ながくすんなりした白い頸に、夢見るような神秘的な瞳、しなやかな官能的肢体に透きとおった蒼白い肌、ゆるやかに波打つ髪に赤い唇、どこか愁わしげな風情にひめられた妖しい魔性の女[2]［……］。

松浦は、「宿命の女」の明確な定義はこれまで存在しておらず、ラファエル前派の絵画はその一パターンに過ぎないとしている。それゆえ、彼は「宿命の女」の定義を大きく広げて、①地上型（愛のために自らを犠牲にする純情な女性）、②下降型（愛するものを破滅に導く悪女）、③昇華型（人間的な愛を天上にまで昇華させる女性）の三つに分類している。

確かに「宿命の女」は男の欲望を永遠にかきたてる存在として、「男のえがく理想の女性像[3]」と言え、純情型から魔女、娼婦にいたるまで様々なタイプの女性がその範疇に入る。しかし、松浦自身が「優雅な女体に獣性をかくし、男の心をとらえて、ついには破滅に追いやる魔女タイプの美の化身」を「〈宿命の女〉の決定的な公式図」と認めているように[4]、一般的には②の下降型を指して

図 2-2　ウージェーヌ・ドラクロワ《民衆を率いる自由の女神》(1830)

いる。辞書においても、例えば『トレゾール』辞典では「宿命の女（femme fatale）」の意味として、「近づく男を破滅させるために、またはより一般的には誘惑するために運命によって送り出された女」とある。その用例として、テオフィル・ゴーティエの『ルーヴル美術館ガイド』の一節が挙げられている。首切り役人が差し出す洗礼者ヨハネの首を銀の盆に受け取るサロメの姿を描いた、ルイーニの絵（別図4）に関して、ゴーティエは次のように解説している。

ヨハネの首を差し出す首切り役人の手、神秘的に闇から突き出たこの手は奇妙で不吉な効果を生み出し、処刑の完全なる無情さをさらに際立たせている。素晴らしい衣装を纏ったサロメは、頭を九〇度傾け、［……］あたかもオレンジかドラジェ［アーモンド菓子］であるかのように、引きつった眼に青みがかった唇の蒼白い顔――その顔には断末魔の震えがまだ残っている――を銀の盆に受け取っている。彼女はその透き通った美しい眼で前方をぼんやり見つめ、軽い微笑みを魅惑的な唇に浮かべている。何と彼女は、宿命の女たちの甘美な残酷さを余すことなく表現していることか[5]！

ゴーティエが「甘美な残酷さ（cruauté douce）」という矛盾形容法で表現しているように、魅惑すると同時に恐怖をもたらす美しさが「宿命の女」の属性である。

『ルーヴル美術館ガイド』が出版されたのが一八七二年であるように、«femme fatale»という言葉自体が使われるようになったのは、一九世紀後半になってからだ。というのも、現代のフランス語の辞書では必ず言及される《femme fatale》という用語が、ラルースの『一九世紀大辞典』（一八六六—七六）には見当たらないからだ。マリオ・プラーツが指摘しているように、一九世紀前半はむしろ、「宿命の男（homme fatal）」が「相手を惹き寄せ、灼きつくす炎の役割[6]」を果たしていた。プラーツによれば、「宿命の男」はバイロン的主人公（図2-3）によって体現され、①謎めいているが、高貴な家柄を思わせるその出生、②燃え尽きた情熱の痕跡が垣間見られる陰りのある蒼白い顔、③一度見たら忘れられない強烈な眼差し、④寡黙で「悪魔的な微笑」を浮かべる反逆者、といった要素で特徴づけられる。

図 2-3　トマス・フィリップ《アルバニア風衣装のバイロン》（1835 頃）

それに対し、一九世紀後半は「宿命の女」が男を惹きつけ、死に至らしめる役目を担うようになる。一九世紀に大流行した吸血鬼伝説もバイロンに端を発し、ポリドーリの『吸血鬼』（一八一九）の主人公は「呪われた男」として、「宿命の男」の典型である。しかし、吸血鬼も次第に「宿命の女」にとって代わられ、ゴーティエの『死霊の恋』（一八三六）のクラリモンドのような、愛する男を殺さないよう、一滴だけ血をすすることで満足するいじらしい女吸血鬼から、世紀末になるとより残酷な吸血鬼（図2－4）に変貌していく。

このように、「宿命の女」は一九世紀後半の文学や美術作品に顕著に現れる女性像だが、プラーツがその系譜をルイスの『マンク』（一七九九）のマチルダに遡り、メリメの『カルメン』（一八四五）の女主人公の名を挙げているように、一九世紀前半のロマン主義文学にも数多くの「宿命の女」が登場している。また、スフィンクスやセイレン［女の上半身を持つ鳥、または人魚。その魅惑的な声で乗組員を惹きつけ、船を難破させた］、メドゥーサ（図2－5）などの神話的表象や、ヘロディアスやサロメのような旧約聖書の人物、クレオパトラのような歴史的人物、さらには神秘的な微笑を浮かべるレオナルド・ダ・ヴィンチのモナ・リザも「宿命の女」とみなされるようになった。したがって、「宿命の女」は「宿命の男」のように一つのタイプに還元できず、個々の作家や時代に応じて様々なイメージが付与された複合的な存在と言える。

一九世紀前半のフランス社会を描いたバルザックの作品大系『人間喜劇』の中にも――彼自身は《 femme fatale 》という言葉を使うことはなかったが――「宿命の女」の範疇に入る女性たちが複数存在している。本章では、バルザックの作品において「宿命の女」がどのように描かれているのかを、社会的な視点およびジェンダーの視点で探っていきたい。取り上げる作品は主に、『人間喜劇』初期の作品『砂漠の情熱』（一八三二）とバルザックの晩年の作品『従妹ベット』（一八四六）で、「宿命の女」の特徴とその移り変わりを検証していく。

図 2-4　エドヴァルド・ムンク《吸血鬼》（1893-94）

図 2-5　ピーテル・パウル・ルーベンス《メドゥーサ》（1617-18）

「宿命の女」のアレゴリー――女豹ミニョンヌ

『砂漠の情熱』は、ナポレオンのエジプト遠征に従軍した南仏出身の兵士がマグレブ人の捕虜となり、砂漠に連行された時の話で、彼がマグレブ人の手から逃れ、砂漠をさまよう中で出会ったのがメスの豹であった。その女豹とナポレオン軍兵士との異様な愛情がこの小説のテーマとなっている。兵士が初めて、洞窟で熟睡している豹の姿を見る場面は、次のように描かれている。

それはメスであった。腹と腿の毛皮は白く光っていた。ビロードのような小さな斑点がいくつも脚の周りにあって、きれいなブレスレットを形作っていた。筋骨たくましい尾も同様に白かったが、先は黒い輪で終わっていた。くすんだ金のように黄色だが、非常に滑らかで柔らかいドレスの上［＝背中］には、薔薇の形に濃淡をつけた、あの特徴的な斑点がついていた［……］。このもの静かで恐るべき女主人は、長椅子のクッションの上に横たわる雌猫と同じような優雅なポーズでいびきをかいていた。筋肉質で、しっかり武装した［＝爪の尖った］血まみれの前脚は、その上に乗せた顔の前に突き出し、顔には銀糸のようなまばらでまっすぐな髭が生えていた。もし彼女が檻の中でこんな風にしていたら、南仏人はきっとこの獣の優雅さと、彼女の長いドレスに帝王然とした輝きを与える鮮やかな色のコントラストにうっとり見とれたことだろう。

引用傍線部（「毛皮」「きれいなブレスレット」「ドレス」「優雅なポーズ」「優雅さ」「長いドレス」）の表現が示しているように、豹はあたかも魅惑的な女性であるかのようだ。それと同時に、引用二重傍線部（「筋骨たくましい尾」「恐るべき女主人」「筋肉質で、しっかり武装した血まみれの前脚」「髭」）は、男性的な獰猛な性質を表し、恐怖を引き起こすものである。目を覚ました豹の姿も同じく「獰猛さ」と「婀娜《あだ》っぽさ」という相矛盾する側面のもとに描かれている。

太陽が姿を現すと、豹は突然、目を開いた。それから脚のしびれを取り、痙攣を一掃するかのように、両脚を猛々《たけだけ》しく伸ばした。最後にあくびをした。そうすることで、ぞっとするような歯の仕掛けとやすりのように硬い、ふたまたに分かれた舌が見えた。彼女が丸くなり、きわめて優しく婀娜っぽい仕草をするのを見て、フランス人は「気取ったおしゃれ女のようだ！」と思った。

豹が近づいてきた時、恐ろしさに震えながらも、兵士が豹を愛撫する時の様子は次のようなものだ。

その時、豹はフランス人の方に顔を向け、前進することなく彼をじっと見つめた。その金属のような目の硬さと耐えがたい光に、とりわけ、獣が彼の方に向かって歩き出した時に南仏人は身震いした。しかし、彼は愛撫するような様子で豹を見つめ、催眠術をかけるかのように彼女に流し目を送りながら、豹が近寄るままにした。そして、最も美しい女を愛撫しようとするかのように、愛情に満ちた優しい身ぶりで、頭から尻尾まで体中を手で撫でまわし、豹の黄色の背中を分けるしなやかな脊椎を爪で刺激した。獣は快感に酔って尾を持ちあげ、その眼は和らいだ。三度、彼が計算づくの愛撫をし終えた時、彼女は猫が快楽を表す時にするあのゴロゴロという音を響かせた。

このように、兵士は女豹に対してあたかも彼の恋人であるかのように振る舞い、さらに彼の最初の恋人の名前、ミニョンヌ（Mignonne）［「かわいらしい、愛らしい」という意味］という名を豹に与えさえしている。一方、「均整の取れたプロポーション」を持つ豹もまた「手練手管に長けた女の相貌」を見せる「砂漠の王妃」または「尊大なクルチザンヌ（高級娼婦）」と呼ばれている。

兵士と女豹の親密な関係はさらに深まり、兵士が底なし沼に落ちた時、救ってくれたのがミニョンヌであった。彼は女豹を愛撫しながら「ああ！　ミニョンヌ、いまやおれたちの仲は生きるも死ぬももろともだ」と叫んでいる。それ以来、いつか獣に襲われるかもしれないという恐れを抱きながらも、兵士は彼になつきだした豹に深い愛情を抱くようになる。

とうとう彼は相手の豹に情熱を抱くようになった。というのも彼には何らかの愛情が必要であったから。

この場面では « se passionner »（情熱を抱く）という強い愛情表現を表す動詞が使われている。さらに、飛来してきた鷹に気を取られた兵士に嫉妬の表情を見せる女豹に気づいた兵士は、その「丸く突き出た臀部」をうっとりと眺める。

> 彼女の体の線はじつに優雅さと若さに満ちていた。それは女のようにきれいだった。金色の毛皮のドレスは繊細な色合いによって、腿を際立たせるくすんだ白の色調にマッチしていた。太陽がふんだんに投げかける光がこの生きた金色、この褐色の斑点を輝かせ、形容しがたい魅力を与えていた。南仏人と豹は、目配せしながら互いに見つめ合った。婀娜っぽい女は恋人の爪が彼女の頭をかくのを感じた時、身を震わせ、両眼を二つの稲妻のように輝かせ、そして眼を強く閉じた。

豹は兵士の眼にはもはや獣としてではなく、女性として映っている。二人の最初の出会いから散りばめられていた性的メタファーが、ここでクライマックスに達した観がある。兵士が爪、さらには短刀の切っ先で豹の頭を愛撫する場面や、短刀で豹の首を突き刺す結末は、ジャネット・バイザーが指摘しているように[7]、性的衝動と破壊衝動の現れである。短刀は武器であると同時に、精神分析学的に言えば、ファルスの象徴として機能している。それゆえ、この小説には人間と動物の禁じ

図 2-6　フェルナン・クノップフ《愛撫》(1896)

られたエロティックな関係が暗示されているとみなすこともできれば、灼熱の砂漠に一人取り残された男の錯乱状態が引き起こした幻覚とみなすこともできよう。(8) しかし、「官能性」と「危険性」を併せ持つ女豹はむしろ、「女性性に対する一つの特殊な概念のアレゴリー」(9) と考えるのが妥当であろう。言い換えれば、女豹のミニョンヌはバルザックにおける「宿命の女」のアレゴリーであった。

魅惑すると同時に恐怖をもたらす女豹は、まさにゴーティエがルイーニのサロメに見た「宿命の女」像と合致する。その上、バルザックの女豹は、世紀末のベルギー象徴派の画家クノップフの代表作《愛撫》(**図2-6**)のスフィンクスを彷彿とさせる。また、ミニョンヌはマリオ・プラーツが「宿命の女」の典型とみなすセシリの特性とも重なる。セシリはウージェーヌ・シューの『パリの秘密』(一八四二)に登場する妖艶な女で、次のように描写されている。

女豹のようにすらりとしているが同時に肉付きのいい、逞しいがしなやかなこの大柄なクレオール［植民地生まれの女］は、熱帯の炎によってしか燃え上がらない野蛮な官能性を体現していた。ヨーロッパの男たちに、言わば死をもたらすこうした有色の娘たちのことは皆、耳にしたことがあるはずだ。彼女たちはその犠牲者を恐ろしい魅力で酔わせ、金も血も最後の一滴まで吸い尽くす、［……］あの魅惑的な吸血鬼である。

セシリとはそんな女であった。

セシリとミニョンヌに共通するのは「獣性」「官能性」「危険性」の他に、「エグゾティスム（異国趣味）」の要素である。セシリは混血の奴隷であり、ミニョンヌはエジプトの砂漠に生息している。ドラクロワの《サルダナパロスの死》**（別図5）**が如実に示しているように、一九世紀ヨーロッパにおいて、エキゾティックなオリエントは「官能」と「暴力」の世界であった。それは、エドワード・サイードがその著『オリエンタリズム』で指摘しているように、「他者」であるオリエントに投影された幻想であり、「オリエントの女」は、当時の男性の性的ファンタスムによって作りだされたイメージであった。バルザックにおいても、官能的で情熱的な女が「オリエントの女」であり[10]、それが「宿命の女」像にも反映されている。

では一体、「宿命の女」の何が本質的に「危険」であると認識されたのであろうか。そして『砂漠の情熱』の兵士はなぜ、愛する女豹を短刀で刺し殺したのだろうか。それを解く鍵は、豹の身体的特徴に見出せる。先に見たように、女豹は「女らしさ」を体現する一方で、「筋骨たくましい尾」「筋肉質で、しっかり武装した血まみれの前脚」「髭」といった、いわゆる「男らしさ」の範疇に属する性質も兼ね備えている。豹が兵士に愛撫されて猫のような「ゴロゴロという音」を出す時も、そのつぶやきは「より強く、より奥深い喉」から発せられたため、「教会のパイプオルガンの最後の響きのように、洞窟の中に鳴り響く」ほどであった。それはまさに、「男の声の特質[11]」である。とりわけ、豹の「筋骨たくましい尾」は「棍棒」に喩えられ、長さが三ピエ［約九七センチ］近くもある「強力な武器」となっている。それゆえ、「棍棒」を身につけた女豹はファルス的な属性を伴い、言わば「ファルスを持った女」として兵士の前に立ち現れている。

兵士が最後に女豹を刺し殺す場面は、彼自身の口から語られている。

> 私が彼女にどんな痛みを与えたのかはわかりませんが、彼女は激しく苛立ったかのように振り向いたのです。そして、その鋭い歯で私の腿に噛みつきました。恐らく、そっと軽く。私の方は、彼女が私を貪り食おうとしているのではないかと思い、短刀を彼女の首に突き刺してしまったのです。

足を貪り食われ、切断されるのではないかという恐怖はまさに、「去勢の脅威[12]」を示すものである[13]。フロイトは、カニバリスムの本質は「ある人間の身体部分をむさぼり口に入れることによって、その人間に属するもろもろの特性を我が物とする」ことにあるとし、息子の「父殺し」は「父の力」を我が物とするための行為とみなした[14]。その観点からみれば、『砂漠の情熱』で兵士を「貪り食おう」とする女豹は、「男の力」を簒奪しようとする「女の力」とも解釈できる。兵士から見れば、女のセクシュアリティに飲み込まれ、去勢されるのではないかという恐怖を抱かせるものだ。それゆえ、「女らしさ」の境界を越えた女豹は、ジェンダー規範に抵触した罰として死ぬ運命にあった。

『砂漠の情熱』の女豹は今後、バルザックの世界において「宿命の女」の原型となり、その特性――「獣性」「官能性」「エグゾティスム」「去勢の危険性」――が様々な女性の登場人物に反映されることになる。しかも、「繊細な表情」を見せることもあれば「冷酷な凶暴さ」を露わにし、「手練手管に長けた」クルチザンヌに喩えられるミョンヌは「女優」でもある。あらゆる女性を演じ分ける「女優」の性質も、バルザックの「宿命の女」の特徴となろう。

一方、豹を打ち倒したナポレオン軍の兵士は、「戦争の刻印が刻まれた勇敢な男たちの一人」と呼ばれ、彼の成し遂げた行為は「一つの叙事詩のエピソード」とみなされている。したがって、バルザックの世界では、ナポレオンおよびナポレオン軍の兵士が行動力とエネルギーに満ちた「男らしさ」を体現し、「宿命の女」の危険性を削ぐ役割を担っている。

『人間喜劇』における「宿命の女」としては『あら皮』(一八三一)のフェドラ伯爵夫人、『マラナの女たち』(一八三二)のラ・マラナとジュアナの母娘、[15]『谷間の百合』(一八三五)のダッドレー夫人などが挙げられるが、とりわけ『従妹ベット』のヴァレリー・マルネフがその典型である。次に、『従妹ベット』における「宿命の女」像を見ていくことにしよう。

『従妹ベット』における「宿命の女」像

『従妹ベット』に言及する前に、『娼婦盛衰記』(一八四七)に登場するエステルに少し触れておきたい。とりわけ『娼婦盛衰記』の冒頭部分は、一八三六年に『シビレエイ』というタイトルで執筆され、『プレス』紙の編集者エミール・ド・ジラルダンから「不道徳」の廉《かど》で掲載を断られたいわくつきの箇所である。(16)

この小説に登場するクルチザンヌ（図2-7）のエステルはユダヤ人で、彼女は「アジア的な美しさの崇高なタイプ」として「ハーレムで賞を獲得できる」と思わせるほどの美貌の持ち主である。「美しい弓形の眉」に「トルコ風の瞼《まぶた》」に覆われたエステルの眼は、「万人を悩殺する力」を持ち、彼女は華奢で細い鼻、薔薇の花のように赤く瑞々しい口、潤いのあるきめの細かい肌、豊かな髪で特徴づけられていた。しかも「シビレエイ」という渾名《あだな》の通り、(17)彼女は華奢で優美な外見にも関わらず、その抗いがたい魅力によって、男の力を麻痺させ、精神を鈍らせることができる。しかも、男のアイデンティティすら喪失させかねない。エステルの元愛人が彼女の魔術的な力について、次のように述べている。

彼女は魔法の杖のようなものを持っていて、それを使って、まだ感受性を失っていない男たちの内に、激しく抑圧された獣のような欲望を解き放ってしまう。彼女のように獣に向かって「檻から出よ」と命令できる女はパリには一人もいない。獣は檻から出て放蕩のかぎりを尽くすのだ。

さらに語り手は、エステルの美しい肉体を次のように表現している。

図 2-7　グザヴィエ・シガロン《若いクルチザンヌ》(1822)
1822年のサロンのカタログには「若いクルチザンヌが，中年の男からのプレゼントを片手で受け取る一方，彼女の愛人がこっそり差し出す恋文をもう片方の手で受け取っている」とある。この絵はまさに，パトロンのニュシンゲン男爵と愛人のリュシアンに挟まれたエステルの立場を彷彿とさせる。(バルザックは『ピエール・グラスー』(1839) でこの絵に言及している。)

官能が思考の代わりをしてきた女という生き物において、この豊かな健康、動物的完成度は、生理学者たちの眼には一つの優れた事実と映るはずである。

この文章には、明らかに当時のジェンダー観が反映されている。男の側には「思考」、すなわち「理性」と「知性」が、女の側には「身体」と深く結びついた「官能性」と「獣性」がその特色となっている。男を獣に変える女は、ギリシア神話のキルケ［オデュッセウス神話に出てくる魔女で、彼女の住む島を訪れる男たちを動物に変身させた］（図2－8）に遡る。日本でも泉鏡花の『高野聖』では、若い僧侶が出会った妖艶な美女が、情欲に駆られた男たちを次々に獣に変えていた。こうした物語は「知性」と「官能」の葛藤を表し、男が「知性」、女が「官能」を体現している。それゆえ、女の官能的な肉体は、男の本能的な衝動を掻き立て、知性を失った獣に退化させる恐ろしい力を持つとされているのだ。

このように、エステルは多くの男を惹きつけ、破滅させる「宿命の女」として登場している。しかも、彼女は二重の意味で「腐敗」の源となっている。すなわち、娼婦は性病の媒介者として男の肉体を文字通り腐敗させ、解体すると同時に、男に悪徳を伝染させ、精神的にも堕落させる不純な魂の持主とみなされている。ブリンダ・メータは、『人間喜劇』において「セクシュアリティを帯びた女の肉体との接触はすべて、［男を］破滅に導く[18]」と述べている。それは、ヴォートランがエステルに投げかける、次のような罵りの言葉に如実に現れている。

図 2-8　ジョン・ウィリアム・ウォーターハウス《嫉妬に燃えるキルケ》（1892）

お前は彼［＝エステルの恋人リュシアン］をお前の不純な過去によって堕落させ、汚辱に輝くお前の渾名にふさわしい、あのおぞましい逸楽によって、子どものような男を腐敗させようとしていると考えたことがあるのか。

ヴォートランの言葉から明らかなように、エステルの肉体は汚れたもの、一種の「社会の汚物」として扱われている。要するに、女のセクシュアリティは打ち勝ち難い魅惑によって、男を肉体的にも精神的にも腐敗させ、破壊する不吉な力とみなされているのだ。

しかしながら、『娼婦盛衰記』の冒頭部分でこうした危険な力を垣間見せるエステルは、物語全体としては、リュシアンへの真実の愛に目覚め、彼のために身を犠牲にして死ぬ「恋するクルチザンヌ」[19]に変貌している。しかも、彼女に一目惚れをした銀行家ニュシンゲンによって、彼女の肉体は値踏みされ、「交換価値」の体系に組み込まれている。ニュシンゲンは、バルザックとも親交のあったユダヤ系財閥ロスチャイルドがモデルとされ、王政復古時代から七月王政にかけて発展した資本主義体制を体現している。「女の肉体」は言わば、「商品」として需要と供給の市場取引の対象と化し、エステルはその犠牲者となっている。[20]

この構図は『従妹ベット』においても、ニュシンゲンの小型版と言えるクルヴェルと、愛人のエロイーズとの関係に再現されている。バルザックは次のように語っている。

オルスマーヌ［ヴォルテールの悲劇『ザイール』に登場するイスラエル王］＝クルヴェルは、エロイーズ嬢と手堅い取引（marché *ferme*）を結んでいた。彼女は毎月、繰越なしで、五〇〇フラン分の幸福を彼に負っていた。その上、クルヴェルは夕食代やその他雑費も支払っていた。この特別手当つきの契約、というのも彼は贈り物を沢山したからだが、その契約は、有名な歌姫の元愛人にとっては経済的なように思われた。

金融用語の « achat（vente）ferme » は、「額面通り条件不変の株式の買い（売り）」を意味し、引用にある « marché *ferme* » も「安定した市況」を指している。この他にも「繰越」「その他雑費」「特別手当つきの契約」「経済的」といった言葉が散りばめられ、あたかも商取引に関連しているかのようだ。何よりも「五〇〇フラン分［五〇万円相当］の幸福」と、本来はお金に代え難い「幸福」が五〇〇フランに換算されている。

一九世紀当時、金融取引など経済行為に携わることができるのは、男性だけに限られていた。一八〇四年に制定されたナポレオン民法典第二一七条には、「妻は共通財産制であれ、財産分離制であれ、夫の協力なしに、または書面による夫の同意なしに財産を贈与し、抵当権を設定し、無償もしくは有償名義で取得することはできない[21]」とある。すなわち、妻はたとえ自分の財産であっても勝手に処分できず、夫の同意なしに銀行口座ですら開けなかった。要するに、女性は訴訟もできなければ民事上の行為能力もなく、永遠の「未成年」であった。父権制社会ではお金を扱うことは男の特権であり、「女の肉体」も、男の手から手へ渡される「商品」として流通することになる。

『従妹ベット』には何人かのクルチザンヌが登場するが、とりわけジョゼファとヴァレリー・マルネフが対照的な「宿命の女」の側面を見せている。エステルと同じくユダヤ人のジョゼファは、一五歳の時にその「奇跡的な美貌」に眼をつけたクルヴェルに買い取られ、囲われたクルチザンヌで、その意味ではエステルと同じ境遇にある。しかし彼女は、その歌の才能に気づいたクルヴェルによって音楽教育を授けられ、今や、有名な歌姫として活躍している。クルヴェルが五年間、彼女を囲った後、彼から横取りする形でユロ男爵が彼女を囲う。ユロはジョゼファのために財産を蕩尽し、娘の持参金すら用意できないほどの困窮状態に陥る。一方、ジョゼファの方はユロから金を絞り取った後は、大金持ちの貴族デルーヴィル公爵に乗り換えて贅沢な暮らしを続けている。

このように、ジョゼファは「幾つもの財産を食い尽す陽気な自由奔放さ」を体現するクルチザンヌとして、「宿命の女」の典型となっている。彼女自身、「背徳的であるのが私の仕事！」と言って憚《はばか》らない。バルザックはジョゼファをアッローリの《ホロフェルネスの首を持つユーディット》**（別図6）**に喩えている。ユーディットは旧約聖書に登場するユダヤ人女性で、祖国を救うために敵将ホロフェルネスを誘惑して、その首を斬り落としたとされている。「男の首を斬り落とす」という意味では、サロメと同様、ユーディットは男を去勢し、死に至らしめる危険な女である。絵画においても、カラヴァッジオのユーディットのように**（図2-9）**、その残酷な側面を強調する作品もある。

しかし、彼女は祖国を救った英雄でもあり、バルザックはむしろ肯定的に捉えている。ジョゼファがユーディットに喩えられるのは、「美徳」の化身、ユロ夫人アドリーヌと対決する場面においてで、ジョゼファは次のように描かれている。

> 歌姫は、ピッティ宮殿の大広間の戸口近くにある、アッローリの描いたユーディットに似ていた。見たものすべての記憶に刻み込まれるあのユーディットに。誇り高いポーズも、崇高な顔立ちも、無造作に波打つ黒髪も［……］同じであった。

このように、ジョゼファは「誇り高さ」「崇高さ」によって、ユロ夫人と対等に渡り合っている。こうしたジョゼファの特徴を視覚化するために、バルザックはアッローリのユーディット像を援用したと言えよう。

その上、ジョゼファの屋敷の家具調度は、

図 2-9　ミケランジェロ・メリージ・ダ・カラヴァッジオ《ホロフェルネスの首を斬るユーディット》(1598-99)

成り上がりのブルジョワが好む俗っぽい趣味によるものではなく、「真の贅沢の印」が刻まれた完璧な芸術作品であった。バルザックは、彼女を「天才的な歌姫」と呼び、高級娼婦というよりも真の芸術家として扱っている。ユロ夫人に対する彼女の態度も、芸術家としての態度であった。

彼女は夫人を一目見ただけで、かつてユロやクルヴェルが彼女に語った清らかな生活がどのようなものであったか、読み取った。だから、この女性と張り合う気がなくなったばかりか、彼女が理解したこの偉大さを前にして謙虚になった。クルチザンヌなら嘲笑するものを、崇高な芸術家は賛嘆したのである。

ジョゼファはさらに、芸術家としての自由を守るために、デルーヴィル公爵の求婚を断る潔《いさぎよ》さも持ち合わせている。バルザックは、彼女を「本物のクルチザンヌ」と呼び、ヴァレリー・マルネフのような「野心的な亭主持ちのクルチザンヌたち」とは、明確に区別している。

ジョゼファ［……］のような本物のクルチザンヌは率直な立場に立って、売春宿の赤い提灯、賭博場のケンケ燈と同じくらい明るい光の警告を発している。だから男はそれが自分の破滅につながるということを知っている。しかし、［……］亭主持ちの女の猫かぶりの貞淑ぶり、美徳のみせかけ、偽善的な物腰は知らず知らずのうちに、ぱっとしない破滅に引きずり込んでしまう。

このように、バルザックは「本物のクルチザンヌ」の「率直」さを肯定的に捉え、ジョゼファを真の芸術家として、その気高い感情を称揚さえしている。それに対して、「亭主持ちのクルチザンヌ」はその「偽善」ぶりが非難の対象となっている。

しかし、そこにはバルザックを含むブルジョワ階級の密かな恐れが垣間見える。当時、規制主義者として公娼制［娼婦を警察の風俗取締局に登録し、娼家に閉じ込めて監視しようとするもの］を主張した衛生学者アレクサンドル・パラン＝デュシャトレが、その著『公衆衛生、道徳、行政の面から見たパリ市の売春について』（一八三六）の中で、ブルジョワ階級の心情を代弁している。

我々はそこから必然的に次のような重大な結論を引き出さねばならない。すなわち、かなりの数の元娼婦が社会に戻ってきて、我々を取り囲み、我々の家の中、我々の内部に入り込み、我々の最も貴重な利害の管理を彼女たちに任せる羽目になる可能性に、絶えず晒されていることを。(22)

ブルジョワ社会では、娼婦はあくまでもマージナルな存在であった。「家庭／家族（Famille）」を基盤とする家父長的な社会において、娼婦が境界を越えて「家庭」の内部に入り込むことは、社会全体を揺るがせかねない大きな脅威となる。それゆえ、「本物のクルチザンヌ」とは自らの立場をわきまえた娼婦を意味する。したがって、結婚を拒否してマージナルな存在に留まるジョゼファが「本物のクルチザンヌ」として讃えられているのも不思議ではない。実際、彼女はユロ夫人との会見以来、失踪したユロの探索に手を貸し、「放蕩親父」の家庭への帰還に一役買っている。彼女は言わば、「家庭」の守り神に変貌しているのだ。

それに対して、ヴァレリーは「本物のクルチザンヌ」の範疇から外れ、より危険な存在として認識されている。彼女は下級官吏マルネフの妻で、その美貌に眼をつけた上司のユロ男爵に取り入り、ユロに公金横領をさせるほど多額の金を彼から引き出して、ユロ一家を破滅に陥れた張本人である。彼女はさらにクルヴェル、昔の恋人アンリ・モンテスを手玉に取り、ユロの娘婿ヴェンセスラスも誘惑して娘夫婦の家庭を破壊している。

彼女はまさに「宿命の女」そのもので、前述した「宿命の女」の特性を全て備えている。まず、「パリの真のクレオール」として、必要に駆られない限り動くことのない「ものぐさな雌猫」に喩えられている。ここでは、エグゾティスムと獣性が重ね合わされている。「獣性」に関しては、その悪魔的な所業ゆえに、「女の姿となった蛇」または「毒蛇」と呼ばれている。その捉え難さは「ウナギ」のイメージを伴い、さらに「虎」にも喩えられている。それは、ユロの息子ヴィクトランに対する、ヌリッソン夫人のセリフの中に見出せる。

あんたはマルネフ夫人が口にくわえた獲物を放すよう望んでいる！　でもどうやって、虎にその肉切れを放させるつもりだね？

ヴァレリーは『砂漠の情熱』のミニョンヌと同様に、「獰猛な獣」とみなされているわけだ。また、「宿命の女」の三番目の特性として、「女優」の才能が挙げられるが、ヴァレリーも様々な女を演じることができた。例えば、成り上がりのブルジョワ、クルヴェルに対しては、「貞淑な女」と「奔放な娼婦」という二つの仮面を巧みに使い分けている。

彼女は世間の前では、慎ましやかで夢見がちな無邪気さ、申し分のない上品さを見せ、可愛らしさと優しさ、クレオール特有の物腰によって引き立てられた才気も加わり、うっとりさせるような魅力を持っていた。しかし、二人きりになると、彼女はクルチザンヌをも凌駕していた。滑稽で楽しく、次から次へと新しい思いつきを考え出すのだった。

また、ヴェンセスラスを誘惑するためには、彼の妻オルタンスのプラチナブロンドの髪とコントラストを成すために、自らの金髪をわざわざ銀色がかった色に染めている。さらに、デコルテの服を着たその胸の谷間に薔薇の造花をつけて、男の視線を釘付けにしている。要するに、彼女のどんな些細な動作も全て、予め入念に計算されたものであった。バルザックは、彼女が「愛における一種の料理術」に精通していたとして、そのエロティスムを次のように表現している。

彼女は美しい皿に気をそそるように盛りつけられ、ナイフの刃に切りたくてむずむずさせるような気持ちにさせる、あの見事な果物に似ていた。

ヴァレリーはまさに「手練手管に長けた」クルチザンヌで、彼女に裏切られたユロやクルヴェルでさえ、一方で彼女を貪欲で嘘つきと非難しながらも、「セイレン（図2－10）と同じくらい美しく魅力的な」彼女から離れることができない。

彼女に魅惑された男たちは全て、象徴的な意味で去勢され、飼い馴らされた動物に喩えられている。その証拠に、ユロの娘オルタンスは「あのマルネフ夫人は、私の父を彼女の犬にしてしまった。彼女は父の財産、その考えまでも意のままにしている」と嘆いている。とりわけ、ブラジル人のアンリ・モンテスは当初、ギリシア神話に登場する半人半獣の「サテュロス」や、獰猛な「ジャガー」に喩えられていたのが、彼女によって「羊」に変えられている。作者が「驚くべき装置」と呼ぶ、ヴァレリーとベットの二人の女が作り上げた仕組みは、まさに男を貪り食い、破壊する恐ろしい装置であった。

このようにヴァレリーは、バルザックの世界において最強の「宿命の女」として描かれている。しかし、その特色は程度の差こそあれ、ジョゼファなど他の女性たちにもあてはまるものだ。では、ヴァレリーの特殊性はどのような点にあるのだろうか。

ヴァレリーが発揮する力は、その抗いがたい官能性のみに負っているわけではない。彼女は人の心を洞察し、判断する能力を擁していた。実際、彼女に関しては「洞察する」「判断する」「認識する」といった動詞が多用され、他者に対する彼女の優越が浮き彫りになっている。例えば、彼女はクルヴェルに対して、「このグロテスクな崇拝者の性格を一瞥するだけで見抜いた」とある。ヴァ

図 2-10　フレデリック・レイトン《漁師とセイレン》（1856-58）

レリーは、男たちの気質をたちどころに見抜き、それぞれが抱く理想の女性像に自らを同化することができたのである。その意味では、彼女は「獣性」だけに還元できず、判断能力に長けた「知的なクルチザンヌ」として立ち現われている。バルザックは、「理想への欲求」と「快楽の欲求」という相矛盾する男の欲望を同時に満足させるヴァレリーを、天才的な「愛の芸術家」と呼んでいる。それはジョゼファにはない資質であり、しかも「男＝知性、女＝身体性」という従来のジェンダーの構図を覆すものである。

何よりもヴァレリーは「女の力」を明確に意識し、言葉で言い表すことのできる論理力の持ち主であった。彼女は彫刻家のヴェンセスラスに、ブロンズのサムソンとデリラの群像（図2‐11）を注文して、次のように言っている。

あのヘラクレスのようなユダヤ人の髪を切り取っているデリラの姿を作って下さい！［……］女の力を表現して欲しいのです。サムソンなんて何でもありません。それは力の抜け殻ですわ。デリラ、彼女こそがすべてを破壊する情熱そのものなのです。

ヴェンセスラスがヴァレリーと出会う前に作った最初の作品が、「ライオンを引き裂くサムソン像」という「男らしさ」の象徴であっただけに、ヴァレリーの言葉は「女の力」を際立たせるものである。彼女はさらに続けて、「この［サムソンとデリラの］群像とあの残忍なユーディット像は、女の謎を説明するものです。美徳は首を切り、悪徳は髪を切るだけです。殿方、髪にはお気をつけ

図 2-11　ピーテル・パウル・ルーベンス《サムソンとデリラ》（1609-10）

遊ばせ！」と、当意即妙な受け答えをしている。したがって、高い教養とその才気煥発さで有名であった一七世紀の実在のクルチザンヌ、ニノン・ド・ランクロにヴァレリーが喩えられているのも不思議ではない。また、ここで思い起こされるのは、ジョゼファがユーディットに喩えられていることだ。歌姫はむしろ「美徳」の側に立って、ヴァレリーと対照を成している。

さらにヴァレリーは、髪を切られたサムソンを「セント＝ヘレナ島に流されたナポレオン」に喩えている。『砂漠の情熱』で検証したように、バルザックの世界ではナポレオンおよびナポレオン軍兵士が「男らしさ」を体現し、女の危険な力を削ぐ役目を担っていた。『砂漠の情熱』がナポレオン時代の話であったのに対し、『従妹ベット』の時代設定は一八三八年から四六年にかけてで、ブルジョワ王ルイ・フィリップの七月王政時代にあたる。この小説では、第一帝政時代にナポレオン軍の将校として華々しい功績を挙げたユロ男爵は今や、好色な老人でしかない。彼の兄でかつて、共和軍の英雄であったユロ元帥も（『ふくろう党』を参照のこと）、その清廉さと威厳をいまだ保っているものの、高齢のために耳がほとんど聞こえない状態である。要するに、元ナポレオン軍の将校たちはすべて、力を失った老人と化している。

若い世代に関しても、ヴェンセスラスやヴィクトランはそれぞれ、「言葉だけの偉大な芸術家」、「生きた棺桶」と形容されている。「行動の代わりに言葉の時代になってしまった」とユロ男爵自身が嘆いているように、ナポレオン時代の合言葉であった「行動力」に代わって、七月王政時代には「虚しい言葉」が重きをなすようになる。ヴィクトランやヴェンセスラスはまさに、優柔不断で言葉のみが先行する七月革命以降の世代を表象し、父親世代と同様に「無力／不能（impuissance）」

の刻印が押されている。唯一、「男らしさ」を体現しているのが、ブラジルからやってきたアンリ・モンテスだが、彼もヴァレリーによって骨抜きにされている。

こうした「男の力」の弱体化の中で、台頭してくるのが「女の力」であり、ナポレオンに喩えられるのは、「ナポレオン軍の最も有名な将軍の一人、モンコルネ伯爵の私生児」ヴァレリーである。クルヴェル、ユロ、アンリ・モンテスという三人の男たちに対する彼女の冷静沈着な采配ぶりは、戦場のナポレオンに対比されている。

この三つの絶対的な情熱――一つは傲慢なお金の力［クルヴェル］に、二つ目は所有権［ユロ］に、三つ目は若さ、力、財産と優先権とに基づいた情熱［アンリ・モンテス］――に挟まれながら、マルネフ夫人は平静で柔軟な精神を保っていた。それは、ボナパルト将軍がマントヴァ包囲の折に、包囲を続けながら、二つの軍隊に応じなければならなかった時に取った態度と同じであった。

このようにヴァレリーは、「知性」や「行動力」といった、従来男の属性とみなされてきた特質を自分の物にしている。それだけではない。彼女もジョゼファと同様に、男たちの財産を蕩尽する浪費家であるが、同時に蓄財にも励んでいる。実際、ヴァレリーとベットは毎朝、「めいめいの財産の、次第に増えていく利子を計算し直す」ことを日課としている。この光景は『ウジェニー・グランデ』（一八三三）でウジェニーの父親で吝嗇家のグランデが毎晩、自室にこもって金貨を数える場面を彷彿とさせる。グランデの妻と娘のウジェニーは、家の財産がどれほどあるのかも全く知らず、それがグランデが家族に及ぼす大きな力の源となっている。ところが、『従妹ベット』では男女の役割が逆転しているのだ。その上、ヴァレリーはクルヴェルを介して投機相場にも参入し、一種の資本家となっている。

一方、「本物のクルチザンヌ」の本質は、財産ばかりか自分の命すら浪費して顧みないことにある。[23]ジョゼファがユロの悲惨な姿に同情し、彼を援助するのは、ユロが全財産を見事に使い果たしたからだ。ユロの気質はジョゼファの本性と通底しているが、それに対してヴァレリーの心は「金庫」に喩えられている。

繰り返して言えば、一九世紀の家父長的な社会ではお金の管理は男の管轄領域で、お金とファルスの等価関係[24]が確立していた。お金の力を掌握することが父権の源となる。したがって、女が経済的な自立を果たすことは、父権を脅かす恐れがあった。ヴァレリーはその意味でも、ファルスの力を簒奪した女として、重大な侵犯行為を犯したことになる。

しかもヴァレリーは、エステルやジョゼファとは違い、表向きには「貞淑な妻」を演じている。彼女はむしろ結婚制度を利用して、夫のマルネフの死後、パリの区長として政治的にも実力者となった成り上がりのブルジョワ、クルヴェルと結婚し、クルヴェルの亡き後は、アンリ・モンテスと結婚して貴族の奥方に納まる算段であった。私生児の彼女は結婚によって、正当な名前と社会的上昇を目指していた。それはパラン＝デュシャトレが恐れていたように、娼婦が家庭の中に入り込むことに他ならない。そこに、体制側にとっての彼女の「邪悪さ」が見出せる。

このように、ヴァレリーは社会的・経済的・ジェンダー的次元において、既成の価値観を転覆させる危険な存在であった。それが、彼女に関して何度も「悪魔」「悪魔的」と形容されるゆえんであろう。彼女は言わば、「悪魔払い」されるべき存在であった。

こうしたヴァレリーの危険な力に対抗するのは、皮肉なことに、女性しかいない。まず、ナポレオンの妻ジョゼフィーヌに喩えられるユロの妻、アドリーヌが最後まで夫の権威と名誉を尊び、「家庭」を守ろうとする。そして、実際にヴァレリーを滅ぼしたのは、ユロの息子ヴィクトランによって雇われたヌリッソン夫人である。ヌリッソン夫人は、元徒刑囚から警察に鞍替えしたヴォートランの叔母で、自らが「運命の代理を務めている」と主張し、メフィストフェレスを想起させる悪魔的な人物である。『娼婦盛衰記』ではエステルの持つ危険なセクシュアリティを監視し、統御しようとしたヴォートランだが、(25)『従妹ベット』ではその名前が言及されるだけで、彼に代わってヌリッソン夫人が「男らしさ(26)」を体現している。ここでも男女の役割の逆転が見出せる。

物語の最後では、ヌリッソン夫人の提供するヴァレリーの裏切りの証拠を自分の眼で確かめたアンリ・モンテスが「虎」に立ち戻り、ヴァレリーに復讐することになる。アンリは熱帯特有の性病を彼女に感染させ、死に至らしめている。『人間喜劇』の中で名医として名高いビアンションが彼女の病状を、医学用語を交えながら、次のように説明している。

気の毒な女性は、きれいな方だったという話ですが、彼女が罪を犯した所から十分な罰を受けました。というのも、彼女は今やおぞましいほど醜いですから。［……］歯と髪の毛は抜け落ち、ライ病患者のようで、彼女も自分を見て怖がっています。その手は見るからに恐ろしく、膨れ上がって緑がかった膿疱に覆われています。剥がれた爪が、彼女が掻きむしる傷の中に残っています。要するに、ありとあらゆる末端組織がそれらを蝕む血膿となって破壊されているのです。

このように、ビアンションはヴァレリーの肉体の腐敗、変質ぶりを詳細に描写している。さらにバルザックは、ヴァレリーを「腐敗の塊」または「おぞましく、ひどい悪臭を放つ瀕死の病人」と呼び、彼女の肉体の変わり果てた、おぞましい光景を執拗に描いている。作者が女の登場人物に対して、これほど残酷な死を用意したのは、一つには、この小説が新聞の連載小説として発表されたからであろう。掲載された新聞は『コンスティチュショネル』紙で、読者の大半はブルジョワ階級であった。彼らは勧善懲悪のメロドラム志向で、バルザックは読者の要請に従ったと考えられる。それは、アドリーヌの「神意が下った」というメロドラム的なセリフでも明らかである。

しかし、ヴァレリーの肉体がこれほどの腐敗と崩壊の様相を呈しているのは、何よりも彼女の娼婦性に起因すると思われる。というのも、クルヴェルもヴァレリーと同じ病気に感染しているにも関わらず、彼の恐ろしい有様には一言も言及されていないからだ。一八四二年に出版された『ラ・ラブイユーズ』でも娼婦的な女性フロールが登場するが、彼女も最後に性病に罹り、ヴァレリーと同様におぞましい光景を呈している。語り手は、病の床の彼女を「悪臭を放つ屍《しかばね》」と形容し、「その体といえば、かつてあれほど魅惑的だったのに、もはや胸のむかつくような骨でしかなかった」

と述べている。
ヴァレリーやフロールが同じような最期を遂げるのは、彼女たちが男の力では統御し難い、女のセクシュアリティを体現していたからであろう。エステルに対するヴォートランの言葉に明白に現れていたように、娼婦は「社会の汚物」であり、その肉体は文字通り「汚物」と化す必要があった。セクシュアリティを帯びた女の肉体は、男の眼から見れば、まさにジュリア・クリステヴァが「おぞましいもの[27](l'abject)」と呼ぶものであった。それは、男の欲望を惹きつけると同時に恐怖に陥れるもので、男の心はその魅惑と嫌悪の間で揺れ動くのである。こうした女性のイメージは、バルザックに続く自然主義作家ゾラの小説『ナナ』(一八八〇)の同名の女主人公にも通底するものである。

*

以上のように、『砂漠の情熱』から『娼婦盛衰記』、『従妹ベット』における「宿命の女」像を見てきた。それは、エジプトの砂漠というロマン主義的なエキゾティックな空間から、現実のパリ社会を舞台としたレアリスムの空間に移行する「宿命の女」像の変遷を辿るものであった。また、第一帝政から七月王政への時代精神の移り変わりとも深く結びついていた。ヴァレリーが『人間喜劇』の中で一番危険な「宿命の女」として登場するのは、一八四〇年以降、「男の力」の弱体化が進み、「女の力」が現実的な社会的脅威となり始めたからであろう。こうした男の側の根源的な恐怖を鎮めるためにも、彼女に悲惨な死をもたらす必要があったのだ。

しかしながら、ヴァレリーは死の床で自らの過去を悔い改めたものの、その最期の言葉は次のようなものだ。

> 私は神様と和解するよう努めるつもりよ。それが私の最後の媚態《コケットリー》だもの！　そう、善良な神様をひっかけないといけない！（Oui, il faut que je *fasse le bon Dieu !*）

彼女の最後のセリフ「そう、善良な神様をひっかけないといけない！」は新聞に連載していた時にはなかった部分で、本として出版したフュルヌ版でバルザックがわざわざつけ加えたものだ。このセリフはヴァレリーが初めて物語に登場する場面で、夫のマルネフが「お前はおれの上司［＝ユロ男爵］をひっかけたな（Tu as *fait* mon directeur）」というセリフに対応している。要するに、ヴァレリーの本性は最後まで変わらなかったわけだ。バルザックはヴァレリーを完全に否定するのではなく、むしろ、善悪の価値基準を越えた、そのエネルギーの大きさを高く評価している。それゆえ、バルザック自身が英雄とみなすナポレオンにヴァレリーが喩えられているのも当然であろう。

また、失踪したユロ男爵が貧民窟に身を潜めた時に彼が囲ったのが、お針子のエロディーやアタラといった下層階級の娘たちであった。彼女たちが使う言葉は下層階級特有の俗語であり、同じ庶民の出のエステルやジョゼファとは言葉づかいが異なっている。『従妹ベット』の執筆時期は一八四六年で、民衆が蜂起した一八四八年の二月革命の直前にあたる。言わば、民衆の力が台頭してきた時期で、それに連動して、ウージェーヌ・シューの『パリの秘密』に代表されるように、民衆が文学のテーマとしてクローズアップされるようになる。したがって、文学における「宿命の女」像も、エステル、ジョゼファやヴァレリーのような「高級娼婦（courtisane）」だけではなく、「下級娼婦（prostituée）」へと広がっていくことになろう。それはモーパッサン、ユイスマンスやゾラなど、一九世紀後半の自然主義文学を予期させるもので、『従妹ベット』は、こうした文学の到来を予告するものでもあった。

第三章　危険な「ヴィーナス」——ゾラ『ナナ』

自然主義作家エミール・ゾラの『ナナ』(一八八〇)は、一九世紀後半の第二帝政期フランスにおける娼婦像を描いた代表的な小説とみなされている。ゾラは二〇巻にわたる《ルーゴン・マッカール叢書》において、ルーゴンとマッカールという二つの家系の結合から生まれた五世代にわたる子孫の運命を辿ることで、第二帝政期の社会全体を表象しようとした。叢書全体の構想を練った彼のプランには「四つの世界」——「民衆」「商人」「ブルジョワジー」「上流階級」——と「特殊な世界」として「娼婦、殺人者、司祭、芸術家」が記されている。(1) ゾラはこれらの社会階層に属する登場人物を小説空間に配置し、それぞれの階級の利害や欲望が交錯する世界を構築しようとした。そのうち、「娼婦」を主題としたのが叢書第九巻の『ナナ』である。

『ナナ』は一八七九年から八〇年にかけて『ヴォルテール』紙に連載小説として掲載されたが、連載当初から人間以下の獣性を扱った「四つ足動物の小説」、または「吐き気を催させる偽り」に満ちた作品として保守的な批評家から非難された。[2] ゾラはこうした批判への反論として『ヴォルテール』紙上に長文の記事を載せ、「我々の時代に関して、娼婦をありのままに描き出した本は一冊も見当たらない[3]」と述べた後、この小説の意図を明らかにしている。

私はどこにでもいるような娼婦、恐らくは同様の娼婦がパリには数千人はいるような娼婦をしっかり描きたいという野心――多分、大きすぎる野心ではあるが――を持っていた。それはマリヨン・ドロルムや椿姫、マルコやミュゼットなどが示すあらゆる感傷主義、悪徳のあらゆる粉飾に対して抗議するためであり、そうしたことは風俗にとって危険で、貧しい娘たちの想像力に惨憺たる影響を及ぼすと考えている。[4]

ゾラがここで言及しているマリヨン・ドロルムはヴィクトル・ユゴーの同名の戯曲（一八三一）の主人公、椿姫はアレクサンドル・デュマ・フィスの同名の小説（一八四八）の主人公、マルコはヴォードヴィル座で上演された『大理石の娘たち』（一八五三）の主人公で、ミュゼットはアンリ・ミュルジェールの『ボヘミアン生活情景』（一八四六）に登場する女性である。とりわけマリヨン・ドロルムと椿姫は、ロマン主義時代に席巻した「恋するクルチザンヌ」（真実の愛によって浄化される娼婦）の典型である。[5] ゾラはこうした娼婦像の脱神話化を目指し、「真の娼婦」を描こうとした。

ゾラは小説の草案において、主人公のナナを次のように設定している。

すべての登場人物が最後にはナナの足元に打ち負かされねばならない。彼女の周りには廃墟と死体しか残らない。彼女は全てを一掃し、消失させてしまう。(6)

このように、ナナは社会の解体をもたらす危険な女として登場する。本章ではゾラの描く娼婦の危険性を、ゾラと同じく「真の娼婦」を描いたとされる印象派の画家エドゥアール・マネなど、同時代の画家の絵画と関連させながら探っていきたい。

「金髪のヴィーナス」

物語は、パリのヴァリエテ座でオペレッタ『金髪のヴィーナス』の主役としてナナがデビューする場面から始まる。演技も歌も下手な彼女が観客を魅了したのは、ひとえに彼女の肉体が放つ性的魅力である。とりわけ第三幕目に「金髪のヴィーナス」が姿を現すやいなや、観客席に戦慄が走る。

ナナは裸であった。自らの全能の肉体を確信し、不敵な落ち着きを湛えて裸で立っていた。身を包むものは一枚の薄絹のみ。丸い肩、槍のように硬く尖ったピンク色の突起のあるアマゾネスの乳房、肉感的に揺れ動く大きな腰、脂ののったブロンドの太ももなど、彼女の全身が水の泡のように白く軽い布地の下から透けて見えたり、露わになったりしていた。それは、髪の毛以外には身を隠す覆いを何も纏わずに波間から生まれでるヴィーナスであった。

この「髪の毛以外には身を隠す覆いを何も纏わずに波間から生まれでるヴィーナス」は、ピーター・ブルックスが指摘しているように、(7) アカデミー絵画の代表作、カバネルの《ヴィーナスの誕生》（別図7）を彷彿とさせる。ナナが舞台デビューするのは一八六七年で、ちょうど万国博覧会がパリで開催された年に当たり、万博での美術展に出品されたのがカバネルの《ヴィーナスの誕生》であった。その他にもブーグローの《バッカスの巫女》（図3-1）やジェロームの《アレオパゴス法廷に立つフリュネ》（図3-2）など、この美術展には艶めかしい女の裸体が氾濫していた。しかも皇帝ナポレオン三世がカバネルの絵を買い上げたことで、彼のヴィーナスは芸術的にも道徳的にもお墨付きを得たことになる。ゾラはカバネルに対して、古代のヴィーナス像に「媚態《コケットリー》」と「甘ったるい柔らかさ」(8)を付け加えて、近代の嗜好に迎合したと非難の言葉を投げかけ、次のように批判している。

> 乳白色の川に身を浸した女神はさながら官能的なロレット(9)のようだ。それは肉と骨からできているのではなく――そうであれば淫らになってしまう――、一種の白とピンクの練り菓子でできている。(10)

ゾラはカバネルが「肉と骨からできている」生身の女ではなく、「白とピンクの練り菓子」または「愛らしい人形」(11)――それは当時のブルジョワの男の幻想や夢、欲望に基づく理想の女性像に

図 3-1　ウィリアム・ブーグロー《バッカスの巫女》（1862）

図 3-2　ジャン＝レオン・ジェローム《アレオパゴス法廷に立つフリュネ》（1861）
この絵は，古代ギリシアの有名なヘタイラ（高級遊女）フリュネが，不敬虔を理由に裁判にかけられた時，弁護人のヒュペレイデスが裁判官たちの同情を引くために，フリュネの衣服を剥ぎ取った場面を描いている。裁判官たちは，彼女の神々しい美しさに心を打たれ，無罪にしたとされている。

他ならない――を作り出したと非難している。また、ちょうど『ナナ』の執筆時期にサロンに出品された《ヴィーナスの誕生》（別図8）の作者ブーグローに対してもゾラは、「優雅さの頂点に立ち、眼差しのもとで溶けていく砂糖菓子のように天上の女性を描く魅惑的な画家」[12]という皮肉交じりの評価を下している。カバネルとブーグローのヴィーナスは、それぞれ腕を頭の上に曲げ、艶めかしいポーズを取って誘惑的な媚を投げかけている。しかも眼を半ば閉じているか、または視線を斜め横にずらしているため、鑑賞者と眼を合わせることはない。[13]それゆえ、男の鑑賞者がヴィーナスの裸体を心おきなく覗き見ることができる仕組みとなっている。要するに、これらのヴィーナスは男の「欲望の眼差し」に捧げられた裸体であった。しかも、ゾラが「人形」や「砂糖菓子」に喩えているように、「通俗的なまがいもののヴィーナス[14]（Vénus kitsch）」であった。

ゾラのナナも同様で、彼女は「ボルドナヴ［劇場の支配人］の捏造品」とみなされている。「金髪のヴィーナス」ナナは言わば、男の観客の集合的な欲望を掻き立て、満足させるために作り上げられ、「欲望の眼差し」の対象として値踏みされる「商品」であった。したがって、ボルドナヴが「女を見世物にする男」と呼ばれ、彼自らが自分の劇場を「淫売屋」と称しているのも不思議ではない。

男の「欲望の眼差し」の対象となるのは、舞台に立つ女優だけに限らない。女の観客も「見られる」立場に立っている。アカデミー画家と対極にある印象派の画家たちは、近代都市パリの現代生活の一齣《ひとこま》を切り取り、絵画の世界に視覚化した。その舞台の一つが劇場であった。例えば、ルノワールの《桟敷席》（図3-3）では、美しく着飾った女性が描かれているが、その隣の男は不遜な態度でオペラグラスを斜め上に向けている。それは明らかに舞台に向けた視線ではなく、恐らく彼は

図 3-3　ピエール＝オーギュスト・ルノワール《桟敷席》（1874）

図 3-4　メアリー・カサット《桟敷席にて》（1878）
前景のオペラグラスを手にして熱心に舞台を見る女性に対して，後景では彼女の方にオペラグラスを向ける男性が描かれている。

上の階の桟敷席の女性を眺めているのであろう。その証拠として、女性画家メアリー・カサットの《桟敷席にて》（図3-4）を挙げておこう。この絵では前景にオペラグラスを手にして熱心に舞台を見る女性が配され、後景には彼女の方にオペラグラスを向ける男性が描かれている。

ゾラの小説では、新聞記者フォシュリーがヴァリエテ座でオペラグラスを向けるのは、桟敷席のミュファ伯爵夫人サビーヌであり、彼女は彼の「欲望の眼差し」の対象となっている。このように、劇場において全ての女性が「見る」というよりも「見られる」という受動的な立場に立っている。

しかしナナの場合、こうした消極的な立場からの逆転が見出せる。先ほど引用した第三幕目の裸のヴィーナスの描写の後、語り手は次のように続けている。

そしてナナが腕を挙げると、フットライトの光の中で彼女の金色の腋毛が見えた。今や拍手も起こらなかった。もはや誰も笑う者はなく、男たちの顔は気難しげに緊張し、鼻は伸び、口はひりひりとして唾も出なかった。無言の脅迫をはらんだ風が音もなく通り過ぎたかのようであった。突然、この無邪気な小娘の中に女が立ち上がって不気味な存在となり、女の性特有の狂気の一撃をもたらし、未知の欲望の扉を押し開いた。ナナは相変わらず微笑を浮かべていたが、それは男を食らう女の鋭い微笑であった。

引用傍線部（「無言の脅迫」「不気味な」「女の性特有の狂気の一撃」「男を食らう女」）の表現が如実に示しているように、ナナは突然、「愛らしい人形」から男に危険な力を及ぼす「宿命の女」

に変貌する。実は、その兆候は前に引用した箇所にすでに現れていた（一〇九頁の引用、二重傍線部）。すなわち、彼女の「槍のように硬く尖った」「アマゾネス」の胸は男性的で攻撃的なエネルギーに満ちたもので、カバネルのヴィーナスのような「甘ったるい柔らかさ」とは無縁であった。ゾラは一見、アカデミー絵画のヴィーナス像に似せてナナを造形しながらも、その価値の転覆を計っているのだ。

ナナの獣性

興味深いことに、ナナと観客との立場の逆転が決定的になるのは、彼女が「金色の腋毛」（一一四頁の引用、二重傍線部）を見せた瞬間である。それはまさに、女の生々しい現実が露わになった瞬間であり、「雌ライオンの毛」のような髪の毛と相まって、ナナの毛深さは彼女の「獣性」を示すものである。とりわけゾラが強調するのは、彼女の肉体から発散される「生命の匂い」であった。

　堅物のミュファ伯爵が女優の楽屋に至る舞台裏を通る時、彼をまず襲ったのが「ガスの匂いや、舞台装置の糊の匂い、薄暗い舞台隅の不潔な匂い、端役の女優たちの下着の匂いなど、舞台裏特有のきつい匂い」である。さらに「髪の毛のすえたような動物臭に混じって、紅白粉《おしろい》の麝香《じゃこう》の匂いや女の匂い」に圧倒されて、彼は息苦しくなる。ナナの楽屋でその息苦しさは頂点に達する。ガス灯の熱でむっとするような空気によって「倍加された女の匂い」に彼は危うく気絶しそうになるのだ。その匂いは伯爵が昔、匂いを嗅いで死にそうになった萎れた月下香《げつかこう》「リュウゼツランの一種」の匂いであり、「月下香が腐る時には女の匂いがする」と、語り手が説明を加えている。

ゾラが《ルーゴン・マッカール叢書》の構想プランの中で使っていた「娼婦（putain）」という言葉自体、「puer（悪臭を放つ）」という動詞を連想させる。実際、アラン・コルバンによれば一九世紀当時、娼婦は「耐えがたい腐臭」(15)（une puanteur insupportable）」を放つ存在とみなされていた。このように、ナナの肉体は「腐敗」と「死」をもたらす動物的な「匂い」によって特徴づけられ、それがゾラにおける「真の娼婦」の実態であった。

前章でバルザックの描くエステルに関して言及したように、一九世紀当時、娼婦は梅毒を男に感染させ、その肉体を腐敗させると同時に、精神的な腐敗をもたらす要因とみなされていた。ナナも同様である。ゾラは、作品の構想メモに次のように記している。

社会全体が女の尻に殺到している。一匹の雌犬の後を追う猟犬の群れ。その雌犬は盛りがついているわけではなく、後に従う犬たちを馬鹿にしている。雄の欲望の詩。世界を揺り動かす大きな力。それは女の尻か宗教しかない(16)。

ナナを求める男たちは、もはや理性的な「人間の男（homme）」ではなく、獣の「雄《オス》（mâle）」に退化している。実際、ウジェニー皇后の侍従長を務める謹厳なミュファ伯爵がナナに命じられるまま、四つん這いになり、「熊」となって唸ったり噛みついたりして、「獣性への渇望」に駆られる場面がある。ナナは男の肉体だけではなく、人格そのものを解体する危険な存在で、まさに「社会の

図 3-5　ギュスターヴ・モロー《出現》（1876）

解体をもたらす酵母、裸体、尻」[17]であった。

ミュファが舞台裏の覗き穴から見たナナの姿も、不気味なものである。

弧を描く眩いばかりのフットライトの向うに、茶褐色の煙が立ち込めたように薄暗い観客席が見えた。蒼白くかすんだ顔が並ぶ精彩のない背景をバックにして、ナナの姿が桟敷席から天井桟敷まで塞ぎ、白く大きく浮かび上がっていた。伯爵は彼女の背中越しに、その張った腰や開いた腕を見ていた。一方、ナナの足元すれすれの床にはプロンプターの老人の貧相で正直そうな顔が、まるで斬られた首のように載っていた。

「斬られた首のよう」な老人の姿は、サロメによって首を斬られた洗礼者ヨハネを彷彿とさせる。ジョイ・ニュートンが指摘しているように、象徴派の画家ギュスターヴ・モローがゾラに与えた影響を無視することはできない[18]。とりわけモローが一八七六年のサロンに出展した《ヘロデ王の前で踊るサロメ》（別図9）と《出現》（図3-5）は、『ナナ』のこの場面と密接なつながりがあるように見える。ゾラの小説では舞台裏からの視点によって現実世界の中に突然、幻想空間が出現したかのようで、背景の「茶褐色の煙」はモローの絵（別図9）の茶褐色の背景に重なり、観客席に並ぶ「蒼白くかすんだ顔」はモローの絵ではヘロデ王など背景の人物像と合致する。その上、《出現》で宙に浮かぶヨハネの首に驚いて立ちすくむサロメは、ナナと同様に半裸である。

現実世界を描く印象派の画家を擁護するゾラにとって、神話や聖書を題材とし、「洗練された、複雑で謎に満ちた夢[19]」を描いたモローの絵画は彼の理解を越えていた。それゆえ、ゾラの美術評ではモローはあまり評価されていない。確かに、モローのサロメは肉感的なナナとは違い、現実離れした神秘的な雰囲気を漂わせている。しかし、ゾラと親しかったフローベールやユイスマンスはモローの賛美者であり、特にユイスマンスは後に『さかしま』（一八八四）を執筆し、数頁にわたってモローのサロメ像に言及している。その中に「彼女に近づく者、彼女を見る者、彼女が触れる者すべてに毒を与える、無頓着で無関心、無責任な怪物のような獣」という一節がある。それは「自然の力そのもののように無意識で、その匂いだけで世界を毒する金色の獣」とみなされるゾラのナナと重なり合う。ゾラもまた、モローのサロメ像にユイスマンスと同じようなイメージを抱いたのではないだろうか。少なくとも、熱心なカトリック信者であるミュファ伯爵から見たナナは「悪魔」の表象、まさに男の首を斬るサロメであった[20]。

ミュファがナナの虜となった要因は、その強烈な「女の匂い」だけではない。彼はイギリスの皇太子に付き添って訪れたナナの楽屋で、彼女が化粧するのを目撃することになる。

ミュファ伯爵は白粉や紅白粉の倒錯に魅了され、真っ白な顔に真っ赤な唇、黒いアイシャドーで隈取りしたために大きくなり、愛に燃えたぎってやつれたようになった眼の、この厚化粧の若々しい顔に狂おしい欲望を掻き立てられて、より一層悩ましく感じていた。

ここでは白粉で真っ白に塗られた顔に真っ赤な唇、黒く縁取りされた眼が強調されている。こうした厚化粧は女優だけに限らず、娼婦を特徴づけるものだ。一九世紀においては、化粧は「本来の肌の白さや美しさ」を見せるに留まり、肌の手入れの範囲を越えて赤い紅を付けるなど、「これみよがしな化粧」は「家父長的道徳規範からの逸脱」を示すものとして糾弾の対象となった。[21] 厚化粧は言わば、娼婦の専売特許であり、若い娼婦を描いたデュエズの《栄華》（別図10）がそれを物語っている。[22] この絵の女性に関して、ホリス・クレイソンは次のように解説している。

彼女の顔の色彩は厚化粧――すぼめた赤い唇、真っ黒な眉と眼、粉おしろいをつけた頬――によって生じた結果である。肌はややピンク色で粉おしろいの下で紅潮している。そして頬の膨らみと眼の上のたるみは、恐らく睡眠不足（恐らくはアルコールまたはタバコの濫用）によるものであろう。その若々しさが退廃的に見えるのは、眼に見えるほど赤くなった耳のせいで、その耳にはイヤリングが輝いている。[23]

デュエズの娼婦は高価な流行の衣装を身に纏い、その栄華を極めている。その一方で、厚化粧の顔は退廃的な雰囲気も漂わせている。ナナも同様で、ミュファがナナの内に見たのはまさに「厚化粧の若々しい顔」が醸し出す「倒錯」の世界であった。それは、その場に居合わせた放蕩者の皇太子やシュアール侯爵には見慣れた光景である。しかし、道徳堅固な伯爵にとっては初めての経験で、彼は「悔恨の入り混じった快楽」、「罪を犯した時に、地獄への恐怖によって一層鋭く感じられるカトリック信者の快楽」を味わったのである。彼はこの化粧の場面で完全にナナの虜となってしまう。

こうした倒錯的な愛は、デュマ・フィスの描く椿姫などロマン主義的な娼婦には見出せない「真の娼婦」の特徴の一つであった。

次に象徴派のモローや、カバネル、ブーグローなどアカデミー画家とは対極にある印象派の画家、マネの絵画がゾラのナナとどのように関わっているのかを見ていきたい。

マネによる「真の娼婦」像とナナ

周知のように、マネが一八六五年のサロンに出展した《オランピア》（図3-6）は大きなスキャンダルを引き起こした。サロン評でもマネのオランピアは「黄色い腹のオダリスク」「一種の雌ゴリラ」などと呼ばれ、その醜さと不潔さが強調されて「死体置き場の恐怖」を想起させるとまで酷評された。(24) それに対して唯一、マネ擁護の論陣を張ったのがゾラである。彼は《オランピア》をアカデミー絵画と対立させて、次のように書いている。

当節の画家はヴィーナスを描く時、自然を修正し、嘘をつく。エドゥアール・マネはどうして嘘をつくのか、どうして真実を語らないのかと自問した。彼は我々にオランピアを、まさしく現代の娼婦、あなた方が歩道で出会うような娼婦［……］を現出させている。(25)

このゾラのマネ擁護は彼が後に展開した、自らの小説『ナナ』に対する酷評への反論——同時代の「ありのままの娼婦」「真の娼婦」を描いたと主張――と同じ論法に則っている。さらに、マネは主題よりも色彩を先行させたとして、ゾラは次のように続けている。

あなた［マネ］には裸の女性が必要であった。それで、最初に姿を現した女、オランピアを選んだ。あなたには明るく光輝く色斑が必要だった。それで花束を置いた。あなたには黒い色斑が必要だった。それで片隅に黒人女と猫を置いたのだ。[26]

ここでゾラが使っている「最初に姿を現した／どこにでもいるような女（la première venue）」という表現は、本章冒頭で引用したゾラの反論記事（一〇八頁の引用で「どこにでもいるような娼婦」と訳した部分）にも見出せる。デュマ・フィスの『椿姫』が「気高い不幸」を描いた「例外的な」娼婦の物語であったのに対し、[27]ゾラは「どこにでもいるような娼婦」を美化することなくありのままに描こうとした。マネもまた、アカデミー絵画のような美化した女の裸体ではなく、「現代の娼婦」を題材とすることで、ゾラの眼には「真の娼婦」を描いた画家と認識されたのだ。

マネのオランピアが批判されたのは、絵画の平面性やレアリスム的表現、主題よりも色彩を優先したことなど、アカデミー絵画の伝統的な規範から外れたことによる。とりわけ、オランピアの視線が物議を醸した要因の一つであった。すでに見たカバネルやブーグローのヴィーナス、またはジェロームのフリュネとは違い、オランピアは媚びることも恥じることもなく、平然とした態度で鑑賞者に視線をまっすぐ向けている。それは、T・J・クラークの言葉を借りれば、「自らが性的理

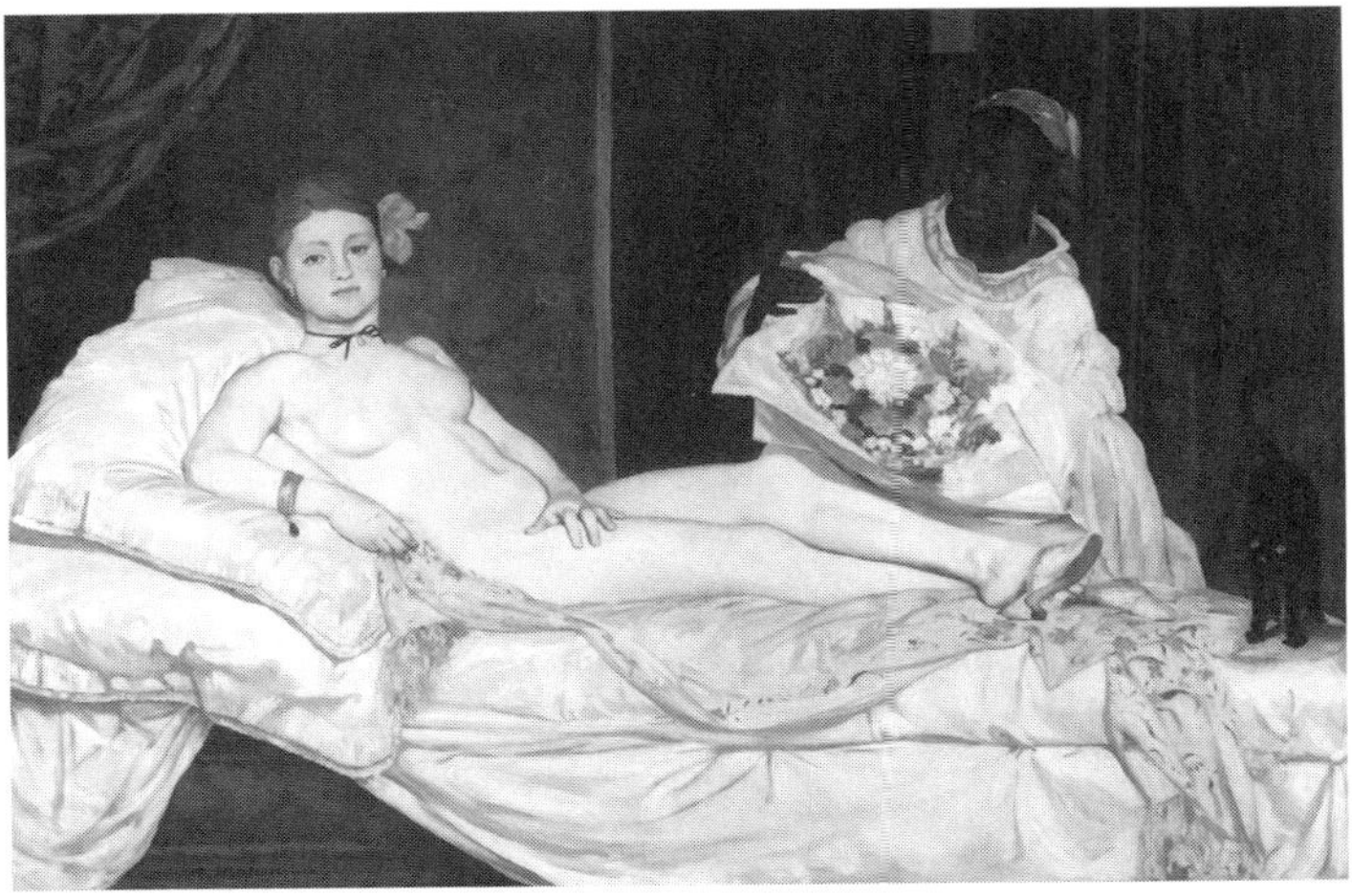

図 3-6　エドゥアール・マネ《オランピア》(1865)

由で見られ、値踏みされていることを意識[28]」した主体的な視線で、男の鑑賞者はその挑発的な視線にたじろがざるを得ない。クラークはさらに、オランピアは「高級娼婦（courtisane）」として描かれていると同時に、「もぐりの下級娼婦（insoumise）」としても描かれていると指摘している[29]。《insoumise》の原義は「不服従の女」で、衛生学者アレクサンドル・パラン＝デュシャトレが推し進めた規制主義（第二章九一頁を参照のこと）の網から逃れた最底辺の娼婦を意味し、当局が最も恐れていた存在であった。

ゾラのナナもまた、裕福な貴族やブルジョワ階級に囲われる「高級娼婦」になるものの、もとはパリの最下層の階級出身である。実際、役者のフォンタンと同棲した時期には、娼婦仲間のサタンと共に「もぐりの娼婦」として警察の一斉検挙で危うく捕まるところであった。新聞記者のフォシュリーは「金蠅」というタイトルの記事で、ナナを何世代にもわたる貧困と飲酒の遺伝のために「性器《セックス》の神経的な変調」をきたした女とみなし、次のように描いている。

彼女はパリの場末の舗道の上で成長し、肥料をたっぷり施した植物のように、背が高く美しく、素晴らしい肉体となった。彼女は自らがその産物である貧者や社会に遺棄された者たちの復讐を行っている。民衆の間に醸成された腐敗が彼女を通じて上昇し、貴族階級を腐敗させている。彼女は自ら意識することなく自然の力、破壊の酵母となり、その雪のように白い太ももの間でパリ中を腐敗させ、解体している。

この記事の最後で、ナナは「汚物から飛び立つ金色の蝿」、「路傍に放置された腐肉から死を取り出し、［……］宝石のように煌《きら》めきながら宮殿に窓から入り、人々の上にとまるだけで毒を盛る蝿」に喩えられている。ピーター・ブルックスによれば、それは「女の強烈なセクシュアリティと下層階級を同一視し、肉体を階級間の混乱と潜在的な革命の源とみなして恐怖の対象とするゾラに典型的な発想」(30)であった。したがって、《insoumise》は単に「もぐりの下級娼婦」を意味するだけではない。当局に服従しない民衆、すなわち、革命を引き起こす混沌としたエネルギーを秘めた下層階級に結びつき、社会の秩序を乱す危険な存在となる。マネのオランピアも、批評家をはじめとする当時のブルジョワ階級から見れば、潜在的な破壊力を秘めた《insoumise》として認識され、それが大きな反感を招いたのであろう。こうした点でもゾラとマネは同じ娼婦像を共有している。

マネのオランピアが当時の批評家たちを憤激させたもう一つの理由として、クラークが挙げているのはオランピアの左手の位置だ。アカデミー派の批評家、カミーユ・ルモニエは一八七〇年のサロン評で次のように述べている。

（女の）裸体が慎み深さを帯びるのは、服を脱いで裸になる途中の状態ではない時に限る。裸体は何も隠していないが、それは何も隠すものなどないからだ。裸体が何かを隠す時には淫らになる。(31)

アカデミー絵画の裸体では腋毛や陰毛は描かないことが鉄則であり、それによって「何も隠すものなどない」ことを証明していた。マネのオランピアも一応、その規範に従っている。しかし、そのこわばった左手は局部を隠しているように見えながら、その部分を「見るよう促している」[32]ようでもあり、その下に隠すべきものがあることを暗示している。そこに批評家たちは「淫らさ」を見出し、激しい非難を浴びせかけた。

一方、ゾラの小説の主軸は、ブルックスの言葉を借りれば「ナナを裸にすること」、「パリ全体をその魅力の虜にしているブロンドの肉体の秘密を一つ一つ明らかにすること」である。[33]しかし、ナナは「金髪のヴィーナス」として舞台に登場した時、観客の眼には一瞬「裸」に映ったものの、薄絹を纏っていた。ナナの裸体を垣間見せる薄絹は、観客たちの欲情をより一層掻き立てる装置として機能している。また、彼女がミュファの前で全裸の姿を鏡に映しだして自己陶酔に耽る場面では、「逞しい筋肉を秘めた、がっしりした腰」、「女戦士のように硬く突き出した胸」、「繻子のようにきめ細かい肌」、「肩と腰のあたりでわずかに波打つ見事な曲線」、「雌馬のような尻と腿」などと身体のパーツが一つずつ列挙される。しかし、「深いくびれのある腹の膨らみ」の箇所では、「そのくびれの影が悩ましいヴェールとなって性器を覆い隠していた」とある。ここでも「ヴェール」のせいで、ナナの肉体の全てが露わになったわけではなかった。

「他者」としての女の肉体はその「秘密」が全て明らかにされ、男の価値基準に組み込まれることで初めて無害なものとなる。しかし、「覆い隠された女の性（器）」は、言葉では言い表されないもの、男性原理では捉えきれない「謎」となって男を惹きつけると同時に、恐怖を抱かせることになる。ナナの肉体は「謎」を秘めているがゆえに、どんな男も彼女を完全に所有することはできない。

ミュファにとってナナは、現実の女から神話的表象――「その匂いだけで世界を毒する金色の獣」――に変貌するのである。

ところで、ナナの肉体が持つ破壊力は、しばしば「深淵」や「穴」といったメタファーで表されている。例えば、ヴィリエ通りのナナの豪奢な屋敷は、次のように描かれている。

その屋敷は深淵の上に建っているかのようであった。男たちは財産、身体、名前に至るまでそこに呑み込まれ、わずかの塵の跡も残らなかった。

男たちは次々に金を巻き上げられて死屍累々と積み重なり、手押し車一杯の金も、彼女の贅沢の重みでめりめりときしみながら屋敷の床下に絶えず掘り下げられていく穴を埋めることはできなかった。

エレオノール・ルヴェルズィが指摘しているように、この「深淵」「穴」はナナの性器のメタファーである[34]。ナナのイメージには他にも「空虚」や「虚無」といった言葉が付きまとう。それは確かに、彼女が表象する第二帝政社会の虚飾とその空虚さを反映したものだ[35]。しかし、それだけではない。作中の人物ミニョンはナナの屋敷の壮麗さに感嘆し、次のような見解を抱いている。

人夫の手も借りず、技師が発明した機械の力も借りずに独力でパリ中を揺り動かし、多くの死体がそこに眠る富を築きあげたのは別のもの、人々が馬鹿にするほんの取るに足らないもの、あの魅力的な裸身のほんの一部によってであり、あの恥ずべき些細なものによってで、しかしそれは世界を持ち上げる力を持つ強力なものであった。

このように、一見、「ほんの取るに足らないもの」、「あの恥ずべき些細なもの」に見えるナナの「性（器）」が「世界を持ち上げる力」を持つに至る。それは、すでに見たルモニエの美術評の一節「(女の) 裸体は何も隠していないが、それは何も隠すものなどないからだ」と鋭く対立し、男性から見た「価値のないもの」――「無／些細なもの（rien)」、「虚無（néant)」「空虚（vide)」――が反転して強力な「力」に変容している。言わば、男性原理に基づく価値観の転覆が生じている。

ミニョンがナナに崇拝の念を抱くように、ナナの「性（器)」は今や、男たちの崇拝の対象、「聖なる存在」へと変貌する。実際、ナナは「パリ中の人が彼女の比類なき裸体を崇めにくる祭壇、または王座のような、いまだかつて存在したことのないようなベッド」を夢見ていた。それはまさに、セザンヌの《永遠の女性》(図3-7) を彷彿とさせる。[36] セザンヌの絵の中央には、天蓋のついたベッドに座る裸の女性が配され、その周囲を男性たちが取り巻いている。とりわけ画面左側には司教、銀行家、軍人、法曹界の人物が認められる。ゾラの小説でも高級官僚のミュファ、名門貴族のヴァンドゥーヴル、金融資本家のシュタイネル、軍人のフィリップ・ユゴンなど様々な身分・職業の男性がナナを取り囲んでいた。ゾラが構想メモに記しているように、彼女は「中心となる肉体」[37] として世界に君臨しているのだ。

図 3-7　ポール・セザンヌ《永遠の女性》（1877 頃）

マネの絵画とゾラのナナとの関係に戻れば、マネが一八七七年にサロンに出して落選した《ナナ》(別図11)に触れる必要があろう。マネの《ナナ》はゾラの同名の小説よりも前に描かれたものだが、ユイスマンスが、少女時代のナナが登場する『居酒屋』(一八七七)と関連づけているように[38]、ゾラのナナとの関わりがしばしば論じられてきた[39]。

マネの《ナナ》で描かれているのは、白いレースのペチコートに水色のコルセットをつけた下着姿の若い娘の化粧風景である。画面右端には、燕尾服にシルクハットの老紳士がソファに座っているが、その姿は画面の縁で半ば切断されている。途中で切断された人物像は、「伝統的な物語的画面構成法によって課せられる閉塞性——画面内で主題が完結をみること——を避ける方法[40]」として、マネや印象派の画家たちの多くが採用した手法で、現代生活のある瞬間を偶然に捉えた「生の断片(tranche de vie)」を表している。マネの《オペラ座の仮面舞踏会》(図3-8)がその優れた例である。

しかし、ヴェルナー・ホーフマンやホリス・クレイソンによれば、《ナナ》は例外で、男性像の断片化は意図的なものであり、「率直な娼婦礼賛[41]」の絵画となっている。というのも、画面の中で唯一、全体像が描かれているのが中央の女性であるからだ。マネの絵は、「『全体』が描かれている人物の方が、断片化された人物よりも、絵画の計算上では『より高い』地位[42]」を占めるという伝統的法則に従っている。それゆえ、女性はその肉体の現存によって、断片化された男性より優越的な立場にある。

この男女の力関係は、ゾラの小説ではミュファ伯爵をはじめとする男たちとナナとの関係に照応し、彼らはナナの「全能の肉体」によって去勢され、アイデンティティの解体、断片化を余儀なく

図 3-8　エドゥアール・マネ《オペラ座の仮面舞踏会》(1873)
この絵は，パリのオペラ座で四旬節［復活祭の 46 日前の水曜日から復活祭前日までの期間］に毎年開催された，有名な仮面舞踏会を扱っている。マネは，シルクハットに黒の礼服を纏った上流階級の男性たちと，仮面を被った高級娼婦との交流を描き，同時代の社会風俗を映し出している。画面両端の人物の半身が切れているだけではなく，画面上部も女の脚のみが描かれているのが「生の断片」を描く印象派の絵画を特徴づけている。

されている。マネの絵では文字通り、男性像の断片化となって具現されている。

マネのナナで最も注目すべきは、彼女の視線である。右端の男性の視線はナナの腰のあたりに注がれているが、ナナの方は彼の存在を無視するかのように、正面——絵の鑑賞者——に向けて媚びるような視線を投げかけている。ホーフマンは、老紳士と「交換可能のパートナーは画面のそとに立っている」[43]として、ナナを巡る老紳士と鑑賞者の三角関係をそこに見出している。ナナは鑑賞者の「視姦的関心」にその視線で応え、それによって紳士は「騙された端役」に変わる。しかしナナの共犯の鑑賞者も、そのうち騙される側に回ることが暗示されている、というのだ[44]。要するに、いかなる男も彼女にとって交換可能な存在に過ぎない。ゾラのナナも同様で、マネの絵の老紳士はミュファ伯爵に相応し、彼が彼女を独占しようといくら努めても、ジョルジュ・ユゴンやフォンタン、舅のシュアール侯爵など様々な男が彼女と同衾しているのを次々に発見する羽目に陥る。

さらに、マネのナナの特徴は、彼女が男の欲望の対象として「見られる女」であると同時に「見る女」——「自分が賛美されていることを意識しながら、外部の鑑賞者を見ている[45]」女——でもあることだ。その上、ホーフマンは「娼婦」を「みずからを他人にみせびらかしながらも、冷淡に観ている女[46]」とみなし、近代都市における特権的な観察者「フラヌール」の範疇に組み込んでいる。

ゾラのナナも、「金髪のヴィーナス」として舞台に上がる場面を皮切りに、楽屋でミュファ伯爵たちの前で化粧する場面、舞台裏の覗き穴から伯爵が覗く場面などで、彼女の肉体は常に男の窃視の対象となっている。しかし、彼女もまた「自分が賛美されていることを意識」している。冒頭の舞台の場面で、ゾラは次のように描いている。

（狂おしい欲情に捉えられた）失神状態の客たち――舞台の大詰めになって疲れ切り、神経の調子の狂った一五〇〇人ものすし詰めの客たち――を前にして、ナナはその大理石の肉体と、全ての観客を滅ぼしても自らは傷つくことのない強力な性を誇示して勝ち誇っていた。

「大理石」は象徴的には「冷たい美、死[47]」を意味する。したがって、「大理石の肉体」を持つナナは、自らの裸体を観客の眼に晒しながらも、欲情に燃える男たちから距離を置き、「冷淡に観ている女」でもある。この点でも、ゾラのナナはマネのナナと重なる。それゆえ、ゾラとマネは近代都市パリにおける「娼婦」の本質を、それぞれのナナに凝縮したと言えよう。

空間を侵食するナナ

すでに見たように、最下層の民衆の出であるナナは、民衆を搾取してきた上流階級を腐敗させ、解体することで民衆の復讐の道具と化していた。彼女が属する娼婦の世界――当時、「裏社交界／半社交界（demi-monde）」と呼ばれていた――が「社交界／上流社会（grand-monde）」をどのように侵食していったのかを、最後に検証していきたい。

シャンタル・ジェニングズが指摘しているように、この小説では二つの空間が対峙している。一方は上流社会の「落ち着いて威厳のある、冷やかな、禁欲的でさえある空間」、他方は裏社交界の

「淫らでいかがわしく、不潔で吐き気を催すような空間」で、後者は前者を侵略しようと機を窺っている。[48]小説構造から見ても、第三章でミュファ伯爵夫人の夜会の様子が描かれた後、第四章ではナナの晩餐会の模様が描写され、社交界と裏社交界が対をなしている。どちらの空間でも同じ話題――万博を訪れる外国の賓客やビスマルク――を巡って会話が交わされ、男性の顔ぶれもほぼ同じである。ただ、女性たちの領域は明確に区分され、貴族の女性と高級娼婦は異なる空間に属している。

しかし、第六章で物語の舞台がパリから田舎に移ると、二つの世界の衝突が起こる。ユゴン夫人の屋敷を訪れたミュファ伯爵など貴族たちが散歩の途中で、ナナたち娼婦に遭遇する場面で、興味深いことに、馬車に乗った娼婦一行に徒歩の貴族たちが道を譲るという立場の逆転が起こる。その時、伯爵夫人のみが一歩も身を引かず、夫人とナナは「鋭い視線、一瞬にして相手を完全に見抜いてしまうような視線」を交わしている。ただし、男たちは顔なじみの娼婦たちを無視して挨拶せず、娼婦が社会的に認知されたわけではなかった。

第九章では、舞台に復帰したナナがオペレッタ『可愛い公爵夫人』の女優の役を断って、「堅気の女」である公爵夫人の役を自ら進んで演じるが、失敗に終わる顛末が語られている。観客の嘲笑に腹を立てたナナは、舞台の上ではなく実生活において、「貴婦人の手本」となることを誓う。第一〇章ではナナの変貌ぶりが次のように描かれている。

こうしてナナは粋な女、男の愚行や汚辱を糧に生きる女、高級娼婦の中の侯爵夫人となった。

［……］彼女は瞬く間に高級娼婦たちの間に君臨した。彼女の写真はショーウィンドーに飾られ、その名は新聞に書き立てられた。大通りを馬車で通ると、群衆は振り返り、女王に敬意を表する人民のように感動を込めて彼女の名を口にするのだった。［……］そして不思議なことに、舞台の上ではあれほど不器用で、堅気の女の真似をするとあれほど滑稽だった、この太った娘が街では労せずして人々を魅了するのだった。それは［……］全能の女主人としてパリを闊歩する尊大で反抗的な悪徳の貴族であった。彼女が範を示すと、上流の貴婦人までがそれを真似た。

引用傍線部（「侯爵夫人」「君臨」「女王」「全能の女主人」「悪徳の貴族」）の表現が示すように、ナナは裏社交界の貴族階級として頂点に立っている。それだけではない。「彼女が範を示すと、上流の貴婦人までがそれを真似た」とあるように、ナナは社交界に正式に認知され、本物の貴婦人と同列に並んでいる。

ナナの勝利が決定的になるのは、第一一章のロンシャン競馬場でのグランプリの場面である。当時、パドック［馬の下見所］はジョッキー・クラブのメンバーなど上流階級専用の領域であった。娼婦たちがその囲いの中に入ることは絶対に禁じられており、ナナは悔しい思いをする。しかし、彼女はヴァンドゥーヴル伯爵の手を借りて「ついに禁断の地に足を踏み入れること」ができる。それは、彼女が裏社交界と社交界を隔てる境界を越えた瞬間、上流社会の空間が裏社会によって侵略された瞬間であった。彼女はそこから皇族席の貴婦人たちを挑戦的に眺め、とりわけミュファ伯爵夫人に鋭い視線を浴びせかけている。そこには、侍従長ミュファ伯爵を従えたウジェニー皇后も臨席していた。そして、ナナの名を冠した競走馬が優勝した時、馬と人間のナナが重なり合い、彼女は皇后を凌いで「女王ヴィーナス」として人々から喝采を受けることになる(49)。

興味深いことに、ロンシャン競馬場でのナナの衣装は時代に先駆けたものであった。物語冒頭で、女性たちの裾飾りのついたスカートが劇場の通路を塞いで、通行の邪魔になる場面がある。それは当時、流行していたクリノリン・ドレス［鯨骨、針金仕様の腰枠クリノリン（図3-9）を身につけたドレス］が原因であった。というのも、クリノリン・ドレスは直径三メートルに達するものもあり、夥《おびただ》しい量の付属物（レースの襞飾り、リボンの玉結び、宝石、葉や花など）をつけるために三〇メートル以上の布が必要であったからだ(50)。こうしたドレスはあまりにかさ張るために、カリカチュア［風刺画］でしばしば揶揄されるほどであった（図3-10）。

一八五五年にいち早くクリノリンを着用して流行させたのがウジェニー皇后で、彼女は「クリノリンの女王」と呼ばれていた。マリー・アントワネットの賛美者である皇后は、「ファッションとスタイルを通して精神の貴族制を確立しようとしていた(51)」。ヴィンターハルターの《ウジェニー皇后と女官たち》（別図12）は、ファッション・リーダーとしての皇后の姿を余すことなく描いている。ところが、ナナの衣装はそれとは全く違うものであった。

彼女はヴァンドゥーヴルの厩舎の色である青と白の異様な衣装を身につけていた。小さな胴着と体にぴったり張りついた青い絹のチュニックが腰の後ろの巨大なバッスル（腰当て）で持ち上がっていた。それは、大きく膨らんだスカートの流行したこの頃としては、大胆なくらいお尻の線をくっきり描いていた。

クリノリン・ドレスは一八六五年頃をピークにその流行が廃れ始め、一八七〇年代初めから徐々にバッスル・ドレス（図3-11）に置き換わるようになる。しかし、ショシャナ＝ローズ・マルゼルによれば、ナナの衣装のような「巨大なバッスル」が出現するのはもっと遅い時期で、お尻の線

図3-9　第二帝政期のクリノリン

図3-10　オノレ・ドーミエによる『シャリヴァリ』誌 掲載のカリカチュア（1857）。キャプションには「畜生！　女たちが鋼のペチコートを穿き続けるならば，腕を貸すのにゴム製の男を発明しないといけない」とある。

がくっきりわかるほどになるのは、ゾラがこの小説を執筆していた時期（一八七九―八〇年）の頃だという。[52]その上、「髷《まげ》から黄色い毛の房が背中に垂れて」馬の尻尾のように見えるナナの髪型も、七〇年代のものだ（図3-12）。このような時代錯誤的な描写［物語の時代設定は、一八六七―七〇年］をゾラが敢えてしたのは、「ナナの大胆さと周りのファッションに対しての彼女のイニシアティヴ[53]」を強調するためであった。それゆえ、ナナはウジェニー皇后の地位を簒奪して、ファッションョン・リーダーになったと言えよう。[54]

第一二章のミュファの娘エステルの結婚を祝う饗宴の場面では、貴族の空間は裏社交界に侵食され、完全に占領されてしまう。伯爵家のサロンは、かつては「敬虔な威厳に満ちた古風な部屋」であったのが、新しく買い入れた贅沢な家具調度に飾り立てられた「金ぴか」の空間に変貌している。そこには肩を露わに剝《む》きだしたデコルテの若い娘たちや、身体にぴったり張り付いた大胆なスカートの女たちがひしめき合い、「名家の出も汚辱にまみれた者も同じ享楽の欲望に肘突き合わす社会」を形成していた。要するに、「ミュファ家の屋敷は今や、裏社交界の場所固有のあらゆる特徴を誇示するようになる[55]」。

かつては、伯爵夫人サビーヌの赤い絹張りの長椅子だけが「官能的な逸楽の匂い」を放って、くすんだ客間の中で違和感をもたらしていたのが、「今やそれが増殖し拡がって、逸楽的な物憂さや強烈な快楽で屋敷全体を満たし、時期遅れの情炎を激しく掻き立てていた」。「赤」と「黄（金）」はナナと深く結びついた色で、「魂の堕落」を意味している。[56]「ゾラの人物の肉体は、社会化されているがゆえに肉体の枠を越えて自らを拡張し続ける[57]」とジャン＝ルイ・カバネスが指摘しているよ

図 3-11　1870 年代のバッスル・ドレス

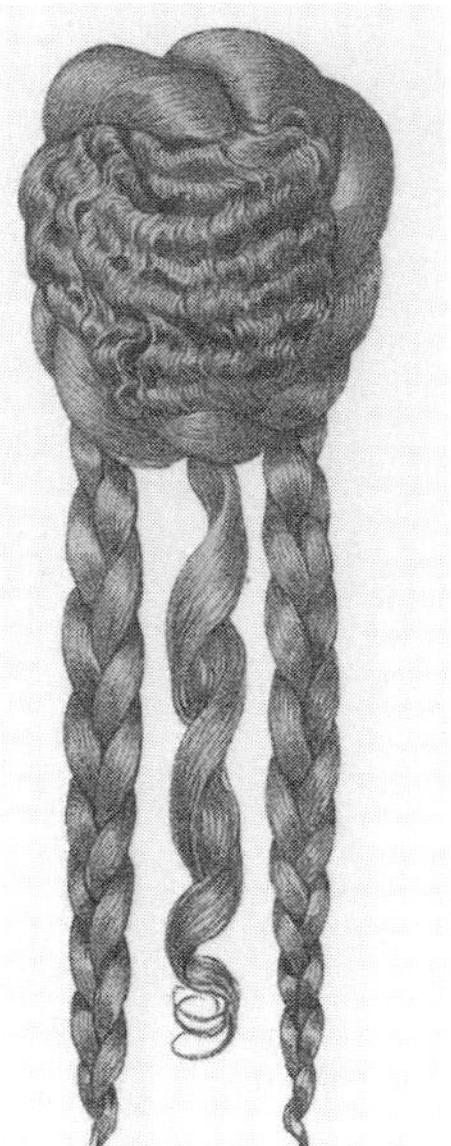

図 3-12　1872 年の髪型

うに、「赤」と「黄（金）」が増殖した伯爵の屋敷は、「拡張し続ける」ナナの肉体そのものを表象している。ナナ自身、この祝宴に参加していて人々の噂の的になるものの、具体的に姿を見せることはない。ゾラはナナのテーマ曲、『金髪のヴィーナス』のワルツがミュファの古い屋敷に浸み込み、その「名誉」と「信仰」を奪い去る様子を、次のように描いている。

『金髪のヴィーナス』のワルツが古い家系の弔鐘を鳴らしていた。その間、眼に見えないナナが舞踏場の上にしなやかな肢体を広げ、卑猥な音楽のリズムに乗って、熱っぽい空気に漂う彼女の匂いの酵母をこの世界に浸み込ませ、世界を分解していくのだった。

このように、ナナは「眼に見えない」存在となって空間を占拠し、貴族階級を破滅・崩壊へと導く。ナナと対立していた伯爵夫人サビーヌも「贅沢への嗜好」、「世俗的な享楽への欲求」に駆られて財産を蕩尽し、その「金のかかる気紛れ」や「派手な化粧」が問題視されるようになる。彼女の堕落は一見、ナナの悪徳が伝染した結果のように見える。しかし、その予兆は物語冒頭において、フォシュリーが彼女の口元にナナと同じ黒子《ほくろ》を発見する場面ですでに示されていた。

信心に凝り固まった姑と謹厳な夫によって抑圧されたサビーヌのセクシュアリティが、束縛から解放されて自由に発揮される時、彼女は「第二のナナ」に変貌する。ゾラはこの小説の草案で、ナナを当時の高級娼婦を指す言葉「ココット（cocotte）」と呼ぶ一方で、サビーヌを「合法的な立場によって守られた、より破壊的な悪徳[58]」の表象として「ココデット[59]（cocodette）」と呼び、両者を表裏一体の悪徳とみなしている。サビーヌは言わば、上流階級におけるナナの分身であった。
ゾラはこの小説を執筆するにあたって、バルザックの『従妹ベット』を念頭におきながら、バルザックとの差異化を計っていた。『ナナ』の草案では、サビーヌの人物像に関して「ユロの妻の羊のように崇高な性格を避けねばならない[60]」とある。『従妹ベット』では、ユロ男爵を破滅に導く娼婦ヴァレリーに対抗するアドリーヌは、ユロの貞淑な妻として最後まで「美徳」の象徴であった。それに対してサビーヌはフォシュリーを愛人に持ち、贅沢な嗜好を身につけ、高級娼婦と変わらない生活を送るようになる。

図 3-13　トリコシュ《刷新されたパリ》(『ル・モンド・コミック』誌, 1875-76)。キャプションには「社交界の女性とココット。――で，どちらがココットの方？」とある。

アラン・コルバンが指摘しているように[61]、第二帝政期には娼婦に関する規制主義が破綻をきたし、「もぐりの娼婦」が街路に氾濫するようになる。それに伴い、「娼婦」と「堅気の女」の境界が曖昧になり、当時のカリカチュア（**図 3 - 13**）が示すように、社会階層の違いを越えて両者が混じり合うようになる。こうした第二帝政期の社会を反映したのが、ゾラの『ナナ』であった。伝統的な貴族の空間はココットのナナとココデットのサビーヌという二人の女性によって、外と内から侵食され、解体していく。

バルザックと同様に、ゾラにとってもセクシュアリティを帯びた女の肉体は、父権制社会の秩序を乱す危険な存在であった。したがって、娼婦的女性に対するゾラの恐怖が空間の侵食というメタファーによって具現化されたと言えよう。

*

以上のように、ゾラの娼婦像をアカデミー絵画や印象派など、様々な絵画と結びつけながら検証した。ナナの獣性や厚化粧、服装や視線、下層階級の出自によって、ゾラは現実的で即物的な「真の娼婦」の実態とその危険性を浮き彫りにしている。それは、フォシュリーの「金蠅」のイメージで表されていた。その一方で、ナナは「悪魔」や「怪物」に喩えられている。こうしたイメージは、男の登場人物の眼を通したものであり、信心深いミュファが鏡に映るナナの姿に「悪魔」を見たように、視点人物の意識が投影されている。ガエル・ベラルーは次のように指摘している。

鏡や窓は一種の変貌を促す。ゾラにとって、物理的な眼と内的な眼、すなわち外的視覚と魂の視覚を照応させることが重要である。内的視覚の方がしばしば打ち勝ち、世界は幻覚の様相を帯びる。しかし、ここでとりわけ留意すべきなのは、これらの内的視覚によって引き起こさ

れるのは大多数において性への恐怖である。(62)

第一三章の最後では、語り手自身がナナを神話的表象として描いている。

彼女は屋敷の山と積まれた富の真ん中で、打ち倒された多くの男たちを踏みつけて、ただ一人立っていた。骸骨で覆われた恐ろしい領土を持つ古《いにしえ》の怪物と同じように、彼女も頭蓋骨の上に足を載せていた。［……］滅亡と死を生み出す彼女の仕事は成し遂げられた。場末の汚物から飛び立った蝿は、社会を腐敗させる黴菌を運び、男たちの上にとまるだけで彼らに毒を盛ったのである。それは良いことであり、正しいことであった。彼女は自分の世界、貧者や社会に見捨てられた者たちの復讐をしたのだから。そして、殺戮の戦場を照らし出す朝日のように、彼女の性が栄光に包まれて昇り、一面に拡がる犠牲者の上に光輝く時も、彼女は自らが成し遂げた事を知らぬ美しい獣の持つ無意識を持ち続け、相変わらず善良な娘であった。

図 3-14　ギュスターヴ＝アドルフ・モッサ《彼女》（1905）

この部分はまさに、フローベールがゾラの小説を評して、「ナナは現実の女であり続けながら、神話となる。この女はバビロン［古代都市バビロンは退廃の象徴として「大娼婦バビロン」としばしば呼ばれている］的だ」[63]と述べた言葉がそのまま当てはまる。また、多くの犠牲者たちの「頭蓋骨の上に足を載せた」「怪物」ナナのイメージは、モローに続く象徴派の画家モッサの《彼女》（図3-14）を彷彿とさせる。

語り手はそれまで、登場人物の眼を通したナナのイメージを描くことで、彼らの視点とは距離を置き、客観性を保っていた。ところが、右の引用では語り手自身がミュファとフォシュリーの見解をまとめる形でナナを神話的次元にまで高めている。そこには、語り手の言説を通して、ゾラ自身の「内的視覚」に映し出された女の性のイメージが投影されているように思える。そして、ベラルーが指摘しているように、ゾラにおいて「内的視覚」が引き起こすのは「性への恐怖」であった。それはゾラだけではなく、ユイスマンスやゴンクール兄弟など世紀末の男性作家たちに共通する「女嫌い《ミソジニー》」の性向であり、セクシュアリティを帯びた女の肉体は悪魔払いすべきものであった。それゆえ、ナナが最後には天然痘にかかり、「骨と血と膿と腐肉の堆積」に変わり果てて死んでいくのも不思議ではない。ゾラは次のように描写している。

ヴィーナスは解体しつつあった。溝川《どぶがわ》に捨ててあった腐肉から彼女が取りだした黴菌、彼女が多くの人々を毒したあの病毒が、彼女の顔に立ち戻り、腐敗させたかのようであった。

別図 1　ドメニキーノ（ドメニコ・ザンピエーリ）《クマエのシビュラ》（1613-14）
「彼女はドメニキーノのシビュラのように装い，頭にはインドのショールが巻かれ，極めて美しい黒髪がそのショールに入り混じっていた。ドレスは白で，胸の下で青いドレープが結ばれていた。彼女の衣装は一風変わっているとはいえ，わざとらしさをそこに見出せるほど，普通の装い方から外れているわけではなかった」（スタール夫人『コリンヌ』）

図2　ジャック＝ルイ・ダヴィッド《ブルートゥス邸に息子たちの亡骸を運ぶ刑吏たち》（1789）
の絵は，祖国を裏切った二人の息子に自ら死刑宣告を下したローマの執政官ブルートゥスをテーマとし，息
たちの亡骸が彼の屋敷に運び込まれる場面を扱っている。画面左上には処刑された息子の血まみれの足が
ぞき，画面右には息子たちの死を嘆く母と妻（または姉妹）の悲痛な表情が描かれている（中央の縫物籠
平穏な日常生活が突然，壊されたことを示している）。左画面の影の部分にブルートゥスが厳格な顔つきで
っており，その後ろにはローマの寓意像がある。

別図3　ダンテ・ゲイブ
エル・ロセッティ《プロ
ルピナ》(1874)
「ながくすんなりした白
頸に，夢見るような神秘
な瞳，しなやかな官能的
体に透きとおった蒼白い
ゆるやかに波打つ髪に赤
唇，どこか愁わしげな風
にひめられた妖しい魔性
女」(松浦暢『宿命の女』

図4　ベルナルディーノ・ルイーニ《聖ヨハネの首を持つサロメ》（16世紀頃）
素晴らしい衣装を纏ったサロメは，頭を90度傾け，［……］あたかもオレンジかドラジェであるかのように，きつった眼に青みがかった唇の蒼白い顔――その顔には断末魔の震えがまだ残っている――を銀の盆に受取っている。彼女はその透き通った美しい眼で前方をぼんやり見つめ，軽い微笑みを魅惑的な唇に浮かべいる。何と彼女は，宿命の女たちの甘美な残酷さを余すことなく表現していることか！」（テオフィル・ゴティエ『ルーヴル美術館ガイド』）

別図5　ウージェーヌ・ドラクロワ《サルダナパロスの死》(1827)
アッシリア王サルダナパロスは，反乱軍によって倒されるが，自分が死ぬにあたって，全ての財宝を破壊
愛妾や馬など彼が寵愛していたものは全て殺害するよう命じた。ドラクロワの絵では，眼の前の凄惨な殺
を平然と傍観する王と，奴隷たちに殺害される愛妾たちの官能的な姿態が描かれ，「暴力」と「官能」のオ
エントの象徴となっている。

図6　クリストファノ・アッローリ《ホロフェルネスの首を持つユーディット》(1613)
ーディットは夫を亡くした美貌のユダヤ人女性で，アッシリア軍の司令官ホロフェルネスによって彼女の
むベッカリアの町が包囲された時，美しい衣装を纏ってホロフェルネスの元を訪れ，彼が泥酔して眠って
る間に首を斬り落とし，その首をベッカリアにまで持ち帰った。ユーディットは町を救った女性として大
に讃えられた。絵画では，サロメと同様に，ユーディットは斬られた首と一緒に描かれている。

別図 7　アレクサンドル・カバネル《ヴィーナスの誕生》(1863)
「乳白色の川に身を浸した女神はさながら官能的なロレット（娼婦）のようだ。それは肉と骨からできているのではなく——そうであれば淫らになってしまう——, 一種の白とピンクの練り菓子でできている」（エミール・ゾラ，1867 年の美術評）

別図８　ウィリアム・ブーグロー《ヴィーナスの誕生》(1879)

別図９　ギュスターヴ・モロー《ヘロデ王の前で踊るサロメ》(1876)

別図 10　エルネスト＝アンジュ・デュエズ《栄華》(1874)
18 歳の娼婦を描いた絵：「彼女の顔の色彩は厚化粧――すぼめた赤い唇，真っ黒な眉と眼，粉おしろいをつけた頬――によって生じた結果である。肌はややピンク色で，粉おしろいの下で紅潮している。そして頬の膨らみと眼の上のたるみは，恐らく睡眠不足（恐らくはアルコールまたはタバコの濫用）によるものであろう。その若々しさが退廃的に見えるのは，眼に見えるほど赤くなった耳のせいで，その耳にはイヤリングが輝いている」（ホリス・クレイソン『描かれた愛』）

別図 11　エドゥアール・マネ《ナナ》(1877)

図 12　フランツ・クサーヴァー・ヴィンターハルター《ウジェニー皇后と女官たち》(1855)
后は白い絹地にチュールを重ね，チュールの襞飾りと藤色のリボン飾りをつけたクリノリン・ドレスを身つけている。

別図 13　クロード・モネ《庭の女たち》(1866 頃)

別図 14　『ラ・ガゼット・ローズ』,「舞踏会の衣装」プレート No. 458
画面左の女性のドレス（ピンクの花で飾られたキルティングの白いスカート）は, キルティング張りの椅子を想起させる。

別図 15　ギュスターヴ・モロー《オイディプスとスフィンクス》（1864）

別図 16　ジャック＝ルイ・ダヴィッド《バラの死》(1794)
フランス革命下のジャコバン政権時代に，反革命運動が盛んであったヴァンデ地方で，共和国軍の手伝いをしていた 13 歳の少年バラが，反革命派の農民たちに捕まった時，「国王万歳！」と叫ぶよう強要されたが，「共和国万歳！」と叫んで殺されたという。ロベスピエールがバラの愛国心を讃えるためにダヴィッドに注文したのが，この絵である。

このようにナナも、バルザックのヴァレリーと同じ最期を遂げることになる。「金髪のヴィーナス」はその性の持つ危険さゆえに、社会を腐敗させる源として、おぞましい死が与えられたと言えよう。

第四章　モードの女王——ゾラ『獲物の分け前』

エミール・ゾラの『獲物の分け前』は、《ルーゴン・マッカール叢書》の第二巻として、一八七二年に出版された。この小説は一八七〇年から七一年にかけて執筆され、まさに、一八七〇年の普仏戦争の勃発、それに伴う第二帝政の崩壊の時期に当たっていた。第二帝政期にはナポレオン三世の下、セーヌ県知事オスマンが大規模なパリ改造事業を繰り広げ、オスマンのパリが現在のパリの街並みの原点となっている(1)。オスマンは広い街路だけではなく公園、上下水道、行政施設や市場、公共輸送機関など都市のインフラ構造を整備し、パリの近代化を推進した。

しかし、ゾラやゴンクール兄弟など当時の文学者にとって、直線的で規則正しい街路が続く新しいパリは無味乾燥な空間でしかなく、情緒ある古いパリの解体・破壊の産物であった。さらに、強引な土地・家屋の接収と過度の投機熱、地価や家賃の高騰、莫大な公的費用の支出やミレス、ペレール兄弟など金融資本家の不正な金融操作、利権を巡る政治的・道徳的腐敗が帝政末期には批判の的になる。ゾラも一八六九年から七〇年にかけて様々な新聞に体制批判の記事を発表している。[2]したがって、『獲物の分け前』にはこうした新聞記者ゾラの側面が色濃く現れ、オスマンのパリ改造に伴う政治的・経済的混乱や、虚飾と腐敗に満ちた第二帝政社会が容赦ない筆致で描かれている。[3]

ゾラは『獲物の分け前』初版の序文の中で、この小説は「金と肉体の音色」が響き渡り、「悪所のいかがわしい光で時代全体を照らす過度の生の輝き」を暴露するものであると述べている。[4]彼はその典型として「三つの社会的醜悪」――「あまりにも生き急いだ、ある一族の時期尚早の衰弱」、「ある時代の狂熱的な投機」、「贅沢と恥辱の環境が生来の欲求を増大させた一人の女の神経的な変調」――を挙げている。[5]それを体現するのが「軟弱な優男《やさおとこ》」と呼ばれるマクシム、投機熱に駆られた父親のアリスティッド、贅沢と浪費の渦の中で「神経的な変調」をきたす彼の妻ルネであった。

ルネは土地の投機で莫大な財産を得た成り上がりのブルジョワ、アリスティッド・サカールの後妻としてパリの社交界に君臨し、とりわけ彼女の纏う豪華な衣装が社交界の話題となっている。様々な場面において、ルネの奇抜な衣装が詳細に描写され、衣装は彼女のアイデンティティと切り離すことができない要素となっている。コレット・ベケールが指摘しているように、[6]ゾラの世界は「現実の価値観が想像的な価値観に置き換わる象徴的世界」であり、「女の服装は記号と象徴になる」。

したがって、本章では『獲物の分け前』を「モードの女王」ルネを中心に、衣装と人物の関係をジェンダーの視点から分析していく。また、ゾラと深い交流のあった印象派の画家、マネやモネたちが「現代生活の画家」[7]として最新流行の衣装を纏った女性たちを多く描いている。前章で見たように、ゾラは美術評で彼らの絵を擁護し、さらにアカデミー派や象徴派の画家も扱っている。それゆえ、こうした絵画と小説との関連も視野に入れながら考察を深めていきたい。

「パリ人形」としてのルネ

『獲物の分け前』の草案において、女主人公ルネが初めて登場するのは、一八六九年にゾラが出版者ラクロワに宛てた手紙の中である。[8] そこで彼は「第二帝政期の過熱した、いかがわしい投機を背景とする小説」というプランを明らかにし、主人公アリスティッド・サカールが莫大な財産を築いた後、再婚するのが「パリ人形」で、「彼は妻に苦しめられる」という筋書きであった。最終的にはルネの方が夫に搾取される犠牲者に役割転換するが、「人形」という言葉はその後もルネについて回る。小説の準備ノートにおいて、彼女は「情熱的な人形」[9] と呼ばれ、決定稿でも、アリスティッドの妹シドニー夫人がルネを批判して「あのようなパリ人形には心がない」と言うくだりがある。では「パリ人形」とは一体何を意味しているのだろうか。

バーバラ・スパダッキニ＝デイによれば、[10] 人形は「第二帝政期に台頭した、勝ち誇ったブルジョワの精髄」を表し、「その鏡」でもあった。フランスでは一八四五年頃から人形製造業者が増大し、第二帝政期には「モード人形」または「マネキン人形」「パリ人形」という名称で大量生産された[11]（図4-1）。この人形は子どもの玩具として製造されたが、その衣装は当時のモードを正確に反映したものだ。さらに、下着［クリノリンやバッスルなどコルセットも含む］や日傘、手袋、帽子、靴、櫛や鏡、宝石、扇子など様々なアクセサリー（図4-2）も伴っていた。その上、午前と午後の服装、

図 4-1　1867 年のパリ人形

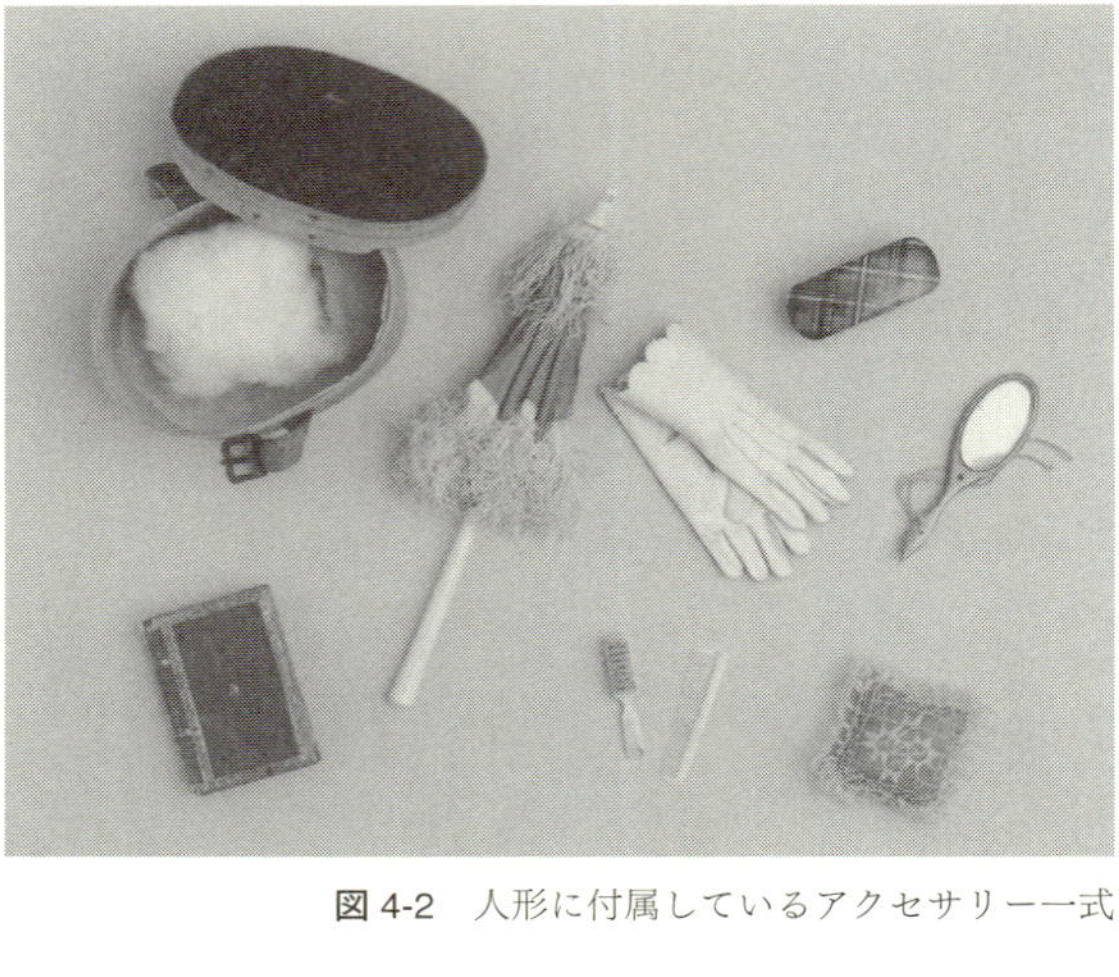

図 4-2　人形に付属しているアクセサリー一式

図 4-3　「X 大公妃の衣装――トゥルーヴィルの思い出」，左上「水着」，右上「午前の衣装」，中央「乗馬の衣装」，左下「午後の衣装」，右下「夜の衣装」（『ラ・ヴィ・パリジェンヌ』1866 年 8 月 11 日号）

舞踏会のためのドレス、旅行着、喪服など、時と場所、場合に応じた衣装も用意されていた。それはまさに「大人の世界の正確なレプリカ」[12]であった。実際、当時の礼儀作法書には次のようにある。

いかなる状況においてもきちんとした身なりをしていたいと思う社交界の女性は、場合によっては日に七回か八回も衣装を変えるのに必要な全ての物を所有している。朝の部屋着、散歩のための衣装、昼食の際の優雅な化粧着《ネグリジエ》、徒歩で出かけるならば街着、馬車で行くなら訪問着、それに晩餐のための衣装、夜会や舞踏会のための衣装、こう並べたてても少しも誇張しているわけではない。夏となれば幾種類かの海水浴の衣装が加わってさらに複雑になり、秋や冬に男性と一緒に健康的な運動を楽しみたい場合はその上に狩猟服やスケート用衣装が必要である。[13]

ゾラの小説でもルネに関して、ブーローニュの森での散策、サカール邸での夜会、チュイルリー宮殿や政府主催の舞踏会、女優の家での仮面舞踏会、冬はスケート場、夏は海水浴場と、様々な場所と用途に応じた彼女の衣装が詳細にわたって描写されている。それは当時のモード雑誌を彷彿とさせるものだ。例えば『ラ・ヴィ・パリジェンヌ』誌に掲載されたイラスト（図4-3）では、「X大公妃の衣装――トゥルーヴィルの思い出」というタイトルの下、避暑地として有名なトゥルーヴィルにおける社交界の女性の一日の衣装が紹介されている。ルネがマクシムと夏に訪れるのもトゥルーヴィルで、ゾラはあたかもモード雑誌と競い合おうとしているかのようだ。[14]

ルネが物語に最初に登場する場面――ブーローニュの森での馬車による散策場面――では、彼女は次のように描写されている。

> 彼女は襞を寄せた幅の広い裾飾りのある前垂れとチュニックのついた、モーヴ（薄紫）色のサテンのドレスの上に、モーヴ色のビロードの折り返しがついた白い羅紗のパルトー〔短コート〕を羽織っていたが、それは彼女に尊大で虚勢を張った様子を与えていた。極上のバターを思わせる、不思議な淡い黄褐色の髪の毛は、ベンガル薔薇の花束を飾った華奢な帽子でわずかに隠されていた。

ゾラは女主人公の服の生地や色、形状を服飾の専門用語を使って詳細に描いている。こうしたルネの出で立ちは『ラ・モード・イリュストレ』誌に掲載された図版（図4－4）と似通っている。図版左の三人の女性が着用しているのがパルトーで、とりわけ三人目の女性は「襞を寄せた幅の広い裾飾りのある前垂れ」のついたドレスを身につけている。さらに、女性たちが被っている帽子には、ルネと同様に花束が飾られている。ゾラの文章はまさに、モード雑誌の解説文と化している。それゆえ、語り手の視線は女主人公の顔や身体の特徴ではなく、専ら衣装に収斂し、ルネの身体的特徴への言及は「淡い黄褐色の髪の毛」のみに限られている。

物語全体においても読者は、ルネに関して「グレーの眼」と「白い胸」の「しなやかな体つき」をした背の高い金髪女性、という断片的な情報しか得られない。周りの者から「美しきサカール夫

図 4-4 『ラ・モード・イリュストレ』1869 年 10 月号。特に，左から 3 番目の女性がパルトー（短コート）の下に，「襞を寄せた幅の広い裾飾りのある前垂れ」のついたドレスを身につけ，花束を飾った帽子を被っていて，ルネの出で立ち（153 頁の引用参照）に似通っている。

図 4-5　ポール・セザンヌ
《散策》(1871)

図 4-6　『ラ・モード・イリュストレ』1871 年 5 月 7 日号，「散策着」

人」と称賛される彼女の美貌は、「神々しい」「素晴らしい」「驚異的な」といった抽象的な言葉で形容されるに過ぎない。それに対して、マクシムの愛人の娼婦シルヴィアの場合、「青みがかった痣《あざ》がある」腰、「左肩だけに窪みができる変わった特徴」を持つ肩など、個としての身体性が浮き彫りにされている。前章で見たナナに関しても同様である。ルネの場合、生身の体よりも衣装の方に重きが置かれ、身体はむしろ衣装を引き立てる「モノ」でしかない。要するに、彼女は「着せ替え人形」、すなわち「パリ人形」そのものであった。

モード誌に添えられた図版（ファッション・プレート）に関しては、印象派の画家たちがそれを参照したことで知られている[15]（**図4-5、図4-6**）。モネもその一人で、ファッション・プレートの研究は、「肉体をモノとして提示する彼の手法に影響を及ぼした[16]」と考えられている。その典型がモネの《庭の女たち》（**別図13**）である。この絵には念入りに整備された人工的な庭で憩う、最新流行の衣装を着た女性たちが四人描かれている。この絵は未完に終わった《草上の昼食》（**図4-7**）に連なる作品とされている。しかし、《草上の昼食》の人物像にはピクニックの仲間という社会的な繋がりが見出せるが、《庭の女たち》の女性像は互いに視線を交わすこともなく、グループとしての心理的な交流が欠如している。それは一つには、カミーユという女性［後にモネの妻となる］一人が四人の女性像すべてのモデルを務めたためである。さらにヴァージニア・スペイトによれば[17]、四人の女性が「ファッション・プレート」が衣装を見せるために用いた硬直したポーズ」で描かれ、「魅力的な最新流行のモノ」として扱われているためだ。バージット・ハースは、絵の女性たちを「どこかの快適な隠れ家を飾る『贅沢品[18]』」に喩えた後、次のように指摘している。

図 4-7　クロード・モネ《草上の昼食》（未完）（1865-66）

細心の注意を払って再現したエレガントな衣装――その拘束的な形と繊細な生地のために身体活動はすべて禁じられている――によって、彼女たちは装飾的で消極的な特徴を持つ社会的ステータスの象徴となる。彼女たちが誇示する余暇――身に纏う美しい服によって条件づけられ、適合した余暇――がこうした印象を強めている。［……］そこに、当時のブルジョワ階級に典型的な、家父長的な女性観の反映を見出すことができる。言い換えれば、一人の女性の外見、行動や生活の枠組が彼女の夫や愛人の社会的・経済的威光のバロメーターの代わりとなっていた。[19]

このように、モネの描く着飾った女性たちは、ソースティン・ヴェブレンの唱える「顕示的消費[20]」の典型であった。『獲物の分け前』の主人公ルネも、夫のサカールにとって「彼を飾る美しい女」となり、言わば彼の「装飾品」であった。サカールは高級娼婦ロール・ドリニーを彼の威光を高める「金めっきした看板」とみなしていたが、ロールの宝石を買い取って妻のルネに与えているように、ルネの肉体は娼婦の肉体と交換可能なモノとして扱われている。

ゾラは一八六八年の美術評において、サロンで落選したモネの《庭の女たち》（別図13）を擁護している。そこで彼が強調しているのは、「スカートの上にまっすぐ落ちる眩いほどに白い」太陽の光、「陽光を浴びたドレスや小道から大きな灰色の広がりを切り取る」木の影、「影と太陽の光によって二つに分けられた布地」である。[21] 明らかにゾラの視線は絵の人物ではなく、人物の衣装の上に投げかけられた陽の光や、光と影の戯れに集中している。こうした光の効果はゾラの小説の中でも援用されている。例えば、舞踏会から戻ってきたルネにマクシムが出会う場面は、次のようなものだ。

彼女はサテンのリボンが所々についた、襞を寄せたチュールの白いドレスをまだ身につけていた。サテンの胴着の裾は白い硬玉ビーズをつないだ幅広のレースで縁取られ、枝付き大燭台の光がそこに青色や薔薇色の模様をきらきらと輝かせていた。

引用のように、ゾラは燭台の光がルネの白いドレスに与える色の変化を絵画的に描いている。それゆえ、印象派を特徴づける「女の身体のモノ化」や「光の効果」の重視はゾラの小説にも当てはまり、ゾラが印象派から影響を受けたと考えられる。ルネのポルトレはそれを具現していた。

もう一度、モネの《庭の女たち》に戻れば、画中の三人の女性たちは「鮮やかな白」[22]の衣装を身に纏っている。それは一九世紀に開発された新しい染物技術の賜物で、高価であるばかりか、その純白を汚さないよう細心の注意を払い、あらゆる肉体労働を避けねばならなかった。したがって、白の衣装は「働く必要のない、洗練された生活を表すと同時にその口実」[23]となる。

ゾラの小説でも、仕立屋ウォルムスへの借金に苦しんだルネが父親のベロー・デュ・シャテルに金を無心するため、サン＝ルイ島の実家を訪れる場面で、彼女の衣装の「鮮やかな白」が問題になる。修道院のように陰気で厳かな雰囲気を漂わせたベロー邸では、ルネの華やかな衣装――「白い

図 4-8　1860 年代のクリノリン・ドレス。ルネの衣装は，左の女性の服の色を枯れ葉色にし，襞飾りを図 4-9 のようなレース飾りに置き換えたようなイメージではないかと推察できる。

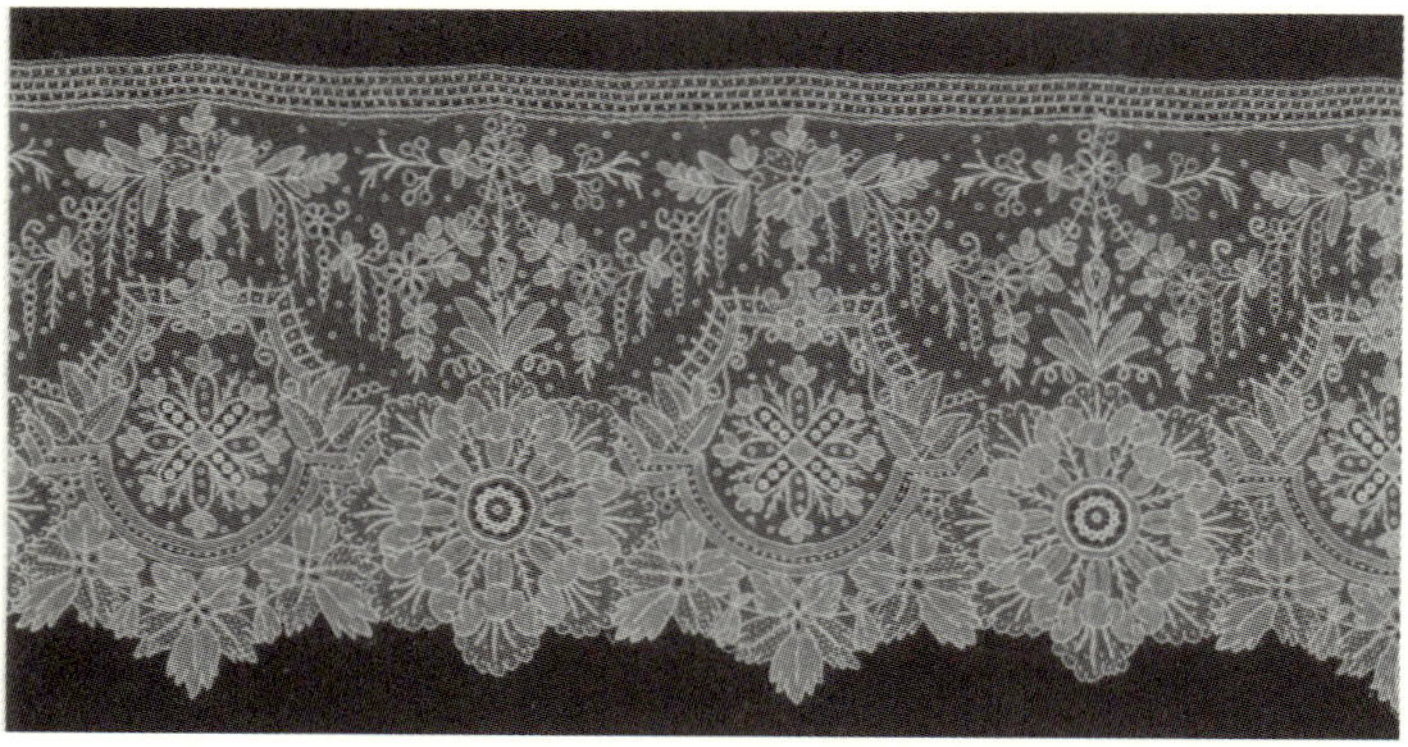

図 4-9　第二帝政期のレースの襞飾り

レースの長い襞飾りとサテンのリボンで飾られ、スカーフのように襞を寄せたベルトのついた枯れ葉色のシルクのドレス」（図4-8、図4-9）と「白いたっぷりしたヴェールのついた小さなトック帽」（図4-10）——は、全く場違いな印象を与えている。

「父のいる静まり返ったサロンで」彼女は腰を下ろしたが、ほんのわずか身動きしただけで衣擦れの音が、天井の高い部屋の厳格な雰囲気を乱すので困惑してしまった。衣装のレースはタピスリーや古い家具の暗い背景に、どぎついまでの白さで浮かび上がっていた。

父親から「少し白すぎる。女がそんな格好で道を歩くと、とても困ったことになるに違いない」と非難されると、ルネは「でもお父様、徒歩で出かけたりしませんもの」と答えている。彼女にとって「鮮やかな白」は「徒歩で出かける」階級との差異化を図り、洗練された生活を送る上流階級の表徴であった。一方、サカール邸の夜会に登場する妹のクリスティーヌは「シンプルな白いモスリンの衣装」を纏っている。姉のルネが豪華な衣装に五万フラン［五〇〇〇万円相当］の「しずく状の宝石のついた見事なダイアモンドのネックレス」、額には一万五〇〇〇フラン［一五〇〇万円相当］の「ダイアモンドを散りばめた銀糸の羽飾り」をつけているのとは、対照的である。クリスティーヌにおける「白」はむし

図 4-10　トック帽

ろ、「純潔」「貞節」「節制」「処女性」といった「白」の持つ伝統的な価値観に基づいている。[24]それに対して、ルネの衣装の「どぎついまでの白さ」は、第二帝政社会を特徴づけるものであった。

ルネとウジェニー皇后

フランソワーズ・テタール＝ヴィチュが指摘しているように、「第二帝政社会は何よりも華々しくあろうとして、贅沢に重きを置き、あらゆる新しいもの——目を疲れさせるほどの強烈な色、レース、刺繍、様々なアクセサリー——で飾られた派手なエレガンスを奨励した」。[25]ナポレオン三世の愛人の中でも最も有名なカスティリョーネ伯爵夫人（図4－11）がその典型である。ウジェニー皇后自身も「ファッションの女王」「クリノリンの伯爵夫人」「バッスルの女神」「モードの皇后」などと呼ばれ、[26]モード雑誌が彼女の衣装の色や形の好み、想定される仕立屋の名前を逐一報告するほどであった。皇后の色の好みは「藤色、スカイブルー、パールグレー、ピンク、緑色、黄色」[27]といった鮮やかな色で、夏や夜会用の衣装としてはリボンや羽根、花などで飾られた「白の薄物」[28]がお気に入りであった（**別図12**）。皇后が一八五九年に着た白のサテンのドレスには一〇三枚のチュールの襞飾りがついていて、彼女は「襞飾りの第一人者（Falbala premier）」と渾名された。[29]

ゾラのルネもまた、サカール邸の夜会では「後ろに溢れんばかりの襞飾りをつけた」チュールのスカートに「高価なイギリス・レースに縁取られた、淡い緑色のチュニック」を身に着けている。それは、いかにも皇后が好みそうな衣装である。小説の冒頭に登場するルネの衣装の「モーヴ色」

図4-11　ピエール＝ルイ・ピエルソン《扇子を持つカスティリョーネ伯爵夫人》(1861-1867)

（一五三頁の引用、二重傍線部）も、皇后の好みの色であった。

このように、ルネとウジェニー皇后との共通点が数多く見出せる。衣装の色の好みや過剰な装飾だけではない。ルネもまた、彼女の新しい衣装の一つ一つが新聞で「重大事件のように」書きたてられた。さらに、ルネは「チュイルリー宮でも大臣たちの所でも、単なる百万長者たちの所でも、上から下までどこでも女王として君臨していた」。ルネが衣装代に年間一〇万フラン［一億円相当］以上かけているのに対し、ウジェニー皇后の一カ月の手当てが一〇万フランで、その大部分が衣装代であった[30]。また、皇帝の居城コンピエーニュ城に招待された女性客は、一日に三度の衣装替えが必要で、五日間の滞在で狩猟服と旅行着以外は同じ衣装を着ることは禁じられていた[31]。皇后自身、一度着た服はお付きの者に下げ渡し、それが転売されてパリの古着屋には皇后の「古着」で溢れたという[32]。

こうした振る舞いは「政治的衣装」と皇后自身が名づけているように、繊維産業の振興と深く結びついていた。すなわち、「リヨンの絹織物工、フォブール・サン＝タントワーヌの飾り職人、アランソンのレース編み女工、さらに刺繍工、造花職人、羽根細工師、ボタンやスパンコールの職人の生活の糧を維持する」[33]ためであった。しかし、テレーズ・ドランが指摘するように[34]、ウジェニー皇后は皇帝の海外遠征の際に「有能な摂政」として政治的手腕を発揮したにも関わらず、そうした側面は蔑ろにされた。皇后はファッション・プレートの次元に還元されて「空ろなポーズと無害なそぶりの紙人形[35]」に結びつけられてきた。当然のことながら、反体制側に立つゾラにとって、皇后はファッション・プレートの「紙人形」であり、「パリ人形」と呼ばれるルネは皇后の分身であった。[36]

ところで、ルネの仕立屋ウォルムスはウジェニー皇后が贔屓《ひいき》にしたイギリス人のシャルル・フレデリック・ウォルト［イギリス名：チャールズ・フレデリック・ワース］がモデルである。[37] ウォルトはオートクチュールの創始者とみなされ、一八五八年にパリのラ・ペー通りに店を構えた（図4-12）。彼の顧客にはウジェニー皇后の他にもメッテルニヒ夫人、カスティリョーネ夫人、マチルド皇女といった上流階級の女性――フランスのみならず、オーストリア＝ハンガリー帝国のエリーザベト皇后（図4-13）など――や富裕層のブルジョワ女性、さらに高級娼婦たちも彼の顧客であった。

ウォルトは法外な仕立て代を請求したことで有名だが、それにも増して独裁的な人物であった。北山晴一によれば、「ワースの独裁ぶりは有名で、どんな金持ちの夫人でも名のある人の紹介なしには注文を受け付けなかったという。一度ＯＫが出ても、客は何時間も控室で待たされた。［……］いつもは気位の高いご婦人連も、ワースの前へ出ると、先生の前の小学生のごときだった、と伝えられている[38]」。

ゾラの小説においても、ウォルムスは「第二帝政の女王たちが跪く天才的な仕立屋」として登場している。ルネがマクシムを伴ってウォルムスの店を訪れた時も、何時間も待たされた後、やっと彼のいる小部屋に通される。語り手は、ウォルムスが女性客を眺める様子を、モナ・リザを前にしたレオナルド・ダ・ヴィンチに喩えた後、次のように続けている。

彼は天井から床まである鏡の前にルネを立たせ、眉をひそめながら瞑想に耽った。その間、ル

図 4-12　1900 年のパリ万国博覧会におけるウォルトのディスプレー

図 4-13　フランツ・クサーヴァー・ヴィンターハルター《オーストリア皇后エリーザベトの肖像》（1865）
衣装はウォルトがデザインしたもの。

図 4-14　ナダール《シャルル・フレデリック・ウォルト》(1892)

図 4-15　レンブラント《自画像》(1640)

ネは感動して息を凝らし、微動だにしなかった。数分後、巨匠は霊感に打たれたかのように、思いついたばかりの傑作を大きなぎくしゃくとした線で描き、手短に言った。「銀白色のファイユ地（横畝絹）のモンテスパン・ドレス……、裳裾は前の方で、丸みを帯びた線を描く……、グレーのサテンの大きなリボン結びで腰を止める……、パールグレーのチュールの襞を寄せたエプロン、襞はグレーのサテンの帯で分ける」。

彼はさらに瞑想に耽り、その天分の奥底まで降りて行くようであった。そして、三脚床几の上のギリシアの巫女のように、勝ち誇ったしかめ面で締めくくった。

「このにこやかな顔の上の髪の毛には、玉虫色に光る青い羽根をしたプシケの夢見るような蝶をつけることにしよう」。

ウォルムスは女性客の注文に応じて服を作る「職人」の立場から、レオナルド・ダ・ヴィンチのような天才的な「芸術家」、または「ギリシアの巫女」のように神の媒介者としての「モードの託宣者[39]」へと変貌している。モデルとなったウォルト自身、自らを「ドラクロワに匹敵する芸術家」とみなし、「私は作品を制作する。衣装は絵画と同じくらいの値打ちがある」と述べている[40]。ナダールが撮った肖像写真（図４－14）では、ウォルトはレンブラントの自画像（図４－15）に似せた扮装でポーズを取り、彼の芸術家としての自負が垣間見られる。

ゾラのウォルムス像は実在のウォルトに基づいて描かれているが、その筆致は皮肉と諧謔に満ちている[41]。その証拠に、ウォルムスが霊感に打たれて創造した「傑作」は、「モンテスパン・ドレス」というルイ一四世の愛妾モンテスパン夫人（図４－16）に遡るドレスで、言わば模倣に過ぎず、独創的なものではない。しかしながら、この場面で重要なのは、顧客であるルネと仕立屋の間で主客が転倒して、ルネは服を着る「主体」から「芸術家」の手になる「作品」に変容し、彼にインスピレーションを与える媒体でしかないことだ。ウォルムスの前で「息を凝らし、微動だに」しない彼女の姿はマネキン人形のようで、先に見た「女の身体のモノ化」が生じている。

以上のように、「パリ人形」と呼ばれるルネは、最新流行の贅沢な衣装を纏った浪費好きの女であると同時に、その身体が「モノ」として扱われる存在であった。ルネにおいては「本質」と「見かけ」が融合し、彼女の肉体そのものが布地と一体化するようになる。物語の最後で、夫のサカールと義理の息子マクシムに自分が搾取されていたことに気づいた時、ルネは鏡に映る自らの体を凝視する。

> しかし彼女に見えるのはピンクの腿、ピンクの腰、目の前にいるこのピンクの絹地の異様な女だけで、タイツで締め付けられ、その上質の布の肌は、操り人形や人形の情事のために作られたかのようだ。とうとう彼女はそこまで来てしまった。破れた胸からおが屑がこぼれ落ちる大きな人形になってしまった。

図 4-16　ピエール・ミニャール《モンテスパン夫人の肖像》（1670 頃）

ルネの肌はまさに、「ピンクの絹地」「上質の布」と同一視されている。物語冒頭でルネが「自らの存在の虚無」を自覚していたように、装飾過多の衣装の下には「空虚な自己」が隠されていた。彼女は主体的な自己を持たない「人形」であり、第三者によって動かされる「操り人形」でしかない。次に、「操り人形」としてのルネに焦点を当てて見ていくことにしよう。

「操り人形」としてのルネ

ルネがサカール邸の夜会で纏った衣装は、居合わせた人々の度肝を抜くものであった。というのも、幾重にも重なる襞飾りや菫の花束によって過剰に装飾された、量感のあるスカートを穿きながら、彼女の上半身は「ほとんど乳首のあたりまで胸元が大きくあき、腕はむき出しで」、「全裸のままチュールとサテンの鞘から出てきたようであった」からだ。語り手は、次のように続けている。

彼女の白い胸としなやかな体は、半ば解き放たれて有頂天の様子であった。湯浴みする女が自分の肉体にうっとりしながら衣を脱ぎ捨てていくように、胸が少しずつはだけてスカートがすべり落ちるのではないかと期待できるほどであった。兜の形に巻き上げ、高く結い上げた柔らかい黄色の髪は［……］、金糸のような後れ毛が琥珀色の淡い影を落とす首筋を露わに見せて、

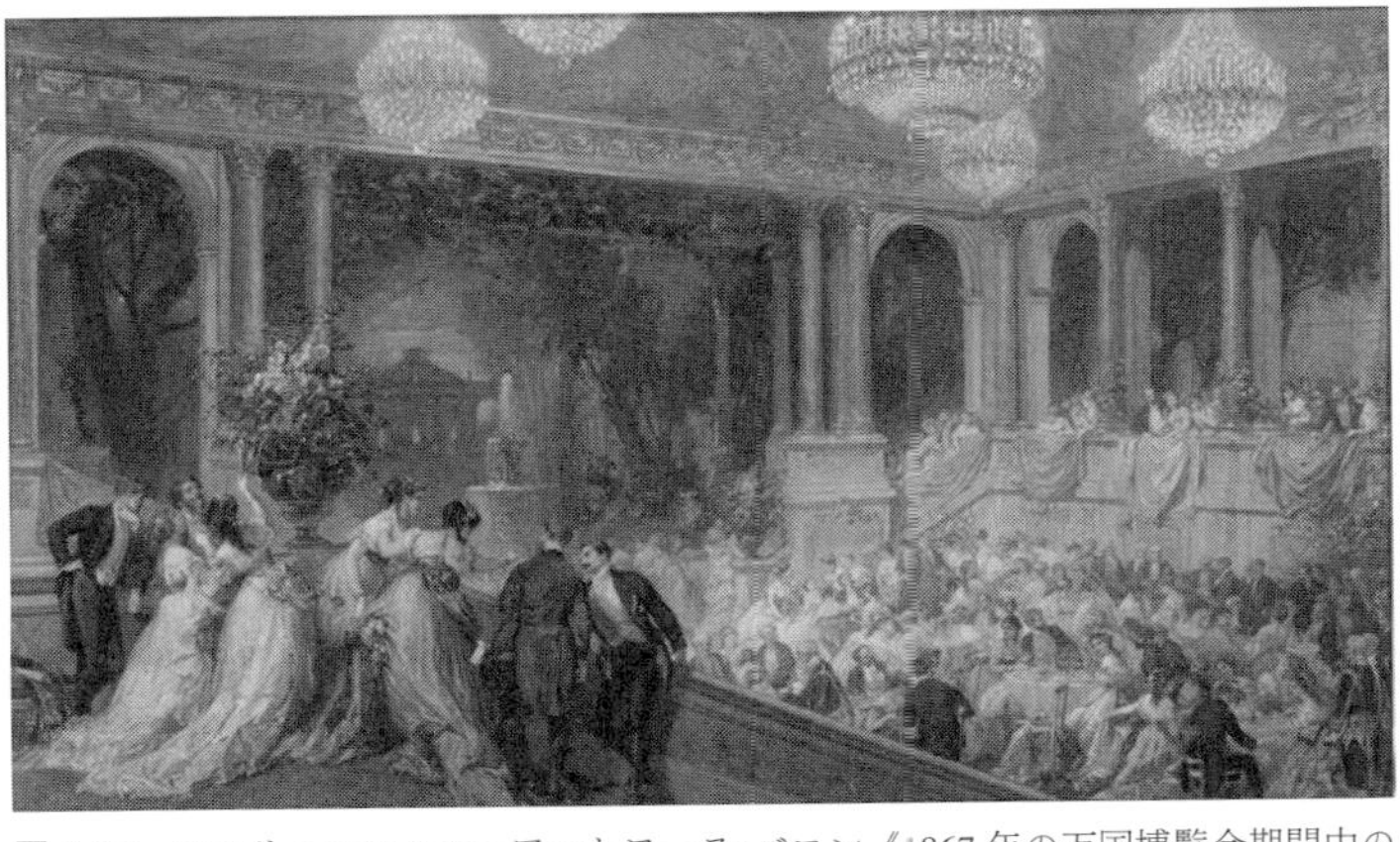

図 4-17　アンリ＝シャルル＝アントワーヌ・バロン《1867 年の万国博覧会期間中のチュイルリー宮での祝祭》(1867)

彼女の裸体を一層強調していた。

「全裸」「裸体」という言葉で明らかなように、ルネの衣装は彼女の裸体を際立たせるものである。物語が進行するにつれて、その裸体性はより強調されるようになる。政府主催の舞踏会でのルネの衣装は次のようなものだ。

彼女がピンクのファイユ地のドレスを着て、白の高級レースで縁取られた、ルイ一四世時代風の長い裳裾を引き摺って部屋から部屋へと歩くと、囁き声が起こり、男たちは一目見ようと押し合った。［……］彼女は他人の目もはばからずに胸元を大きく刳り、裸同然でありながらあまりに平然とたおやかに歩いていたので、もはやほとんど淫らには見えなかった。

「ルイ一四世時代風の長い裳裾」は当時、流行した服装（図4-17）である。しかしルネの場合、「いつもより指二本分胸を大きくあけた」大胆な衣装を纏っていたのである。ルネの裸体はその「淫らさ」を非難されるどころか、居合わせた人々は「帝政の堅固な支柱である美しい肩」に敬意を表している。こうしたルネの身体は、アカデミー絵画の代表作で皇帝ナポレオン三世に買い上げられた、カバネルの《ヴィーナスの誕生》（別図7）を彷彿とさせる。前章ですでに言及したように、ゾラは一八六七年の美術評で、カバネルのヴィーナス像を「ピンクと白の練り菓子」、または「愛らしい人形」と呼んで批判していた。ルネもまた、「ピンクの絹地」の「人形」であった。ナナのように、女が生身の人間として立ち現れる時、男を滅ぼす「宿命の女」となる。それに対して、官能的ではあるが、危険なセクシュアリティを剥奪され、言わば無害化された女の身体が、当時のブルジョワ男性の幻想や夢、欲望を実現していた。ルネはまさにそれを体現している。

スーザン・ハロウが指摘しているように、「第二帝政の家父長的な文化は安定的な支えを必要とし、そのために女の肉体を制御・牽制し、形作ることで『女』そのものを固定し安定させようとしている」[42]。他者としての「女の肉体」に枠を嵌め固定したいという、こうした男の欲求は、サカール邸の建物のバルコニーを支える一腰をくねらせ乳房を前に突き出した、大きな裸の女たち」の彫像に具現されている。言い換えれば、第二帝政社会は男性原理によって制御された「女の肉体」によって支えられていた。ルネの美しい肩が「帝政の堅固な支柱」とみなされているように、彼女の肉体は、サカールの兄で大臣のウージェーヌ・ルーゴンに巧みに利用されている。

偉大な政治家ウージェーヌ・ルーゴンは、疑い深い人々に帝政の魅力を味わわせ納得させるには、議会での自分の演説よりも、この裸の胸の方がより一層雄弁で、より好感を与え、より説得的であることを承知していた。

ルーゴンは、翌日審議されるパリ市の負債についての厄介な問題も、これでうまく切り抜けられると安堵している。というのも、ルネのような「かくも不可思議な快楽の花」を育てた権力に対して、誰も反対票を投じることはできないからだ。ルネは言わば、「政治的身体」として搾取の対象であった。
一方、夫のサカールにとってルネは、すでに見たように「顕示的消費」の対象となる。ゾラは次のように描写している。

彼は妻が着飾って世間を騒がし、パリ中を魅惑の虜にして欲しかった。そのおかげで彼は男を上げることができ、その推定財産は倍になるのだから。妻のおかげで彼は美男で若く、惚れっぽくて思慮のない男に見えた。彼女は知らぬ間に夫の相棒、共犯者となっていた。彼女が新しい馬車で出かけ、二〇〇〇エキュ［一〇〇〇万円相当］の衣装を纏い、誰か愛人に媚を売ることは、彼の事業を助け、最も成功裡に終わらせることになった。

サカールは、土地の投機事業において複雑な策略を駆使し、「幾つもの操り人形を動かす」ように事業を展開していた。ルネもまた彼の「操り人形」の一つであった。政府主催の舞踏会で、妻に五万フランのダイアモンドのネックレスと一万五〇〇〇フランの羽飾りを身につけさせることは、当時、破産寸前であったサカールにとって、金融上の信用を取り戻すための最も効果的な手段であった。実際、彼はその企てに成功するのである。ルネは「彼に名誉をもたらし、そこから大きな利益を引き出せると期待する、あの美しい家の一つ」とみなされ、彼女の肉体は彼女が所有するシャロンヌの土地と同様、彼の「金融資産」に組み込まれていた。
物語の終盤において、サカール邸での活人画［役者などが適切な衣装を着てポーズを取り、絵画のような情景を作ること、または絵画を再現すること」の催しがあった後、女性たちが仮装して登場する場面では、ルネはタヒチ女の衣装(43)を纏っている。

この衣装は極めて原始的なように思えた。足から胸までぴったり覆う淡い色のタイツを身につけ、肩と腕は露わであった。そして、タイツの上には腰を少し隠すために二重の襞飾りのついた、丈の短いモスリンのシンプルなブラウスを纏っていた。髪には野の花の冠をつけ、踝《くるぶし》と手首には金の輪。それ以外には何もない。彼女は裸であった。淡い色のブラウスの下で、タイツは肌のようなしなやかさであった。この裸体の端正な輪郭が膝から腋にかけて、襞飾りでぼんやりと消されてはいたが、少しでも彼女が動くと輪郭が強調され、レースの網目から浮き出るのであった。それは愛らしい野生の女、未開の官能的な女、白い靄《もや》の中、海の霧のような裳裾の中にかろうじて隠されてはいるものの、体の輪郭がすっかり見分けられた。

タヒチ女の衣装ではタイツが肌と一体化し、ルネの裸体がすっかり曝け出されている。居合わせた女性たちは彼女の扮装が「この上なく淫ら」だと眉をひそめるが、「謹厳な男たち」は「遠巻きに見とれていた」。彼らはルネを、カバネル(別図7)やブーグロー(別図8)などのアカデミー絵画のヴィーナスを見るように、その「裸体の端正な輪郭」を愛でている。男のエロティックな欲望は、裸体画の鑑賞という「新たに正当化された視線(44)」によって昇華されているのだ。そして、彼らはサカールに対して、あたかも彼が芸術家として傑作を生み出したかのように、「彼の妻の完璧な体の線」を褒め称えている。

一方、「ナルシスと妖精エコー」の演目の活人画では、エコーの役を演じたルネは雪のように白い衣装を纏い、その硬直した肉体は「彫像」に喩えられ、その肌は「大理石の肌」と形容されている。そして、こわばった体のうちで生きているのは、彼女の眼だけであった。マクシムの婚約者ルイーズが「死人のようだ」と感想を述べているように、ルネは魂を奪われた彫像、美術品と化している。

これまでルネは公衆の面前で自らの裸体を曝け出しても、恥じらいを感じることはなかった。しかし、サカールとマクシムの本性に気づく最後の場面で、鏡に映った自らの姿を「猥褻《わいせつ》」だと感じ、自らが「恥辱の国」で生きてきたことを自覚する。その時、「一体誰が私を裸にしたの？　お腹まで露わにしたこの慎みのない娼婦のような身なりで、私は一体何をしているのだろう」と自問している。

この問いの答えを見つけるには、八年前、ルネが一三歳のマクシムと初めて出会う場面に遡る必要があろう。その場面では、彼女は「近衛兵の制服のような淡いグレーの絹の上着」を着て、マクシムの前に姿を現している。彼はルネの衣装を見て、胸元をもう少し刳って大きな十字架勲章の首飾りをつけるよう忠告する。吉田典子が指摘しているように、近衛兵の制服と十字架勲章は「ナポレオン三世へのオマージュ」(45)であろう。さらに、ルネが衣装の胸元を広げる行為はこの時点から始まったのであり、それが次第にエスカレートしていく。ルネは、彼女の名前［Renée は「生まれ変わった女」のこと］が暗示しているように、第二帝政社会にとって都合の良い女性へと作り変えられ

図 4-18　ギュスターヴ・クールベ《鹿狩りのアラリ》（1866-1867）

ていくのだ[46]。

ルネがマクシムを愛人にして若返り、美しさの絶頂にある時、彼女は「火薬入れや角笛、刃幅の広いナイフといった付属品とともに、鹿狩りの情景全体が縫い取られた」サテンのドレスを身に纏って、センセーションを引き起こした。その衣装はルネにとっては「狩猟の女神」ディアナに自らをなぞらえたものであろうが、実際はむしろ彼女の方が夫の獲物であった。サカールは妻からシャロンヌの土地を詐取しようと策謀を凝らし、「獲物を格好良くしとめようと、きざな格好をする猟師さながら、巧妙に罠を張り巡らしていた」のだ。

この「獲物＝ルネ」と「猟師＝サカール」の図式は、小説のタイトル［*La Curée* は狩猟用語で、狩猟の終わりに分け与えられた獲物の肉を猟犬が奪い合うことを指す］と深く関わり、さらにクールベが一八六九年のサロンに出展した《鹿狩りのアラリ》（図４‐18）を彷彿とさせる。「アラリ（hallali）」とは、「獲物が完全に罠にかかったことを告げる喇叭《らっぱ》の合図[47]」のことである。それゆえ、この絵の瀕死の鹿はルネと重なり、彼女は夫が張り巡らした罠にかかって、文字通り身ぐるみ剥がされてしまうのだ。

ところで、物語冒頭でブーローニュの森での散策の後、ルネが屋敷に戻って階段の踊り場にある大きな鏡に映った自分の姿を見る場面がある。

ルネが階段を上るにつれ、一段ごとに鏡の中の彼女は大きさを増していった。彼女は人気絶頂の女優が不安に捉われるように、私は本当に、皆が言うように魅力的なのかしら、と自分に問いかけた。

ルネが夜会服に着替えて招待客の前に登場する時も、階段の鏡で自らの姿をチェックしている。チュイルリー宮殿での舞踏会の時も同様である。彼女は一人取り残されて、一瞬戸惑うものの、「あちこちの鏡に自分の素晴らしい姿が映っているのを見て、すぐに安心する」のだ。フィリップ・ベルティエは、ルネが女優のポーズで鏡に自らの姿を映し出す行為を「ナルシスティックな演出」[48]とみなしている。しかし、常に鏡を持ち歩くマクシムとは異なり、ルネの態度には自らへの不信感が看取できる。むしろ、スーザン・ハロウが指摘しているように[49]、ルネは「男の視線」を内在化し、「男の視線」で自らのアイデンティティを確認していると考えた方が良いだろう。ブーローニュの森での散策の場面で、彼女が男物の鼻眼鏡をつけて、高級娼婦ロール・ドリニーの品定めをしているのがその証拠である。彼女は自らの肉体を眺める時も「視線の主体」としてではなく、「男の視線」を先取りして、その「対象」として見ていたわけだ。ハロウはこうしたルネの主体性のなさ、一種の自己放棄の原因を近眼——すなわち、物事が明確に見えないこと——のせいにしている。それだけではない。それ以上に深い要因として、ルネが寄宿学校を出たばかりの娘時代に、既婚の男に強姦された事件を挙げることができる。語り手は次のように説明している。

のちにサカールとの結婚につながる過ち、恐れながらもどこか期待していたような、あの強姦のせいで自分を軽蔑するようになった。この暴行は彼女が投げやりな人生を送ることになったのに大いに関わっていた。

このように、強姦による自らの身体への蔑視、自己への根源的な不信感が彼女の主体性を失わせ、その結果、彼女は他人の意のままに操られる羽目に陥ってしまった。物語の最後にルネは心の安らぎを求めて、幸福な少女時代を過ごした父の屋敷に戻る。しかし、そこで見出したのは、かつて妹と遊んだ人形の残骸――「体にあいた穴からすべてのおが屑が流れ出てしまった」人形――しか残されていなかった。その力を失った胴体は「人形の狂気によって生命が枯渇したかのよう」で、陶製の顔だけがエナメルの唇で微笑み続けていた。それは、「操り人形」としてのルネの末路を予告している。彼女はほどなく、脳の病気である急性髄膜炎で死ぬ運命にあった。

以上のように、本章ではルネの衣装を通して物語を読み解いてきた。もう一つ、この小説に特徴的なのは、セーヌ川などの自然描写やサカール邸の建物の描写でも、服飾用語が使われていることだ(50)。最後に、ルネの衣装と身体に密接に結びついた彼女の部屋に焦点を絞って検証していきたい。

部屋と女の衣装、裸体

サカール邸でのルネの領域として、最初に描かれる部屋は一階の大広間に続く小サロンである。サロンは、きんぽうげ色［鮮やかな黄色］のサテンの壁布と同色のカーテンで覆われた黄色一色の部屋となっている。黒檀のピアノや小さな装飾品が多数収められた戸棚、ルイ一六世様式のテーブルなど、家具がぎっしり詰まった部屋の中で、とりわけ語り手が強調するのは様々な椅子の存在である。

二人掛けソファ、肘掛け椅子、クッションスツールはキルティングした、きんぽうげ色のサテン張りで、派手なチューリップの刺繍をした黒サテンの幅広のテープ飾りがついていた。さらに低いものや移動できる椅子、エレガントで風変わりなあらゆる種類の椅子があった。これらの家具の木肌は見えず、サテンとキルティングがすべてを覆い尽していた。

キルティングしたサテンの布で覆われた装飾過多の室内は、これ見よがしに富を誇示する当時のブルジョワの好みに合致し、モードにおいてもウジェニー皇后が流行させたクリノリン・ドレスが「室内装飾様式」[51]と呼ばれるようになる。というのも、室内装飾において空間を塞ぎ、覆い尽す家具や物は、大量の布地や装飾品が必要となるモードに重なるからだ。実際、**別図14**の左の女性のドレスにおいて、ピンクの花で飾られたキルティングの白いスカートは、椅子のキルティング張りを想起させる。

このように、室内装飾は女性の衣装と同一視され、その住人である女性も部屋と照応関係にある。このサロンはルネのお気に入りで、彼女の金髪は室内の黄色に引き立てられて、その魅力をさらに増している。

黄色の内装は彼女の淡い色の髪をくすませるのではなく、不思議な炎で金色に照らし出していた。彼女の顔は曙の光の中で、ピンクと白色となって浮き上がり、さながら朝の光に目覚めた金髪の女神ディアナのようであった。

語り手は、この小サロンの室内を「黄色の短調のシンフォニー」と呼んでいる。この表現は、テオフィル・ゴーティエの詩集『七宝とカメオ』（一八五二）に収められた「白の長調のシンフォニー」という詩のタイトルから着想を得たものであろう。さらに、ホイッスラーの《白のシンフォニー No.1》がゾラに大きな影響を与えたように思える。この作品は当初、《白衣の娘》というタイトルで一八六二年のイギリス・ロイヤル・アカデミーに応募して落選し、翌年のパリのサロンでも落選するが、ナポレオン三世の肝いりで開催された同年の落選展で大きな話題を呼んだ。一八六三年の落選展では、マネの《草上の昼食》（図4-19）がスキャンダルを引き起こしたが、ホイッスラーの作品も、マネに劣らず激しい批判の的になった[52]。

ゾラは後の作品『制作』（一八八六）において、落選展でマネの作品に浴びせられた公衆の嘲笑と罵声を、主人公クロード・ランティエの絵《外光》［《草上の昼食》と同じ構図の絵］に置き換えて再現している。そして、同じく嘲笑の的となった作品として《白衣の女》を挙げている。これは明らかにホイッスラーの絵を指しており、マネを擁護するゾラがホイッスラーにも注目していたことがわかる。一八六三年の美術評でポール・マンツがホイッスラーの作品を「白のシンフォニー」と呼んだことで[53]、ホイッスラー自身が後に作品のタイトルを変更し、さらに《白のシンフォニー》シ

図 4-19　エドゥアール・マネ《草上の昼食》（1863）

リーズを制作することになる。

《白のシンフォニー　No.1》（図4－20）は、白いモスリンのカーテンを背景に、白い衣装を纏った若い娘が白い熊の毛皮の上に立っている構図で、白色の多様性、複雑性が際立つ作品となっている。評論家のカスタニャリは一八六三年の美術評において、絵の女性が手にする白百合の花びらが散って毛皮の上に落ちていることや、彼女の放心したような見開いた眼などから初夜の翌朝の花嫁の姿をそこに見出している。(54) しかし、ロビン・スペンサーが指摘しているように、女性の左手に結婚指輪がないことや、その衣装が婚礼衣装ではないことから鑑みて、彼女はむしろ結婚前に処女を失った娘と考える方が妥当であろう。(55)

この娘の姿はまさに『獲物の分け前』における、強姦されたルネの姿を彷彿とさせる。興味深いことに、小説の構想段階では女主人公の名前は「白い女」という意味の「ブランシュ（Blanche）」であった。また、ホイッスラーの白い熊の毛皮は、ゾラの小説では黒い熊の毛皮となって登場している。

一方、ゾラの描く小サロンは白色ではなく、黄色一色である。彼がとりわけ「黄色」を意味する「きんぽうげ色」を強調しているのは、「きんぽうげ（bouton d'or）」の単語の中に「金（or）」が含まれているからであろう。小サロンは、この小説の核となる「金と肉体の音色」を響かす場とみなされているのだ。ゾラは処女性を失った女主人公が第二帝政社会にとって都合の良い官能的な女に生まれ変わった証として、彼女に似つかわしい「黄色の短調の官能的なシンフォニー」が響きわたる部屋を用意したのではないだろうか。

図 4-20　ジェームズ・アボット・マックニール・ホイッスラー《白のシンフォニー No.1――白衣の娘》（1862）

ルネの寝室と化粧室は屋敷の二階にある。寝室と閨房はどちらも「絹とレースの巣」として一体化し、グレーやピンクの絹地に薔薇と白いライラック、きんぽうげの花束が刺繍された華やかな内装となっている。寝室ではとりわけ大きなベッドに焦点が当てられる。

グレーとピンクの大きなベッドは、その木肌は布に覆われキルティングされていて見えず、［……］天井から絨毯まで垂れ下がるドレープの波やギピュール・レース、花束を刺繍した絹で、部屋半分をすっかり埋め尽くしていた。それはまるで丸みをつけ、切り込みを入れ、バッスルやリボンや襞飾りをつけた女の衣装のようであった。

引用傍線部で明らかなように、寝室も小サロンと同様に女の衣装と同一視され、部屋全体がルネを飾る衣装となっている。その上、寝室も音楽に喩えられ、「グレーとピンクの夢見るような旋律には金属の放つ光や鮮やかな金箔のようなけたたましい音は何も聞こえ」ず、「穏やかなハーモニー」のトポスとして描かれている。

隣の化粧室も大量の布地やレースで覆われているが、「ピンクがかったグレー」が基調の寝室に対し、「ピンクがかった白、裸体の肌色」が主調を成している。さらに、化粧室の一角にはピンクの大理石の浴槽が填め込まれ、「洗いたての濡れた体の匂い」が漂っていた。語り手は浴槽に浸かるルネの姿を次のように描いている。

若い女は昼頃までほとんど裸でそこにいるのが好きであった。丸い天幕も裸だった。このピンクの浴槽やピンクのテーブルと洗面台、その下にピンクの血が流れているように思える天井と壁のモスリンは、肉体の丸み、肩や乳房の丸みを帯びていた。そして一日の時刻によって、少女の雪の肌になったり、成熟した女の熱い肌になったりした。それは大きな裸体であった。ルネが浴槽から上がると、そのブロンドの体は部屋全体のピンクの肌に、ほんの少しのピンクを付け加えるだけであった。

図 4-21　シャルル・シャプラン《建築術》(1862 頃)

すでに見たように、ルネは「ピンクの絹地」の女であったが、ここではモスリンの布の方が「ピンクの血」が流れる女の肌、女の裸体そのものに喩えられている。ルネは言わば、部屋と一体化し、モノとして部屋の一部に組み込まれている。

化粧室の天井には「下を眺めて笑いながら矢を射ようとしているキューピッド」が画家のシャプランの筆で描かれていた。シャプランは、一八世紀のロココ美術を代表するフラゴナールやブーシェに似た作風の絵を描き、チュイルリー宮のウジェニー皇后の部屋の内装も手掛けたアカデミー派の画家である[56]。彼は**図4-21**のような、キューピッドが登場する神話の題材をしばしば扱っている。ゾラは美術評において、シャプランを「ブーシエやワッ

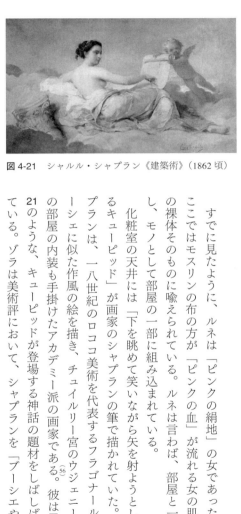

図 4-22　ジェームズ・ティソ《リラの花束》（1875 頃）

トーと密接な関係」にあり、「乳白色の体にピンクの顔」を描いた画家とみなしている。[57] ゾラはシャプランに対して「ブーグローの持つ俗悪さ[58]」はないと一定の評価を与えているが、シャプランの描く「乳白色の体にピンクの顔」の女神は、「ピンクと白の練り菓子」に喩えられるカバネルやブーグローのヴィーナスとあまり大差はない。それゆえ、天井のシャプランが描いたキューピッドの下には、カバネルのヴィーナスにゾラが見出したような「官能的なロレット（娼婦）」の裸体が横たわっていると想定できる。

主体性のないルネは部屋が替わるたびに、部屋の雰囲気に合わせて全く異なる女に変貌していく。[59] とりわけ、「浴槽の芳香とじっとり湿ったけだるさ」の中では「気紛れで官能的な娼婦」に化身する。それは、マクシムが一番好きな彼女の姿であり、ルネの化粧室は当時のブルジョワ男性の欲望を満たす場所であった。

それに対して、マクシムが一番恐れていたのは、小サロンと一続きになった温室におけるルネである。第二帝政期に富裕層の間で流行したのが、屋敷に併設された鉄骨ガラス張りの温室で、そこには熱帯の国々で生育する珍しい植物や花が集められていた（**図 4 - 22**）。ゾラの小説では、異国の花々の放つ強烈な香りと鮮烈な色彩、その熱に刺激されて、ルネは激しい欲望に駆り立てられる。

この閉ざされた回廊には、熱帯植物の熱い樹液がたぎり、すべてが発情し、悦楽への欲求が漂っていた。若い女は、彼女の周りで暗い緑の葉むらや巨大な茎を生み出す大地の力強い婚姻に捉えられた。火の海のように焼けつく褥《しとね》、花盛りの樹木、養分を運ぶ臓腑からの熱で燃え立った植物群は、彼女に悩ましげな香りを放って、頭をくらくらと酔わせる。足元の水盤では、浮草の根からしみ出る樹液のせいで澱《よど》んだ生温い水が、彼女の肩に重苦しい蒸気のマントを着せかけている。湯気に肌が熱くなり、悦楽に湿った手で触られたようだ。

引用傍線部のように、温室は「官能と欲望の密室(60)」と化し、ルネとマクシムが快楽に溺れる場となる。しかも、それは従来の男女の支配―被支配の関係が逆転する場でもあった。ある冬の晩、寝室の熊の毛皮を取りに行ったマクシムが、外の冷たい空気に触れた後で燃えるような暑さの温室に入ったため、気を失う場面がある。彼が意識を取り戻した時、彼の眼に映ったルネは次のように描かれている。

彼が我に返った時、ルネが跪き、身を屈め、眼をじっと凝らしているのが見えた。その獣じみた姿は恐ろしかった。髪は垂れ落ち、肩ははだけ、燐光を放つ眼をした大きな雌猫のように、彼女は背を伸ばして拳で身を支えていた。仰向けに横たわった若い男は、彼をじっと見つめるこの恋する愛らしい獣の肩越しに、大理石のスフィンクス像を認めた。月の光がその艶やかな腿を照らしていた。ルネは、女の顔をしたこの怪物と同じ姿勢で同じ微笑みを浮かべ、肌も露わに、この黒い神の白い妹のようであった。

ルネは「雌猫」「獣」に喩えられ、その獣性が強調されて「女の顔をした怪物」スフィンクスと同列に並べられている。それは、ルネが「生身の女」としてマクシムの前に立ち現れた瞬間であり、彼女は彼を脅かす「宿命の女」に変貌する。フィリップ・ベルティエは寝室と温室という一見、共通点を持たない二つの場所が通底しているとして、次のように指摘している。

実際、あたかも温室が寝室の真実を語っているかのようだ。過度の人為的な装飾や過度に文明化された贅沢によって隠された寝室の秘密を温室がむきだしの、野蛮な、原初的で太古の状態で明らかにしているかのようにすべてが起こっている。(61)

温室がルネに果たした役割も同様で、装飾過多の衣装によって隠された彼女の本性が「むきだしの、野蛮な、原初的で太古の状態」で露わになっている。一方、マクシムは「子どもの時から男らしさを欠いた、金髪のきれいな中性的存在」、「古代ローマの美青年のように脱毛した手足に華奢で優雅な体つきをした大柄な女の子」または「女のできそこない」とも呼ばれ、生身のルネに対抗する「男らしさ」を発揮できない。したがって、男女の関係は逆転して「ルネが男となり、情熱的で行動的な意志そのものであり、マクシムは受け身になった」。

図 4-23　ギュスターヴ・モロー《オイディプスとスフィンクス》(1864)

図 4-24　ドミニク・アングル《スフィンクスの謎を解くオイディプス》(1808)

こうした二人の関係は、象徴派の画家モローの《オイディプスとスフィンクス》（別図15、図4－23）を思い起こさせる。モローのオイディプスは新古典主義の画家アングルが描く、逞しい肉体を持つオイディプス（図4－24）と比べて、華奢で女性的な美青年として描かれている。それに対して、オイディプスの身体に脚の爪を食い込ませ、挑発的な視線を投げかけるスフィンクスの方がむしろ、力強さに満ちている。こうした無力の、受動的なオイディプス像はそのままマクシムに当てはめることができ、ルネはスフィンクスと重なり合う。[62]

ゾラはモローのこの絵に関する美術評の中で、モローの芸術論は彼の考えとは全く正反対であり、それは「不快感を与え、苛立たせる」[63]と批判している。その一方で、いつの間にか「その奇妙な構想に惹かれ、とりわけスフィンクス像に興味を抱くようになった」[64]として、モローの絵に魅了されていることを告白している。それゆえ、ゾラがサカール邸の温室に大理石のスフィンクス像を配置したのは、モローの絵が彼の念頭にあったためであり、モローのオイディプスとスフィンクスの関係をルネとマクシムの関係に置き換えて再現したと言えよう。

ルネは以前からマクシムを「お嬢さん（Mademoiselle）」と呼び、「女の子のような顔をしたこの大きな坊や」は「彼女の人形」であった。ただし、ルネがマクシムに力を振るえるのは、あくまでも女の領域とされる私的空間のみである。私的空間を構成する寝室、化粧室、小サロン、温室はすべて彼女と「共犯関係にある贅沢なもの」であり、彼女はそこから「毒のある樹液」を吸い上げ、恥辱の道に邁進していった。それを自覚した時、ルネは鏡に映る自らの姿と同様に「部屋も裸である」ことに気づく。

このように、これらの場所はルネの存在そのものと深く結びついていた。しかし、最後には彼女の聖域である温室も招待客に占領されて、ルネは自らの居場所を失ってしまう。物語最後にブーローニュの森を再び訪れるが、光り輝く太陽の下、物語冒頭と同じ顔ぶれが晴れやかな表情で一堂に会している中で、ルネの「赤褐色のシルクの衣装」は場違いであった。容色の衰えた彼女は「美しきサカール夫人」としての力を失い、公的空間からも疎外されていくのである。

＊

以上のように、本章では印象派や象徴派、アカデミー派の絵画と関連づけながら、『獲物の分け前』の女主人公の衣装や部屋の描写に焦点を当てて分析した。「モードの女王」として社交界に君臨したルネも、最期は娼婦のナナと同じ悲劇的な結末を迎える。ナナの物語の主軸が「ナナを裸にすること」であったのに対し、ルネの物語は「一体誰が私を裸にしたの？」という彼女の問いかけに収斂する。したがって、『獲物の分け前』は、第二帝政社会における女の身体のモノ化、女性の搾取を暴きだした小説と言えよう。

第五章　「男らしさ」と両性具有

アラン・コルバンなどの監修による大著『男らしさの歴史』（全三巻）は、西欧社会において「古代ギリシアから現代までを対象に、「男らしさ」の価値と規範がどのように形成され、どのように変貌してきたかを跡づける[1]」ことを目的とし、その第二巻の副題は「男らしさの勝利――一九世紀」となっている。確かに、アンシャン・レジーム下の女性的な宮廷文化を打破したのがフランス革命であり、一八〇四年のナポレオン法典は、政治的・経済的・社会的次元での女性に対する男性の優位を確定づけるもので、一九世紀フランスは「男らしさの勝利」の時代と言える。

　また、ラルースの『一九世紀大辞典』の「男らしさ（virilité）」の項目では、「男らしさ」の対極として位置するのが「宦官」と「カストラート［一七～一八世紀のイタリアで盛行した、男性去勢の歌手］」で、その「女のような」性質が強調されている。男性の同性愛者もしばしば「女々《めめ》しい男[2]」とみなされて、社会の軽蔑の対象となってきた。こうした軽蔑の根底には、レジス・ルヴナンが指摘しているように、「女性と女性的とされる価値観に対する、繰り返される深い軽蔑[3]」、要するに「女性嫌悪」が見出せる。

しかしその一方で、ロマン主義時代には、男性的要素と女性的要素を融合した両性具有的な男性が登場する文学作品が続出している。絵画においても同様である。「男らしさの勝利」を謳歌する時代において、なぜ、「男らしさ」の範疇に収まらない両性具有的存在が文学や絵画の主題となったのであろうか。本章では、一九世紀の文学作品における「男らしさ」と両性具有との関係を絵画とも絡めながら探っていきたい。

「男らしさ」の定義

両性具有を扱った文学作品に取りかかる前に、まず、一九世紀における「男らしさ[4]（virilité）」の特徴を挙げておきたい。アラン・コルバンによれば、「男らしさ」は「本質的な概念である偉大さ、優越性、名誉、徳としての力、自己抑制、犠牲的行為の感覚、自分の価値観のために死ぬ術を知っていること[5]」によって特徴づけられる。その上、「戦場や決闘場での英雄的な死[6]」に代表されるように、「男らしさ」は死と深く繋がり、さらには個人的な美徳を越えて社会を統制する基盤となる。それは様々な支配効果をもたらし、女性への支配もその一つとなる。また、活力に溢れた逞しい肉体だけではなく、その性的能力の強さが「男らしさ」の条件である[7]。政治的・社会的次元では、フランス革命初期には女性たちが公的空間に進出して政治活動を行ったのに対して、ジャコバン政治以降、女性は政治クラブや軍隊から排除され、「女性と男性の役割と空間の再定義」[8]が行われる。第一章ですでに見たように、政治・経済・社会的活動の場である公的空間は男の領域であり、女性は私的空間で専ら家事や育児に従事することになる。

ダヴィッドの絵画と「男らしさ」

こうした「男らしさ」を視覚化したのが、新古典主義を代表する画家であり、革命期にはジャコバン派であったダヴィッドの《ホラティウス兄弟の誓い》(図5-1)である。この絵は、古代ローマ建国史の一場面――ローマと敵対する都市アルバとの戦いにおいて、ホラティウス兄弟がローマを、クリアティウス兄弟がアルバを代表して戦う場面――を扱っている。三人の兄弟は愛国心に燃えて、父親とともにローマ共和国への忠誠を誓っている。一方、女性たちは悲嘆にくれている。というのも、ホラティウス兄弟の妹は敵の兄弟と婚約しており、敵方の妹はホラティウス兄弟の元に嫁いでいたからだ。ノーマン・ブライソンは、この絵では「男性と女性の人物は、性的差異を表す記号に満ちている[9]」として、次のように指摘している。

物語表現において、この場面は厳格さと国家を表す男たちと、家庭生活、子どもの教育を表す女たちに二分されている。身体類型学から見れば、ダヴィッドは完全に両極端の体の構造を作り出している。男たちは筋肉の力を惜しみなく発揮している。彼らは筋肉を緊張させ、その手足を勢いよく空間に投げ出している。彼らの姿勢は骨格の潜在的な安定さと力を強調している。

図 5-1　ジャック＝ルイ・ダヴィッド《ホラティウス兄弟の誓い》（1784）

逆に、女たちの肉体は柔らかくて弱々しく、その骨格からいかなる内的力も引き出していないように見える。その肉体は前や横に崩れ落ち、自らの重みに耐えられないか、または椅子に座ったままではいられない。[10]

引用傍線部のように、男たちは「厳格さ」と「国家」を表し、女たちは「家庭生活」「子どもの教育」を体現している。身体的表現においても、「男たちは筋肉の力を惜しみなく発揮し」、「その手足を勢いよく空間に投げ出している」。それに対し、女たちの肉体は「柔らかくて弱々しく」、「前や横に崩れ落ち」ている。さらに、男たちの「直線性」と女たちの「曲線性」の対立は、視線を上に向けた男たちの「外向性」と目を伏せた女たちの「内向性」の対立に照応し、危険に立ち向かう男たちの「英雄的な平然とした態度」が際立っている。[11] 家族よりも国家を優先するホラティウス兄弟は、まさに「祖国を愛し、自分を犠牲にし、祖国のために死を受け入れる」[12]軍人の「男らしさ」を体現している。

ダヴィッドの《ブルートゥス邸に息子たちの亡骸を運ぶ刑吏たち》**（別図2）**にも、同様の構図が見出せる（詳細は、第一章を参照のこと）。この絵も画面左側の「政治的悲劇と個人的犠牲の男の領域」[13]と、右側の「美しさ、感情、日常生活の波風のない単調さからなる女の領域」[14]がコントラストを成している。感情を露わにしないブルートゥスの峻厳な顔つきは、「男らしさ」を特徴づける「自己抑制」の表徴と言えよう。この絵は《ホラティウス兄弟》とは違って、女性の側に光が当っているが、どちらの絵も左側が男たちの「公的空間」、右側が女たちの「私的空間」を表し、画面が二極化している。

このように、ダヴィッドは「男らしさ」の基準にしたがって男性像を造形したが、その一方でその規範に当てはまらない絵画も描いている。それが《バラの死》（**別図16**）である。この絵は一七九三年に、ヴァンデ地方で反革命派の農民によって殺された一三歳の少年バラの愛国心[15]を讃えるために、ロベスピエールが政治的プロパガンダの一環として、ダヴィッドに注文したものだ。バラは、学校や軍隊で配布される「市民の男らしさ[16]」の手引書の中でも革命の殉教者として称賛された。しかし、バラの体の輪郭の流れるような曲線、カールした髪に女の子のような顔つきとその恍惚とした表情、男性器が隠されていることなどから鑑みて、ダヴィッドのバラ像は明らかに、女性化されたエロティックな身体として提示されている。それは一見、「男らしさ」に欠けるように見えるが、メチルド・フェンドが指摘しているように、「男のエロティックな裸体は、フランス革命の男らしさの理想に必ずしも抵触しない[17]」。

アビゲイル・ソロモン＝ゴドーは、その理由として次の三点を挙げている[18]。①無垢な子どものような身体は、敵国に囲まれ、国内では反革命の嵐に巻き込まれた傷つきやすい犠牲者としての共和国フランスの表象となり、恐怖政治の正当化が可能になる。②裸体像は、社会的階級を表す記号を持たないユートピア的身体として、階級闘争を超越して平等理念を表す。③女性化された身体は、ジャコバン文化が追放した女の肉体の属性を男の身体の内に取り込んだことになる。

ダヴィッドに留まらず、革命期には両性具有的な男性像が多く見出せ、ルニョーの《自由か死か》（**図5-2**）もその一つである。この絵では中央のイエス・キリストのようなフランスの守護神

図 5-2　ジャン＝バチスト・ルニョー《自由か死か》（1795）

図 5-3　《ボルゲーゼのヘルマプロディトス》（ルーヴル美術館）

が、左の自由の女神よりもエロティックな美青年の姿で描かれている。

ところで、ダヴィッドの《バラの死》に関しては、古代ギリシアの彫像《ボルゲーゼのヘルマプロディトス》（図5-3）がそのモデルの一つとされている。[19]《ヘルマプロディトス》の波打つ体の線やカールした髪、女性的な顔つきは、まさにダヴィッドの少年像と重なる。彼が古代ギリシアの彫像を参照したのは、一八世紀ドイツの美術史家ヴィンケルマンの理論と深く関わっている。第一章ですでに触れたように、ヴィンケルマンは『ギリシア美術模倣論』（一七五五）や『古代美術史』（一七六四）を出版し、古代ギリシア芸術の復権を唱えた。彼は優れた芸術作品は自由な社会においてのみ生まれるとして、ギリシアが自由を謳歌した時代に制作された彫像、とりわけ男の裸体像の内に「理想美」を見出した。彼の著作はフランスでも革命期に大流行になり、ダヴィッドをはじめとする新古典主義の画家たちに大きな影響を及ぼした。[20]

ヴィンケルマンは、古代ギリシアの筋骨逞しい《ファルネーゼのヘラクレス》（図5-4）や、死の激しい苦しみに耐える《ラオコーン》像（図1-12）に、英雄的な男性美を見出している。しかし、こうした「強さ」と「自己抑制」を示す男性美よりも、彼が最も惹かれたのは、男として成熟する前の段階にある青年の「男女両方の要素が混じり合った」、「曖昧な美しさ」[21]であった。ヴィンケルマンは、《ベルヴェデーレのアポロン》（図5-5）を「古代のすべての作品の中で最も高貴な芸術の理想」[22]とみなし、その美しさを次のように讃えている。

永遠の春は、［……］成熟期の洗練された男らしさに魅惑的な若さを纏わせ、誇り高い骨組の手足に穏やかさと優しさを振りまいている。［……］ここには、他の神々の様々な美しさが集められ、パンドラ［ギリシア神話に出てくる、「あらゆる贈り物」という意味の魅惑的な女性］のように、そこに集結している。知恵の女神［ミネルウァ］をはらんだユピテルの額、その動きで意志を明確に表す眉。女神たちの女王［ヘラ］の気高い弓なりの眼と、最愛の神官に官能的快楽を抱かせた唇。葡萄の繊細で流れるような巻きひげに似たしなやかな髪の毛がそよ風になびくように、その神々しい顔の回りを漂っている[23]［……］。

引用傍線部にあるように、ヴィンケルマンのアポロン像は男性的要素（「誇り高い」「意志」）と女性的要素（「洗練された」「魅惑的な」「穏やかさ」「優しさ」「官能的快楽」「繊細」「流れるような」「しなやかな」）を合わせ持つ「理想美」を体現している。しかも、引用が示す通り、女性的な

図 5-4 《ファルネーゼのヘラクレス》（ナポリ国立考古学博物館）

図 5-5 《ベルヴェデーレのアポロン》（ヴァティカン美術館）

要素が勝るアポロン像は官能的な身体として認識されている。アレックス・ポッツは、こうしたヴィンケルマンの解釈に「ホモセクシュアリティ」よりも「ホモエロティシズム」を見出している[24]。すなわちポッツによれば[25]、ヴィンケルマンはアポロン像の中に「欲望の理想的な対象」を見ると同時に、男だけが引き受けることのできる倫理的な規範としての「自由な主体」を見出した。それは男の鑑賞者が同一視できる「理想の自己」、言わば「ナルシスティックな自己の理想[26]」であった。

このように、ダヴィッドのバラ像にはヴィンケルマンの思想が色濃く反映されている。しかし、ロベスピエールの死後、政治的イデオロギーを帯びた美青年像は描かれなくなる。それでも第一帝政から王政復古期にかけて、政治的イデオロギーと切り離した形で、グランジェの《アポロンとキュパリッソス》（図5-6）のような両性具有的な美青年像が引き続き登場している。当時、タブーであった男の同性愛を想起させるこうした絵画も、神話を題材とする歴史画に限って容認されていた。しかしながら、王政復古期に男女の性差に基づくブルジョワ道徳が確立するにつれ、「エロス化された身体と女性性の結びつき[27]」が強化され、官能的な身体は専ら女の属性となる。

ロマン主義文学における両性具有像も、フレデリック・モネロンが指摘しているように、神話や聖書、プラトンの両性具有思想や錬金術、ヤコブ・ベーメやスウェーデンボルグなどの神秘思想の他に、ヴィンケルマンの美学を反映したものだ[28]。ここでは、ヴィンケルマンの美学と結びついた作品を時系列順に作品を見ていくことにしよう。

図 5-6　ジャン＝ピエール・グランジェ《アポロンとキュパリッソス》(1816)
オウィディウスの『変身物語』によれば，キュパリッソスはアポロンに愛された美少年で，彼は可愛がっていた，金色に輝く角を持つ雄鹿を誤って投槍で殺してしまう。その死を深く悲しむあまり，最後には糸杉（悲しみの象徴）に変身したという。

ロマン主義文学における両性具有的存在

ラトゥシュ『フラゴレッタ』

ロマン主義文学において最初に両性具有を扱った作品は、アンリ・ド・ラトゥシュの『フラゴレッタ』（一八二九）である。物語の冒頭で主人公カミーユ（＝フラゴレッタ）とフランス人のドートヴィルがイタリア人の芸術家エレオノールの案内で、ナポリの美術館を訪れる場面がある。そこで《ボルゲーゼのヘルマプロディトス》像（**図5-3**）［背中から見ると女性的な身体だが、前に回ると女の胸と男の生殖器がついている］を見たドートヴィルが、この彫像は自然に反しているので、芸術に値しないと批判する。それに対して、エレオノールは次のように反論している。

> あなたの国の人たちは、思考の迷路の中、無力な形而上学の中に迷い込んでいますが、私たちは人生を謳歌しているのです！ 私たちは美に、この永遠の若さの春に信仰を捧げています。ここでは筋肉や血管など、卑俗な存在の属性は全く不在で、（彫刻家の）鑿《のみ》が永遠の若さを特徴づけているのです。

引用傍線部の「永遠の若さの春」は、先に引用したヴィンケルマンのアポロン像に関する言説（二〇二頁の引用、二重傍線部）での「永遠の春」に照応する。ヴィンケルマンにとって、《ヘルマプロディトス》のような両性具有像は、対立する男性性と女性性を調和的に一つに融合したものであり、それはより高次の、神性を帯びた「理想美」に達する「ほとんど神秘的な結合[29]」を意味していた。エレオノールの言葉は、こうしたヴィンケルマンの美学に忠実に従っている。

しかし、古代の彫像の神話的次元では肯定的に評価される両性具有も、現実の世界では否定的に捉えられている。一八世紀の啓蒙思想を代表する『百科全書』の「両性具有者（hermaphrodite）」の項目の執筆者ジョクールは、両性具有の存在を「妄想」として否定している[30]。さらに実験・観察に基づいた医学的言説は[31]、両性具有を「奇形（monstruosité）」とみなし、動物学者で解剖学者のイジドール・ジョフロワ・サン゠ティレールは「身体的異常[32]（anomalies physiques）」と呼んでいる。それゆえ、ラトゥシュの描く両性具有者フラゴレッタは、「怪物／奇形（monstres）」の一人として社会から排除され、死ぬ運命にあった。

バルザック『サラジーヌ』

バルザックの『サラジーヌ』（一八三一）では、彫刻家サラジーヌはローマの劇場で、歌姫ラ・ザンビネッラの内に彼が探し求めてきた「理想美」を見出す。ラ・ザンビネッラは「古代ギリシアの豊かで甘美な創造物」にも匹敵し、サラジーヌが「あれほど熱烈に探し求めた女性的性質のえも言われぬ均整美を一身に集め、生き生きとして繊細な姿を彼に見せていた」。サラジーヌの悲劇は、歌姫が実はカストラートであったことに起因する。

しかし、ヴィンケルマンの美学に従えば、カストラートが「理想美」の表象となるのは当然のことであった。というのも、彼によれば、古代ギリシアの芸術家たちは「理想美」を実現するために、「最も均整のとれた少年たちの中から選ばれた宦官[33]」をモデルにしたからだ。「生殖器を失った彼らの男性的特徴は、繊細な手足や丸みを帯びた腰によって、女の肉体の柔らかさに近づいていた[34]」。バルザックの小説でも、ザンビネッラは「一人の女を越えた」「傑作」とサラジーヌに認識され、「彼のために台座から降りてきたピュグマリオンの彫像」に喩えられている。このように、歌姫は現実の女性を超越した「理想美」を体現していた。

サラジーヌがザンビネッラをモデルにして制作した「女の彫像」を、画家のヴィアンが模写したのが、ランティ家の小部屋に飾られたアドニス［女神アプロディテに愛された美青年］の絵であり、語り手の「私」とロシュフィード侯爵夫人がその絵を眺めることになる。ここでは「女の肉体」が「男の肉体」にすり替わっているが、それが可能になるのも、男女双方の性質を調和的に融合した両性具有的存在が「理想美」を体現していたからだ。作中では、このアドニスの絵から着想を得て描いたのが、新古典主義の画家ジロデの《エンデュミオンの眠り》（**図5-7**）であったとされている。

ジロデのエンデュミオンは「女性化された身体」を体現し、ダヴィッドのバラ像のモデルの一つでもある[35]。その片腕を頭の後ろで曲げるポーズは、ヴィーナスやオダリスクにしばしば見られるように、官能に身を任せた状態を想起させる。それは言わば、鑑賞者に捧げられた裸体であった[36]。第三章で見たカバネル（**別図7**）やブーグロー（**別図8**）のヴィーナスとジロデのエンデュミオンを見比べてみるならば、両者の類似は一目瞭然である。

作中のアドニスはジロデのエンデュミオンの代替物となり、ロシュフィード侯爵夫人はアドニス

図 5-7　アンヌ＝ルイ・ジロデ《エンデュミオンの眠り》（1791）
ギリシア神話によれば，美貌の羊飼いの青年エンデュミオンに惚れ込んだ月の女神ディアナが，眠る彼のもとを夜ごと訪れ，抱擁した。ジロデの絵画では，女神は姿を現さず，その代わりに「月の光」が「欲望の眼差し」となってエンデュミオンの体を照らし出している。

の「優雅な魅力に溢れた体の線やポーズ」に「欲望の眼差し」を投げかけている。それと同時に彼女は「男にしてはあまりに美しすぎる」と述べて、アドニスをあたかもライヴァルの女性であるかのように扱っている。まさに、アドニスの性的アイデンティティの曖昧さが浮き彫りになる場面である。さらに、夫人に恋心を抱く語り手の「私」がアドニスの完璧な美しさに嫉妬しているように、語り手にとって、この美青年像は自らが憧れる「理想の男性」の表象であった。

その一方で、サラジーヌがザンビネッラの真実を知った時、彼はラトゥシュのフラゴレッタの場合と同様に、男でも女でもないザンビネッラを、「何ものにも生命を与えることができない」「怪物(monstre)」と呼んで蔑んでいる。ここでも仮象の世界と現実との乖離が見出せる。

しかも、ヴィンケルマンが美青年に見出す「理想美」は、男として成熟する以前の、成長の一段階においてでしかない。それに関して、メチルド・フェンドは次のように説明している。

ヴィンケルマンのテクストでは、理想美を有する青年はその上、極めて不安定である。青年は大人の地位を獲得する直前に、その美を失ってしまう。美しさは短い間しか実現できず、長続きしない。その束の間の性質を自覚することで引き起こされる心的混乱がそこに常に加わる。(37)

このようにヴィンケルマンにとって、古代ギリシアのアポロン像やヘルマプロディトス像は、彫像として「永遠の若さ」を保っているがゆえに、「理想美」を体現していた。しかし、神話的人物ではなく、人間としてのザンビネッラは時間の制約を受けざるを得ない。それが物語冒頭に登場する、痩せて皺だらけの老醜を曝け出す「人間の残骸」の正体であった。彼は若い甥のフィリポとコントラストを成している。フィリポもまた、両性具有的な美しさを持った少年である[38]。語り手が彼をハドリアヌス帝の寵愛を受けた美少年アンティノウスに喩えているように、フィリポは、女だけではなく男の「欲望の対象」、または男の「理想的な自己」と重なる。先に見たように、絵に描かれたアドニスも語り手にとって同様の存在であった。

したがって、『サラジーヌ』においては、両性具有的存在は両義性を持ち、「怪物」であると同時に、「理想美」と理想の男性像を体現していた。性的アイデンティティが曖昧な若い時期には、一時的に男女の性差が超越され、女性的要素も「男らしさ」の範疇に組み込まれていた。

ゴーティエ『モーパン嬢』

テオフィル・ゴーティエも、ヴィンケルマンの美学に深い影響を受けた作家である。その証拠に、ゴーティエの詩集『七宝とカメオ』(一八五二)所収の詩「コントラルト［女声の低音アルトの意味］」では、《ボルゲーゼのヘルマプロディトス》像をテーマとし、この彫像を「魅力的な怪物」と呼んで、その両性具有性を「詩人と芸術家の夢」とみなしている。

両性具有的人物を描いた彼の小説『モーパン嬢』(一八三五)も同様である。ゴーティエのモーパン嬢は、ルイ一四世時代に実在した男装の女性――剣術と乗馬に長け、コントラルトの美声を持つオペラ歌手でもあり、バイセクシュアルで様々なスキャンダルを引き起こした美貌の女性[39]――をモデルにしている。ゴーティエの女主人公も、剣術や乗馬のような激しい運動が好きで、「淑やかに目を伏せて」小声で話をしたり、針仕事をしたりする、伝統的な「女らしさ」に欠け、「毅然とした男らしい思考」の持ち主で、男装してフランス国内を遍歴している。

一方、作者の分身とも目される男の主人公ダルベールは、自らをキリスト教道徳の支配下にある時代ではなく、「ホメロスの時代の人間」だと宣言し、古代ギリシアの彫像を「理想美」の典型とみなしている。彼は恋愛の対象も「古代の光に照らし合わせ、まずまずの出来の彫刻作品として」吟味するほどであった。ダルベールは、イエス・キリストの登場以来、青年の理想的な美しさを体現した男の彫像が皆無であることを嘆き、古代ギリシアの彫像について次のように語っている。

ギリシア人たちは、魅力的に見せたい神々や英雄を女のように軟弱にはしなかった。神々と英雄のタイプは逞しいと同時に繊細であった。その輪郭がいかに艶めかしくあろうとも、職人がいかに神々の手足を筋肉や血管が見えないよう滑らかに仕上げたとしても、そのタイプは常に男らしかった。人々は女性特有の美しさすらも、この男性的特徴に立ち戻らせようとした。女の肩幅を広げ、腰を狭め、胸の膨らみを抑え、腕と腿の付け根をより力強く強調した。――パリスとヘレネの違いはほとんどない。それゆえ、ヘルマプロディトスは偶像崇拝の古代が最も情熱的な想いを寄せたキマイラの一つなのだ。

引用傍線部のように、ダルベールにとって、ギリシアの神々や英雄の彫像は「逞しいと同時に繊細」であり、「女性特有の美しさ」を帯びていても、力強い「男らしさ」を失ってはいない。ヘルマプロディトスは「偶像崇拝の古代が最も情熱的な想いを寄せたキマイラの一つ」で、作者のゴーティエにとっても同様の存在であった。

ヘルマプロディトスに関して、ダルベールは次のように続けている。

このヘルメスとアプロディテの息子は、異教精神が生んだ最も甘美な創造物の一つだ。双方どちらも完璧な二つの肉体が、一緒に調和して溶け合っている。優劣決めがたい二つの異なる美が一つになり、元の二つを凌ぐ美を形成している。それは両者がほどよく中和して互いに価値を高めあっているからだ。専ら形象を賛美する者にとって、その背中、怪しげな腰、華奢で強靭な足を見て感じる曖昧な印象ほど心地よいものはない。それを飛び立とうとするメルクリウスのものだとすべきか、水浴から上がるディアナのものだとすべきか、判断に迷う。

このように、ヘルマプロディトスは「優劣決めがたい二つの異なる美が一つになり、元の二つを凌ぐ美」を表象していた。そして、ダルベールは「テオドールは間違いなく、こういった種類の美の優れたモデルとなるだろう」と確信し、「ただし彼の場合は女性の割合が勝っている」と考えている。テオドールとは、男装したモーパン嬢のことで、ダルベールの眼に映るテオドールの身体的特徴は、次のようなものだ。

彼はそれほど長身ではないが、すらりとしていて均整が取れている。歩き方や物腰はどこか蛇のようにしなやかで、何とも心地いい。多くの女たちが彼の手と足を羨むことであろう。唯一の欠点は、彼が美しすぎること、男にしては眼鼻立ちがあまりに繊細すぎることだ。彼は世界で最も美しい漆黒の眼の持ち主で、その視線に耐えることが困難な、形容しがたい表情を浮かべている。しかし、まだ若くて髭も生えておらず、顔の下半分の端正で柔らかな表情が、鷲のように敏捷な瞳を少し和らげている。大きくカールした艶やかな黒髪が首筋で揺れ動き、彼の顔に独特の趣を添えている。

テオドールの均整の取れた体つき、そのしなやかで柔らかい物腰や、あまりにも繊細な目鼻立ち、カールした艶やかな髪の毛、髭が生えていないこと、などは確かに女性的な要素である。しかし、「その視線に耐えることが困難な、形容しがたい表情」を浮かべる彼の黒眼や、「鷲のように敏捷な瞳」は「男らしさ」の特性である。ダルベールが友人に「ぼくは男を愛している」と告白しているように、テオドールは彼の「欲望の対象」であり、同時に彼自らがそうなりたいと願う理想の身体を具現していた(40)。

しかしながら、「男にしては美しすぎる」と感じるテオドールについて、ダルベールは次第に「男装した女性に違いない」と確信するようになる。実際、その通りで物語の最後にはモーパン嬢自らがテオドールの衣装を脱いで、女の姿でダルベールの前に現れ、二人は結ばれる。この結末は実在のモーパン嬢をモデルにしているだけに、当然の帰着である。しかし、自らの行いを悔いて修道院で亡くなったとされる実在の人物とは違い、ゴーティエの女主人公は「女の肉体と魂」と同時に、「男の精神と力」を等しく持つ「第三の性」と自ら名乗り、その二重の性を満足させるためにダルベールの元から永遠に立ち去っている。

ダルベールが夢見る「理想美」——「繊細さと力強さ、形と色彩、ギリシア最盛期の彫像の輪郭とティツィアーノの色調」の統合——を実現したテオドール＝モーパン嬢は、「束の間しか到達しえない美のアレゴリー[41]」であると同時に、このような両性具有的存在は、男女どちらかの性を選択しない限り、この世には居場所がないことを示すものであろう。

バルザック『金色の眼の娘』

バルザックの『セラフィタ』（一八三五）は、彼自身が恋人のハンスカ夫人への手紙の中で述べているように、「『フラゴレッタ』同様に、一つの体に二つの性を持つ存在[42]」をテーマとした物語である。しかし、主人公は「変容の最後の段階に達し、天に昇るために外皮を破ろうとしている天使[43]」であり、スウェーデンボルグなどに影響を受けた神秘主義的な作品となっている。それゆえ、本章では「男らしさ」との関わりが希薄な『セラフィタ』ではなく[44]、『セラフィタ』と同時期にバルザックが執筆した『金色の眼の娘』に注目したい。

『金色の眼の娘』（一八三五）の冒頭では、ダンテの地獄のような様相のパリが描かれ、語り手は「地獄」の底まで降りて行き、垂直構造を成す六つの社会階層（①プロレタリア階級、②小間物商、③プチブルジョワ階級、④上層ブルジョワ階級、⑤芸術家、⑥金持ちの貴族階級）を経めぐっている。これら全ての階層の者たちは「金」と「快楽」という二つの欲求に衝き動かされて、肉体と精神を擦り減らし、醜く変貌している。その中で唯一、例外なのが、上流貴族階級の中でも「全く例外的な教育、風習によって生み出された魅惑的な顔つきの青年たち」であった。その一人が主人公のアンリ・ド・マルセーで、アンリは次のように描かれている。

一般的に、彼の最も気難しいライヴァルでさえも、彼をパリでもっともきれいな男の子とみなしていた。父親のダッドレー卿からは、きわめて艶めかしくも欺瞞に満ちた碧い眼を、母親からは豊かな黒髪を受け継いでいた。さらに両者から由緒正しい血筋、若い娘のような肌、優しく慎ましげな様子、気高く繊細な体つきに非常に美しい手を受け継いでいた。女にとっては、彼を見ることは彼に夢中になることだ。〔……〕澄んだ水のように透明なその眼差しにも関わらず、アンリは初々しさの下に、ライオンのような勇気、猿のような狡猾さを持っていた。彼は一〇歩離れた所から短剣を投げてボールを割り、ケンタロウスを思わせるほど巧みに馬に乗ることができた。〔……〕天使ケルビムのように敏捷で羊のようにおとなしかった。しかし、場末の労働者たちと恐ろしいサヴァトや棒術で戦う術を知っていた。

このように、アンリは女性的要素（「もっともきれいな男の子」「若い娘のような肌」「優しく慎ましげな様子」「繊細な体つき」「非常に美しい手」など）を多く備えていながらも、一方で「ライオンのような勇気」を持ち、「一〇歩離れた所から短剣を投げてボールを割り、ケンタロウスを思わせるほど巧みに馬に乗る」など、「男らしさ」の要件を満たしている。しかも決闘好きで、労働者階級の男とも対等に渡り合えるほど、サヴァト［フランス式キックボクシング］や棒術にも長け、身体の鍛練という意味でも「男らしさ」を体現している。

「ケンタロウス［上半身が人間、下半身が馬の半人半獣］」や「ケルビム〔智天使〕」のような神話的表象に喩えられるド・マルセーは、まさにヴィンケルマンのアポロン像を一九世紀に置き換えたような人物で、男の理想像として提示されている。また、「女にとっては、彼を見ることは彼に夢中になることだ」とあるように、彼は女の「欲望の眼差し」の対象であり、その上、ポール・ド・マネルヴィルのような取り巻きの青年たちにとっては、模範とすべき手本、「理想の自己」であった。

さらにアンリは、古代ギリシアのフレスコ画に描かれた《キマイラを愛撫する女》――語り手は「聖なる娼婦のポエジー」と呼んでいる――に喩えられる「金色の眼の娘」パキタの内に「無限」を見出し、「無限の探求者」と化している。

パキタは真に偉大な男たちが無限に抱く情熱、ファウストであれほど劇的に表現され、マンフレッドではあれほど詩的に言い表された神秘的な情熱に応えていた。ドン・ジュアンは、その神秘的な情熱に駆り立てられて女たちの心の内を探り、無限の思想を見出そうとした。それは、多くの幻の狩人たちが追い求め、学者たちが学問のうちに垣間見たと信じ、神秘家が神のみに発見するものであった。

パキタはファウストやマンフレッド［バイロンの劇詩の主人公］、ドン・ジュアンなど「真に偉大な男たちが無限に対して抱く情熱」、物質的な次元を越えた「神秘的な情熱」に応えていたが、アンリ・ド・マルセーも「偉大な男たち」の一人に数えられているわけだ。しかも、アンティル諸島生まれのクレオールで、官能的な肉体を持つパキタ（図5-8）は、バルザックのオリエンタリズムの三つの要件——「官能に満ちた絶対的な愛」「嫉妬深い監禁」「死にいたる危険」[45]——を満足させるものであった。彼女はスペイン貴族サン＝レアルの屋敷に閉じ込められ、厳しい監視下にありながらアンリを秘密裏に屋敷に引き入れて、自らを彼の「奴隷」と呼び、彼への絶対的な愛を誓っている。その上、物語は彼女の凄惨な死で終わっている。

この小説がロマン主義の画家ドラクロワに捧げられているように、官能と暴力に満ちたドラクロワの《サルダナパロスの死》（別図5）を彷彿とさせる。ド・マルセーは言わば、オリエントの専制君主として、パキタの生死を思いのままにできる絶対的な支配力を振るっている。その意味では、彼は究極的な「男らしさ」を体現し、作者自らの夢を実現していた。

しかしながら、このオリエントの空間は、実際は「女の力」によって作り出されたもので、アンリ自身、パキタによって女の衣装を着せられるなど、[46]彼は気づかぬうちに「女性化」されていた。それゆえ、パキタの裏切り行為を罰するのは男のアンリではなく、彼と瓜二つの異母姉妹マルガリータであった。アンリが「すべてにおいて征服者でありたいと願う男の虚栄心」に衝き動かされ、パキタを殺そうと部屋に侵入した時、彼が見出したのは、マルガリータによって短刀で切り刻まれたパキタの無残な姿であった。

短刀を手にしたマルガリータは、言わば「ファルスを持った女」として彼の前に立ち現れている。

図 5-8　ウージェーヌ・ドラクロワ《オウムと女（オダリスク）》（1827）
この絵の女性は，パキタのモデルとされている。

このように、女性はもはや男の征服の対象ではなく、自ら武器を取る主体性を持った自己となる。瀕死のパキタを前にした、アンリとマルガリータの対決場面について、ジュヌヴィエーヴ・ドゥラトルは次のように指摘している。

男女は互いに補完しあい、両性具有の再現への道を歩むために一体となることを夢見ながらも、実際は互いに相手を吸収しようとしがちである。男は女を自分の物にすることで自らの男らしさを確認し、強化する。一方、女の方は男の中の抑圧された潜在的な女性性をうまく利用して、女の支配を目指す男性的要素に対抗する同盟者にしてしまう。(47)

ドゥラトルは、この引用に続いて「バルザックは、ド・マルセーの存在を二人の同一人物、一方は男、他方は女に二分することで、情熱が男に及ぼす女性化作用を文学的に具現化した」と述べ、それが「バルザックが創り出した愛の神話の真の意味」だと結論づけている。(48)確かに、マルガリータはアンリの内に潜む女性性を表しているとも言える。しかし、この場面で重要なのはむしろ、「女の力」によって脅かされた「男らしさ」の危機である。アンリが「男らしさ」を取り戻すには、彼の内にある女性性を切り捨てる必要があった。それが、マルガリータが修道院に引き籠る結末──象徴的には「社会的・性的次元での死」を意味する──となり、アンリ自身は男たちの秘密結社「一三人組」のホモソーシャルな関係に立ち戻っていくゆえんであろう。(49)

今後、『人間喜劇』の世界では、彼はパリの「地獄」に留まって政界に進出し、首相の地位にまで昇りつめるのである。語り手は、ド・マルセーにはもともと、優れた政治家における「大局を理解するのに必要な予見能力」が備わっていたが、最初のうちはその能力を自分の快楽にのみ用いたとして、次のように述べている。

金と力を持つ青年ならまず考える快楽に飽きてはじめて、彼は現代の最も深遠な政治家の一人になった。男はこうやって鍛えられる。つまり、男が女に消費されないようにするには、女を消費しなければいけない。

「女を消費」することによって男が「鍛えられる」とするならば、両性具有的な男性が「男の理想」となるのは、人生のモラトリアム期にあたる若い時期に限られていたと言えよう。ただ、アンリ・ド・マルセーが一番輝いているのはこの時期で、その後、彼が「鍛えられた」男として社会的成功を収める過程にはまったく触れられていない。そこには、パリという「地獄」の中で例外的に「魅惑的な顔つき」をした青年、さらには両性具有的存在に対する作者の一種の憧憬の念が込められているように思える。

一九世紀後半の文学における両性具有的存在

以上のように、ロマン主義文学における両性具有的存在を「男らしさ」の観点から分析した結果、両性具有的存在の両義性――すなわち、「怪物」とみなされる一方で、若い時には「男らしさ」の範疇に組み込まれ、男の理想像となる――が明らかになった。しかしながら、A・J・L・バストが指摘しているように、両性具有は一九世紀前半のフランス文学では、楽観的で健全なイメージ、後半には悲観的で、不健全なイメージとして現れる。[50]すなわち、一九世紀前半では両性具有は「理想、絶対的な完璧さへの常なる進歩」「人間の連帯」「様々な世代や文明の一体化とその継続」[51]の象徴であったのが、後半になると「精神的淫蕩、オナニズム、悪魔主義、善悪の曖昧さ、近親相姦、乱交、ホモセクシュアリティ、サディズム、マゾヒズム」[52]の表象となる。

絵画の領域でも、一八二二年の段階で美術批評家ケラトリがすでに、男女の性差が曖昧なギリシアの彫像、とりわけヘルマプロディトス像を「道徳的堕落」「風俗における退廃」[53]が生み出した作品とみなし、ヴィンケルマンの美学を批判していた。

両性具有的存在に対する、こうした考えが顕著となるのが世紀末においてである。例えば、デカダン派の作家ユイスマンスは、ルネサンスの画家[54]の絵（図5－9）に関する美術評（一八八九）で、画面右に位置する人物、聖カンタンを「性別が曖昧な美少年、神秘的な美を帯びた異種交配物」[55]と呼び、次のように描写している。

少年のような娘の体つき、やや発達した腰、娘のような首にニワトコの髄のように白い肌、男を騙すような唇をした口、すらりとした胴体、武器をまさぐる詮索好きな指、乳房の所で膨らみながらも、胸のあからさまな盛り上がりを隠している鎧の膨らみ、肩当てと喉当ての間から

図 5-9　フランチェスコ・マルミッタ《聖ベネディクト，聖カンタンと二人の天使に囲まれた聖母子》(1500-1505)

のぞく脇の下の肌着、顎の下に結んだ小娘の青いリボンさえもが付きまとって離れない。ソドムに同化したいという狂気じみた欲望がすべて、この両性具有者によって満たされたかのように見える。心に浸み込むその美しさは、今や苦しみに苛まれ、神へのゆっくりした接近によって変貌を遂げ、すでに純化された形で現れている。(56)

ユイスマンスは、聖カンタンの美しさが「神へのゆっくりした接近によって変貌を遂げ、すでに純化された形で現れている」としながらも、その視線は専ら、聖人の官能的な「女性化された身体」に注がれている。しかも、「ソドムに同化したいという狂気じみた欲望」という表現で明らかなように、この美少年像に同性愛的欲望を読み取っている。(57)

このように、両性具有的存在は一九世紀後半には背徳性を帯びるようになる。とりわけ文学においては、ロマン主義時代とは異なり、両性具有が男の理想像として描かれることはない。

ゾラ『獲物の分け前』

第四章ですでに見たように、エミール・ゾラの『獲物の分け前』(一八七二)では、主人公ルネ・サカールの義理の息子マクシムが「奇妙な両性具有者」と呼ばれている。彼は「子どもの時から男らしさを欠いた、金髪のきれいな中性的存在」、または「女のできそこない(fille manquée)」と表現され、もはや、男性性と女性性を調和的に融合した両性具有としてではなく、男にも女にもなりきれない「欠如(manque)」、さらには「不毛性」を帯びた存在でしかない。(58)マクシムは女の衣装に関心を持ち、高級仕立屋ウォルムスの店にもルネのお供として入り込み、絹、繻子、ビロード、レースの軽い香りと、女たちの髪や体から立ち上る竜涎香が入り混じる婦人部屋で宗教的恍惚感を覚えている。彼はルネから「女の子に生まれたら良かったと思える男の子」と揶揄され、彼女にしばしば「人形」扱いされている。

したがって、マクシムとルネが愛人関係に陥った時、男女の立場が逆転して「ルネが男となり、情熱的で行動的な意志そのものとなり、マクシムは受け身になった」のも不思議ではない。すでに見たように、二人の関係は象徴派の画家モローの《オイディプスとスフィンクス》(別図15)を彷彿とさせる。繰り返して言えば、オイディプスの身体に脚の爪を食い込ませ、挑発的な視線を投げかけるスフィンクスに対して受動的で、華奢で女性的な肉体を持つオイディプス像は、まさにマクシムと重なる。

マクシムは『金色の眼の娘』のアンリ・ド・マルセーとは違い、もともと「男らしさ」に欠け、社会的野心や名誉心を持たず、自己中心的で何事にも冷笑的な無関心さで対応している。ジョン・C・アランの言葉を借りれば、彼は「社会全体のナルシスティックな鏡であり、その虚栄心、自己満足的愚かさ、自己崇拝の空虚さの表象[59]」と化している。さらにマクシムは語り手によって、遺伝学的にも断罪されている。

ルーゴン家の血筋は彼において洗練され、繊細にして淫蕩になった。若すぎる母から生まれ、彼の内部で、父親の激しい欲望と母親の無気力と投げやりが衝突し、奇妙に入り混じり散在していた。彼は言わば、両親の欠点が補完し合い、一層ひどくなった欠陥品であった。この家系は生き急ぎ、男か女か曖昧な、このひ弱な人間の中ですでに息絶えようとしていた。

作者のゾラ自身、序文においてマクシムを「腐敗した社会の産物、女のような男」[60]と定義しているように、マクシムは「淫蕩」「腐敗」「堕落」「弱さ」の表徴でしかなく、「男らしさ」の対極にあった。

ラシルド『ヴィーナス氏』

女性作家ラシルドの小説『ヴィーナス氏』[61](一八八九)ではさらに、男女の立場が完全に逆転し、裕福な名門貴族の女性ラウール・ド・ヴェネランドが貧しい画家の美青年ジャック・シルヴェールを愛人として囲う話となっている。ラウールは、「若い娘のように清純でピンクの肌の男」ジャックに一目惚れをし、贅沢な調度を備え付けたアトリエ兼住まいを彼に提供する。そして、浴室を隔てるカーテン越しに、彼の入浴を彼女が覗き見る場面では、ジャックの肉体は次のように描かれている。

> ウェヌス・カッリピュゴス〔「尻の美しいヴィーナス」の意味〕(**図5-10**)にも匹敵するような臀部――そこでは脊柱のラインが艶めかしい平面部分に流れ込み、堅く引き締まった豊満さで、二つの見事な尻の曲線となって立ち上がっていた――は、透明な琥珀色のパロス石でできた球

体のようであった。腿は女の腿に比べてやや肉づきが良くなかったが、男のものとは思えない充実した丸みを帯びていた。高い位置に盛り上がったふくらはぎは、上半身全体を反り返らせているようだった。自らの価値を自覚していないように見える肉体の不躾さはそれだけ一層、刺激的であった。

水浴している女の裸体を男が覗き見る場面は、《スザンナと長老たち》（図5-11）を始めとして、昔から好んで描かれた絵画のモチーフである。しかし、ここでは女のラウールがジャックの裸体に「欲望の眼差し」を投げかけている。彼はアドニスやアンティノウスと呼ばれるだけではなく、その官能的な「女性化した身体」は、まさに小説のタイトル通り、ヴィーナスに喩えられているのだ「彼はティツィアーノのヴィーナス（図5-12）にも喩えられている」。ジャックの「男らしさ」を示す特徴としては唯一、カールした金

図 5-10 《ウェヌス・カッリピュゴス》（ナポリ国立考古学美術館）

色の脇毛と胸毛しかない。

身体的特徴だけではなく、精神的側面でも同様である。ジャックは「ハーレムに閉じ込められたオリエントの女」に喩えられ、女の属性とされる「無気力」「弱さ」「軟弱さ」「臆病さ」が彼の特徴である。さらに彼は、ラウールの前でしばしば泣き崩れ、気絶することもあった。まさに「女の本能を持つ魂が、外皮を間違えて」男の肉体に入ってしまった両性具有的存在である。その上、ラウールが彼を「快楽の美しい道具」、「彼女のモノ」としているように、男の肉体のモノ化が生じている。要するに、ジャックはラウールの「奴隷」であり、ラウールは「主人」として彼に権力を振るっている。

したがって、「男らしさ」を体現しているのはラウールの方だ。彼女は警察に逮捕される危険を冒して、(62)男装してジャックの元に忍んで行ったばかりか、フェンシングでは元軍人のド・レットルブ男爵を打ち負かすほどの腕前で、「虎」や「ライオン」の獰猛さを持っている。ジャックに対しては常に「男」として振る舞い、彼を「彼女(Elle)」と呼び、自らを彼の「男のフィアンセ(fiancé)」または「夫」と称している。ラウールはド・レットルブに「男が何の希望も抱くことなく死んだフィアンセを愛するように、ジャックを愛し続ける」と告白するほどだ。

彼女がジャックを「死んだフィアンセ」に喩えているのは、彼と、さらにはどんな男とも肉体関係を持つつもりがなく、処女のままでいるからだ。ラウールは、女には「貧弱な種族を永遠に作り続けるか、自分たちが分かち合うことのない快楽を男に与えるか、どちらかしか選択肢がないことに憤慨する」女のエリートの一人として、男たちの性愛行動を糾弾している。彼女によれば、彼ら

図 5-11　グエルチーノ（ジョヴァンニ・フランチェスコ・バルビエーリ）《スザンナと長老たち》（1617）

図 5-12　ティツィアーノ・ヴェチェッリオ《ウェヌス・アナデュオメネ（海から上がるヴィーナス）》（1525 頃）

は女性に対して「粗暴」であるか、「無力／性的不能（impuissance）」であるかのどちらかでしかない。さらに、どんなに情熱的に愛を語る男でも恋人の女性を肉体的に所有すると、「官能的欲望が収まって、皆等しく俗悪になる」とも語っている。それゆえ、ジャックに「ギリシアの栄華の思い出」を纏わせるラウールの性的快楽は「頭脳だけの／理知的な（cérébral）」次元に留まり、彼女は「新たな性的倒錯」の「巫女」になろうとしている。それはまさに、バストが言うところの「精神的淫蕩(63)（cerebral lechery）」と言えよう。

一九世紀当時、女性がこうした性的主張をすること自体がタブーであり(64)、ラウールがド・レットルブにしばしば「ヒステリー女」「気の狂った女」と呼ばれるのも不思議ではない。一方、ジャックの方は「呪われた人間」であった。ラウールは周囲の反対を押し切ってジャックと結婚するが、二人の倒錯的な関係は長続きせず、物語はジャックの死で終わることになる(65)。

*

以上のように、一九世紀において両性具有的存在は時代を経るにつれ、「男らしさ」の理想から「男らしさ」の欠如を体現するようになり、「男らしさ」の危機をもたらした。しかしながら、ダニエル・マイラとジャン＝マリ・ルーランによれば、「男らしさ」の危機と呼ばれる時期ほど、男性性が「ダイナミック、かつ創造的で変化に富んでいる(66)」ことはない。そして、「覇権主義的な男性性の観念(67)」を見直し、マージナルな男性性も考慮に入れて「男らしさ」の再定義をするならば、

「女性化」を「男らしさ」の危機とみなす必要がないのかもしれない。その観点からみれば、文学――とりわけロマン主義文学――に現れる両性具有的存在は、現代にもつながる「男らしさ」への問題提起となっていると言えよう。

おわりに

本書では、第一章でスタール夫人の『コリンヌ』を取り上げ、天賦の才に恵まれた女性詩人が「並はずれた女性」であるがゆえに、恋人に捨てられ、詩の才能も枯渇して衰弱死する過程を検証した。フランス革命後の社会では、男の領域＝公的空間（政治・経済・社会的活動の場）、女の領域＝私的空間（家事、育児の場）と性別役割分業が明確化し、コリンヌのように私的空間の境界を越えて公的空間で華々しく才能を開花させるのは、ジェンダー規範に反していた。それが彼女の悲劇の要因であった。

第二章、第三章では、「宿命の女」像を娼婦像と重ねる形で、一九世紀前半に関しては、バルザックの作品を通して、一九世紀後半に関してはゾラの『ナナ』を通して分析した。両作家の作品で描かれる女性たちの危険性は、男性原理では制御できない女のセクシュアリティに由来し、それが男の恐怖を引き起こすことになる。両者の違いは、ゾラの方がバルザック以上に、即物的で「どこにでもいるような娼婦」を取り上げていること、そして、女の危険なセクシュアリティを階級闘争に結びつけていることにあった。ともあれ、こうした分析を通じて、バルザックやゾラのような男性作家における共通認識——女のセクシュアリティは社会を腐敗させ、解体させる危険性を帯びる——を浮き彫りにした。

第四章ではゾラの『獲物の分け前』において、「モードの女王」として社交界に君臨するルネがどのように描かれているのか、その衣装や服飾用語に焦点を当てて考察した。贅沢と浪費の渦の中で「神経的な変調」をきたすルネは、第二帝政社会の虚飾と腐敗を体現する一方、彼女自身の身体がモノ化され、男たちに操られる「人形」として、搾取の対象となっていた。

第一章から第四章までで取り上げた女性たちは、それぞれ社会的身分や立場、性格が異なるものの、ブルジョワ的な道徳観に基づく「理想の女性」(いわゆる良妻賢母型の女性)の範疇を逸脱したために、皆一様に社会から疎外され、死を運命づけられていた。それは、スタール夫人においては、男性優位の社会に対する女性の側からの異議申し立てであった。男性作家バルザックやゾラにとっては、絶対的な「他者」である女性性、とりわけ女のセクシュアリティは制御しがたいものとして、「悪魔払い」すべきものであった。

このように、一九世紀初頭のナポレオン時代を生きたスタール夫人から、一九世紀前半の七月王政期の社会を描いたバルザック、そして一九世紀後半の第二帝政期の社会を扱ったゾラの作品を取り上げて、その女性像を検証することで、一九世紀フランスにおけるジェンダー観をある程度、俯瞰できたのではないかと思う。

第五章では、一九世紀当時の「男らしさ」の観点から、その範疇から外れる両性具有的な男性像を分析した。その結果、ロマン主義文学では両性具有の両義性――「怪物」とみなされる一方、「男らしさ」の範疇に組み込まれることもある――が見出せるが、自然主義文学では「道徳的堕落」として否定的に捉えられていることが明らかになった。これまでの両性具有に関する文学研究は、例えばアルベール・ベガンの『セラフィタ』の作品分析に見られるように、[1]プラトンの哲学や、ヤコブ・ベーメ、スウェーデンボルグなどの神秘思想の影響を探ることに重点を置いたものが主流である。「男らしさ」の観点から考察したものはほとんどなく、その点で本書は新しい視野を切り拓いたと自負している。

文学と造形芸術との関係について言えば、『コリンヌ』のように、作中で言及される絵画や彫像が登場人物の気質や精神状態を表し、物語の展開に深く関わることもあれば、バルザックの「宿命の女」像やゾラのナナのように、絵画は読者の視覚に訴えて、人物像を鮮烈に浮かび上がらせる装置となっていた。さらにゾラの作品では、印象派のマネや象徴派のモロー、アカデミー派のブーグローやカバネルなど、多くの画家の作品やモード雑誌のファッション・プレートなど、様々なイメージが援用され、小説を読み解く鍵となっていた。その上、両性具有的な男性像に関しては、古代ギリシアのヘルマプロディトス像やアポロン像が、新古典主義のダヴィッドなどの絵画だけではなく、ロマン主義文学にも影響を与え、「男の理想」と化していた。

以上のように、造形芸術は様々な次元で文学と密接に結びつき、作品分析に欠かせない要素となっている。イメージを媒介に、文学作品を読み込むことで、作品をより深く理解できたのではないかと思う。また、スタール夫人が暴いたジェンダー格差（女性が公的空間で活躍することの困難さ）や、バルザックおよびゾラの描く「女の身体のモノ化」は、二一世紀現在の日本においても、完全に解消されたわけではない。従来の「女らしさ」「男らしさ」の概念が揺らぎ始めた現代において、女性や男性のあり方を考えるうえで、本書がその道しるべとなれれば幸いである。

＊

最後に、本書の出版を快諾下さり、編集過程で校正はじめ多くの貴重な助言をいただいた水声社編集部の井戸亮氏に厚くお礼を申し上げたい。

なお、本書は平成二八年度～三一年度科学研究費補助金　基盤研究（C）「ジェンダーの視点から見た一九世紀フランス文学と造形芸術の相関性」（研究代表者：村田京子）の研究成果の一部である。

注

第Ⅰ章

（1） Lettre du 4 novembre à Friedrich Schlegel, citée par Christine Pouzoulet, « *Corinne ou l'Italie* : À quoi sert un roman pour penser l'Italie en 1807 ? », in *L'éclat et le silence « Corinne ou l'Italie » de Madame de Staël*, Honoré Champion, 1999, p.39.

（2） スタール夫人はバンジャマン・コンスタンと共に一八〇四年二月一日、ワイマール劇場で「ラ・サアルのニンフ（妖精）」というオペラを観劇した。その内容は、一人の騎士が水の精と愛し合うが、騎士は結局、不死の妖精ではなく、平凡な人間の女性を結婚相手として選ぶ、というものであった。このオペラに感動したスタール夫人は、優れた才能を持つ「例外的な女性」コリンヌと、彼女を捨てて家庭的な女性と結婚するオズワルドとの恋愛物語を着想したとされる（Cf. Simone Balayé, « *Corinne*, Histoire du roman », in *L'éclat et le silence*, pp.7-9)。

（3） Simone Balayé, « Du sens romanesque de quelques œuvres d'art dans *Corinne* », dans *Madame de Staël. Écrire, lutter, vivre*, Genève, Droz, 1994, p.112.

（4） 傍線引用者。以下、同。

（5） ルネ・マルタン監修『ギリシア・ローマ神話文化事典』松村一男訳、原書房、一九九七年、「シビュラ」の項参照。
（6） Simone Balayé, note 1 de la page 507 de *Corinne ou l'Italie, Œuvres complètes, série II, Œuvres littéraires*, t. III, Honoré Champion, 2000.
（7） *Ibid.*
（8） Simone Balayé, « Du sens romanesque de quelques œuvres d'art dans *Corinne* », note 6 de la page 113. 『ギリシア・ローマ神話文化事典』、二二頁。
（9）
（10） Laure Lévêque, « *Corinne* ou Rome : une réécriture de l'histoire », in *Madame de Staël*, Corinne ou l'Italie. *« l'âme se mêle à tout »*, SEDES, 1999, p.143.
（11） *Ibid.*, p.144.
（12） *Ibid.*
（13） *Ibid.*
（14） 国外追放の身であったスタール夫人がナポレオンを公然と批判することはタブーであったが、登場人物の言動を通した婉曲的な表現の中にナポレオン批判が垣間見られる。例えば、フランス人貴族デルフイユ伯爵が文学におけるフランスの優越を誇り、外国はフランス文学を模倣すべきだと語ったのに対して、コリンヌは人間精神の多様性に基づいて民族色、感性と精神の独創性を尊重すべきだと反論している。さらに、イタリア人のカステル＝フォルテ公が次のように続けている。「外国人は皆、フランス語を知っています。だから彼らの視野は、外国語を知らないフランス人よりも広いのです。どうしてフランス人は外国語を学ぶ労を取らないのでしょうか？」。こうした言葉には、一八〇五年にナポレオンが取った、占領地におけるフランス語化政策への批判が読み取れる。
（15） 一八〇四年一二月にパリのノートル＝ダム寺院で、教皇ピウス七世がナポレオンを聖別した後、教皇ではなく、ナポレオン自らが自分の頭に冠を載せ、さらにジョゼフィーヌの戴冠を行った。ダヴィッドはその場面を描いているが、それはナポレオンの権力を誇示するものであった。

（16）　Danielle Johnson-Cousin, « L'orientalisme de Madame de Staël dans *Corinne*（1807）: politique esthétique et féministe », in *Studies on Voltaire and the Eighteenth Century*, vol. 317, 1994, p.191.

（17）　Madame de Staël, *De la littérature*, GF-Flammarion, 1991, p.335.

（18）　*Ibid.*, p.336.

（19）　*Ibid.*, p.341. 傍点による強調は作者自身による。以下、同。

（20）　*Ibid.*, p.342.

（21）　『コリンヌ』の作者自身の注釈として、「コリンヌの名を、皆がその名前を聞いたことのあるイタリアの即興詩人、コリッラと混同してはいけない」と断っているように、スタール夫人はコリッラの存在を知っていた。

（22）　オズワルドの父のネルヴィル卿は、次のように述べている。「政治制度が男に行動し、意志表示をする名誉ある機会を与えてくれる国［イギリス］にあっては、女たちは陰に留まらねばならない」。

（23）　スタール夫人はイタリア語の美しい響きとコリンヌの声の魅力を次のように描写している。「お祭りの日のように華やかで、勝利の楽器——それは色彩であれば緋色に喩えられてきた——のように響くこのイタリアの言葉が、［……］喜びに刻まれたこの言葉が、感動に満ちた声で発せられる時、その和らげられた輝き、凝縮された力は、思いがけず生き生きとした感動をもたらす」。

（24）　トロイア戦争の時のアポロンの神官。ギリシア軍が置いていった木馬を警戒し、燃やすように進言したが、二匹の海蛇が彼の二人の息子に絡みつき、助けに入ったラオコーンも蛇に絞め殺された。それは、アポロン神像の足下で妻との行為に及び、神殿を冒瀆したことに対する神罰とされている（『ギリシア・ローマ神話文化事典』、二三八頁参照）。

（25）　佐藤夏生『スタール夫人』、清水書院、二〇〇五年、一三五頁。

（26）　同、一三七頁。

（27）　スタール夫人は次のように説明している。「幸福は何事にも必要なもので、極めてメランコリックな詩であっても、力強さと知的喜びを前提とする一種の熱気によって鼓舞されねばならない。真の苦悩には本来、精神の豊かさはない。悲しみによって作り出されるものは暗い不安でしかなく、絶え間なく同じ考えに連れ戻すのである」。

（28） A. Laura Lepschy, « Madame de Staël's Views on Art in *Corinne* », in *Studi Francesi*, N° 42, 1970, p.483.

（29） コリンヌがオズワルドを取り戻そうとスコットランドに行くことを決意した時、カステル＝フォルテ公に次のような手紙を送っている。「もう万事休すです。宿命が襲いかかってきました。致命傷を受けたのがわかります。まだもがいていますが、負けてしまうでしょう」。死ぬ間際の最後の歌においても、次のような一節がある。「麗わしのイタリアよ！　あなたがその魅力の全てを私に約束しても無駄なこと。見捨てられた心に何ができるでしょう。[……] 私の宿命に反逆せよと、私に幸福を思い出させるのか？　私はおとなしく宿命に従います」。

（30） Catrina Seth, « « Une âme exilée sur la terre ». *Corinne* : un mythe moderne de la transgression », in *Madame de Staël*, Presses de l'Université Paris-Sorbonne, 2000, p.108.

（31） Simone Balayé, « Du sens romanesque de quelques œuvres d'art dans *Corinne* », pp.121-122.

（32） *Ibid.*, p.121.

（33） *Ibid.*, p.115.

（34） A.W. Schlegel, « Une étude critique de *Corinne ou l'Italie* », in *Cahiers staëliens*, Nouvelle Série, N° 16, 1973, p.68.

（35） 実際、同時代の批評家からは、オズワルドの人物像が理解されず、「弱くて優柔不断」で「男らしい男性の定義」に合わず、主人公にふさわしくないという非難が殺到した（Cf. Simone Balayé, « *Corinne*, Histoire du roman », p.32）。

（36） スタール夫人は、『文学論』の中で「北」と「南」の文学の違いを明らかにしている。「全く違う二つの文学が存在しているように思える。一つは南からきた文学、もう一つは北からきた文学。一方はホメロスを始祖とし、他方はオシアンが起源となる。ギリシア人、ラテン民族、イタリア人、スペイン人、ルイ一四世の世紀のフランス人は、私が南の文学と呼ぶ文学ジャンルに属している。イギリス、ドイツの文学作品、デンマーク人やスウェーデン人の幾つかの著作は北の文学に属している。すなわち、スコットランドの吟唱詩人、アイスランドの説話、スカンディナヴィアの詩に始まる文学ジャンルに区分される」（*De la littérature*, pp.203-204）。

（37） Simone Balayé, « Du sens romanesque de quelques œuvres d'art dans *Corinne* », p.125.

（38） 父ネルヴィル卿は手紙の中で、次のように書いている。「私たちの幸いなる祖国に生まれた男は何よりもイギリス人でなければいけない。イギリス市民たる幸福を得ているのだから、その義務を果たさねばならない」。さらに彼は、息子がコリンヌと結婚することで、家庭に異国の習慣が入り込み、息子が「イギリス魂」を失うことを恐れている。

（39） Simone Balayé, « Du sens romanesque de quelques œuvres d'art dans *Corinne* », p.126.

（40） Simone Balayé, Note 1 de la page 217 de *Corinne*.

（41） 本稿で取り上げていない絵画作品に関しては、Simone Balayé, « Du sens romanesque de quelques œuvres d'art dans *Corinne* » ; Marie-Hélène Girard, « Corinne collectionneur ou le musée imaginaire de Madame de Staël », in *Art et littérature, actes du congrès de la Société Française de Littérature Générale et Comparée,* Aix-en-Provence, Université de Provence, 1988 を参照のこと。

（42） Simone Balayé, « Du sens romanesque de quelques œuvres d'art dans *Corinne* », Note 2 de la page 220.

（43） スタール夫人は本文テクストでティツィアーノの絵としているが、ムリーリョの間違いとされている（Cf. Marie-Hélène Girard, *op.cit.,* pp.246-247）。

（44） Madame de Staël, *De l'Allemagne,* Garnier-Flammarion, 1968, t. II, p.218.

（45） 彼女の本名は終始一貫して「エッジャモンド嬢」と呼ばれるのみで、名前（prénom）には一度も言及されない。その点でも、イギリスでは彼女の個性が蔑ろにされていることがわかる。

（46） 『マタイの福音書』では、キリストは次のように語ったとされている。「わが父よ、この杯をできることなら、私から遠ざけて下さい。しかしそれでも、私の望むようにではなく、御心に叶うことが行われますように」。

（47） Christine Planté, « De Corinne à Sapho : le conflit entre passion et création », in *Un deuil éclatant du bonheur.* Corinne ou l'Italie, *Madame de Staël,* Orléans, Paradigme, 1999, p.165.

（48） *Ibid.,* p.166.

(49) Marie-Hélène Girard, *op.cit.*, p.247.

(50) *Ibid.*, p.241.

(51) Simone Balayé, « Fonction romanesque de la musique et des sons dans *Corinne* », in *Romantisme*, N° 3, 1971, p.31.

第二章

(1) Anne Higonnet, « Femmes et images. Apparences, loisirs, subsistance », in *Histoire des femmes IV, Le XIXe siècle*, sous la direction de Geneviève Fraisse et Michelle Perrot, Plon, 1991, p.250.

(2) 松浦暢『宿命の女──愛と美のイメジャリー』、平凡社、一九八七年、一〇頁。

(3) 同、一二頁。

(4) 同。

(5) Théophile Gautier, *Guide de l'amateur au Musée du Louvre, suivi de la vie et les œuvres de quelques peintres*, Charpentier, 1893, pp.54-55.

(6) マリオ・プラーツ『肉体と死と悪魔──ロマンティック・アゴニー』倉智恒夫ほか訳、国書刊行会、一九八七年、二七〇頁。

(7) Janet L. Beizer, *Family Plots. Balzac's Narrative Generations*, New Haven and London, Yale University Press, 1986, p.77.

(8) Cf. Léon-François Hoffmann, « Eros camouflé : En marge d'*Une Passion dans le désert* », in *Hebrew University Studies in Literature 5*, no. I, Spring 1977.

(9) Janet L. Beizer, *op.cit.*, p.73.

(10) Cf. Pierre Citron, « Le rêve asiatique de Balzac », in *L'Année balzacienne 1968*.

(11) Janet L. Beizer, *op.cit.*, p.74.

(12) *Ibid.*, p.77.

（13）『砂漠の情熱』の冒頭で、語り手に豹との愛情物語を語る老兵士には右足がなく、ジャネット・バイザーは、右足の欠如を豹による去勢行為と関連づけて考察している（*Ibid.*, pp.55-57）。

（14）ラプランシュ／ポンタリス『精神分析用語辞典』村上仁監訳、みすず書房、一九七七年、「食人的」の項目参照。

（15）『ラ・マラナの女たち』に関しては、村田京子『娼婦の肖像――ロマン主義的クルチザンヌの系譜』、新評論、二〇〇六年、一三四～一五五頁を参照のこと。

（16）Cf. Balzac, *Correspondance*, Classiques Garnier, t. III, 1964, p.192.

（17）ラルースの『一九世紀大辞典』によれば、「シビレエイ（torpille）」は「弱く物憂げな、武器を持たない魚」だが、「捕まえようと腕を伸ばせば、それがどんなに逞しい腕であっても、電気ショックを突然食らわせ、麻痺させてしまう」とされている。

（18）Brinda J. Mehta, *Corps infirme, corps infâme. La Femme dans le roman balzacien*, Birmingham, Summa Publications, 1992, p.6.

（19）「恋するクルチザンヌ」のテーマに関しては、村田京子、前掲書を参照のこと。

（20）エステルとニュシンゲンとの関係については、同、一七八～一八一頁を参照のこと。

（21）*Le Code Civil*, GF Flammarion, 1986, p.119.

（22）Alexandre J.-B. Parent-Duchâtelet, *De la prostitution dans la ville de Paris, considérée sous le rapport de l'hygiène publique, de la morale et de l'administration*, Baillière, t. II, 1837, p.18.

（23）『あら皮』に登場する「本物のクルチザンヌ」の一人、ウーフラジーは次のように言っている。「私に何百万か下さいな。たちまち使い果たしてみせるわ。びた一文だって年越しに取っておこうなんて思わないわ」。また、もう一人のクルチザンヌのアキリナは「私たちはお堅いブルジョワ女が一〇年かかって経験すること以上のことを、わずか一日で生きている」と述べて、お金だけではなく、自らの命すら浪費することを恐れていない。

（24）Cf. Lucienne Frappier-Mazur, *L'Expression métaphorique dans La Comédie humaine*, Klincksieck, 1976, pp.147-148.

（25）　ヴォートランとエステルの関係については、村田京子、前掲書、一七五〜一七八頁を参照のこと。
（26）　バルザックは、ヌリッソン夫人の身体的特徴を次のように描いている。「この不吉な老婆の小さな薄茶色の眼には血に飢えた虎のような貪欲さが現れていた。そのひしゃげた獅子鼻は、最も悪辣な猛禽類の嘴を想起させ、鼻孔は楕円の穴にまで大きく広がり、地獄の火を吐いていた。せまく残忍な額には陰謀の才が刻まれていた。顔のすべての穴から好き勝手に生えている長い髭は、彼女の男らしい企て（la virilité de ses projets）を示していた」。
（27）　Julia Kristeva, *Pouvoirs de l'horreur,* Seuil, 1980, p.10.

第三章

（1）　Armand Lanoux, Préface « Émile Zola et *Les Rougon-Macquart* », in *Les Rougon-Macquart. Histoire naturelle et sociale d'une famille sous le second Empire* d'Émile Zola, Pléiade (Gallimard), t. I, 1960, p.XX.
（2）　Henri Mitterand, « Études de *Nana* », in *Les Rougon-Macquart. Histoire naturelle et sociale d'une famille sous le second Empire* d'Émile Zola, Pléiade (Gallimard), t. II, 1961, p.1688.
（3）　*Ibid.,* p.1689.
（4）　*Ibid.,* p.1690.
（5）　マリヨン・ドロルムと椿姫に関しては、村田京子『娼婦の肖像――ロマン主義的クルチザンヌの系譜』、新評論、二〇〇六年、五九〜九四頁、二七四〜二八〇頁を参照のこと。
（6）　Henri Mitterand, *op.cit,* p.1670.
（7）　Peter Brooks, « Le corps-récit, ou Nana enfin dévoilée », in *Romantisme,* N° 63, 1989, p.69.
（8）　Émile Zola, *Écrits sur l'art,* Gallimard, 1991, p.182.
（9）　一八四〇年頃、モンマルトルのノートル＝ダム・ド・ロレット教会の周辺に大勢の娼婦たちが住みついたことから付けられた娼婦の呼称の一つ。
（10）　Émile Zola, *Écrits sur l'art,* p.182.

（11）*Ibid.*

（12）*Ibid.*, p.375

（13）ジェロームの《アレオパゴス法廷に立つフリュネ》においても、フリュネは同じポーズを取っており、ゾラはその「羞恥心」を表す仕草は一九世紀のブルジョワ道徳の価値観を反映したもので、絵を台無しにしていると批判している（*Ibid.*, p.184）。ここでも鑑賞者は法廷の裁判官と同様にフリュネの美しい裸身を覗き見ることができる。

（14）Peter Brooks, *op.cit.*, p.71.

（15）Alain Corbin, *Le miasme et la jonquille*, Flammarion, 2008, p.71.

（16）Henri Mitterand, *op.cit.*, p.1669.

（17）*Ibid.*, p.1670.

（18）Joy Newton, « Zola et les images : aspects de *Nana* », in *Mimesis et Semiosis. Littérature et représentation*, Nathan, 1992, pp.468-470.

（19）Émile Zola, *Écrits sur l'art*, p.344.

（20）第七章でミュファの前でナナが全裸の姿を鏡に映して自己陶酔に耽る場面で、「彼女は最後には両膝を開いて、腹踊りをするエジプトの踊り子のように絶えず身体を細かく震わせながら、左右に揺すり、上体を腰の上で回す奇妙な遊びに耽りだした」という描写がある。腹踊りをする「エジプトの踊り子（almée）」に喩えられたナナは、フローベールの『ヘロディアス』に登場するサロメを彷彿とさせ、フローベールの影響が見出せる（『ヘロディアス』とゾラのナナとの関連については、大鐘敦子「一九世紀サロメ神話の変遷：フローベール、ワイルド、ゾラ」、『女性学講演会　第二部「文学とジェンダー」』第一九期、二〇一六年、三八～四四頁を参照のこと。

（21）井方真由子「エドゥアール・マネの《ナナ》と〝化粧をする女〟のイメージ」、『ジェンダー研究』第一〇号、二〇〇七年、六三頁。

（22）ゾラは一八七四年のサロン評でデュエズの《栄華》に触れている（*Écrits sur l'art*, p.271）。この絵は年老い、落ちぶれた娼婦を描いた《悲惨》と対になっている。それはゾラの小説では「酒に溺れた娼婦の無残な老醜の姿」

を曝け出す「ポマレ女王」という名の元娼婦に相応し、彼女の姿を見たナナが自らを待ち受ける運命を予感して恐怖に駆られる場面がある。

（23） Hollis Clayson, *Painted Love. Prostitution in French Art of the Impressionist Era*, New Haven & London, Yale University Press, 1991, p.65.

（24） Cf. T. J. Clark, *The Painting of Modern Life. Paris in the Art of Manet and His Followers*, Princeton, Princeton University Press, 1984, pp. 86-94.

（25） Émile Zola, *Écrits sur l'art*, pp.160-161.

（26） *Ibid.*, p.161.

（27） 『椿姫』は、次のような語り手の言葉で終わっている。「私は悪徳の使徒ではない。しかし、気高い不幸のあげる祈りの声が聞こえる所ではどこでも、私はそのこだまとなるつもりだ。繰り返して言うが、マルグリットの物語は例外的なものである。しかし、それが一般的なことであったならば、書く必要もなかったであろう」。

（28） T. J. Clark, *op.cit.*, p.131.

（29） *Ibid.*

（30） Peter Brooks, *op.cit.*, p.76.

（31） Camille Lemonnier, *Salon de Paris 1870*, cité par T. J. Clark, *op.cit.*, p.295.

（32） T. J. Clark, *op.cit.*, p.135.

（33） Peter Brooks, *op.cit.*, p.67.

（34） Eléonore Reverzy, Nana *d'Émile Zola*, Folio (Gallimard), 2008, p.143.

（35） ナナの生没年（一八五一—一八七〇）が第二帝政の始まり（ルイ・ナポレオンのクーデタ）と終わり（普仏戦争の勃発）に重なり、ナナの華々しい舞台デビューが第二帝政の頂点（一八六七年の万博）に当たるなど、ナナと第二帝政の結びつきは深い。両者の相関関係に関しては、特にMarjorie Rousseau, « Destinée féminine et destinée historique dans *Nana* », in *Les Cahiers naturalistes*, N° 84, 2010を参照のこと。

(36) セザンヌの《永遠の女性》とゾラのナナの類似性の詳細に関しては、吉田典子「オランピア、ナナ、そして永遠の女性——マネ、ゾラ、セザンヌにおける絵の中の女の眼差し」、『言語文化』第二九号、二〇一二年、一七八〜一八二頁を参照のこと。

(37) Henri Mitterand, *op.cit.*, p.1670.

(38) J.-K. Huysmans, « Le Nana de Manet (1877) », in *Bulletin de la Société, J.-K. Huysmans*, N°. 50, 1965.

(39) 例えば、アンリ・ミトランはマネが『居酒屋』に登場するナナから着想を得て《ナナ》を描き、ゾラは「彼の小説の第五章で、皇太子とミュファ伯爵の前でナナが化粧する場面を描く時、マネの《ナナ》を思い出した」と想定している(Henri Mitterand, *op.cit.*, p.1667)。

(40) リンダ・ノックリン『絵画の政治学』坂上桂子訳、彩樹社、一九九六年、一一四頁。

(41) Hollis Clayson, *op.cit.*, p. 69.

(42) ヴェルナー・ホーフマン『ナナ——マネ・女・欲望の時代』水沢勉訳、PARCO出版局、一九九一年、三二頁。

(43) 同、三三頁。

(44) 同、三四頁。

(45) Hollis Clayson, *op.cit.*, p. 69.

(46) ヴェルナー・ホーフマン、前掲書、二三五頁。

(47) アト・ド・フリース『イメージ・シンボル事典』山下圭一郎他訳、大修館書店、一九八四年、四一六頁。

(48) Chantal Jennings, « La symbolique de l'espace dans *Nana* », in *Modern Language Notes*, N°. 4, mai 1973, p.768.

(49) 「ナナの取り巻き/宮廷(la cour de Nana)はますます人数を増し、彼女の勝利は躊躇していた者たちをも決心させた。彼女の馬車を中心にしたこのざわめきは最高潮に達し、ナナは狂気に憑かれたような彼女の家臣に囲まれた女王ヴィーナスとなった」。

(50) フィリップ・ペロー『衣服のアルケオロジー——服装からみた一九世紀フランス社会の差異構造』大矢タカ

ヤス訳、文化出版局、一九八五年、一五四頁参照。

(51) Therese Dolan, « Guise and Dolls : Dis/covering Power, Re/covering Nana », in *Nineteenth-Century French Studies*, vol 26, N° 3-4, Spring-Summer 1998, p.381.

(52) Shoshana-Rose Marzel, *L'esprit du chiffon. Le vêtement dans le roman français du XIXe siècle*, Bern, Peter Lang, 2005, p.169.

(53) *Ibid.*

(54) ミュファが草稿では皇帝の侍従長であったのが、決定稿で皇后の侍従長に変わったのも、ナナと皇后との競合関係を強調するためであったと考えられる。

(55) Chantal Jennings, *op.cit.*, p.70.

(56) Alain Pagès, « Rouge, jaune, vert, bleu. Étude du système des couleurs dans Nana », in *Les Cahiers naturaliste*, N° 49, 1975, p.129.

(57) Jean-Louis Cabanès, « La chair et les mots », in *Magazine littéraire*, N° 413, 2002, p.44.

(58) Éléonore Reverzy, « Le dossier préparatoire de *Nana* », in *Nana d'Émile Zola*, p.173.

(59) 『トレゾール』辞典によれば、cocodette は「挑発的な服装・物腰の身持ちの悪い女」を意味する。

(60) Éléonore Reverzy, *op.cit.*, p.170.

(61) Alain Corbin, *Les filles de noce. Misère sexuelle et prostitution au XIXe siècle*, Flammarion, 1978, pp.171-220.

(62) Gaël Bellalou, *Regards sur la femme dans l'œuvre de Zola. Ses représentations de l'encre à l'écran*, Toulon, Presses du Midi, 2006, p.147.

(63) Lettre de Flaubert à Zola du 15 février 1880, citée par Éléonore Reverzy, *op.cit.*, p.198.

第四章

(1) オスマンのパリ改造に関しては、松井道昭『フランス第二帝政下のパリ都市改造』、日本経済評論社、一九九七年を参照のこと。

（2）　Cf. Henri Miterrand, « Notice » à l'édition Folio classique（Gallimard）de *La Curée*, 1981.

（3）　『獲物の分け前』とオスマンのパリ改造および投機熱との関連については、Brian Nelon, « Speculation and Dissipation : A Reading of Zola's *La Curée* », in *Essays in French Literature*, N° 14, 1977 ; La Curée *de Zola ou « la vie à outrance »*, SEDES, 1987 所収の Gina Gourdin-Servenière, « *La Curée* et les travaux de rénovation d'Haussmann », Robert Lethbridge, « Zola et Haussmann : une expropriation littéraire », Alain Plessis, « *La Curée* et l'haussmannisation » ; 吉田典子「近代都市の誕生――オスマンのパリ改造とゾラ『獲物の分け前』について――」、『神戸大学教養部紀要』五一号、一九九三年 ; 寺田光徳『欲望する機械――ゾラの「ルーゴン＝マッカール叢書」』、藤原書店、二〇一三年（「第一部補論　金銭欲・投機熱」）を参照のこと。

（4）　Émile Zola, Préface aux premières éditions de *La Curée*, dans *Les Rougon-Macquart, Histoire naturelle et sociale d'une famille sous le Second Empire*, Pléiade（Gallimard）, t. I, 1960, p.1583.

（5）　*Ibid*.

（6）　Colette Becker, « Les toilettes de Renée Saccard : un langage complexe », in *Heitere Mimeses : Festshrift für Willi Hirdt zum 65. Geburstag*, Tübingen, éd. Birgit Tappert und Willi Jung, 2003, p.486.

（7）　ボードレールは「現代生活の画家」の中で、「現代性とは、一時的なもの、うつろい易いもの、偶発的なもの」だと定義している（Charles Baudelaire, « Le peintre de la vie moderne », dans *Curiosités esthétiques. L'Art romantique*, Classiques Garnier, 1990, p.467）。時代とともに移り変わる服の流行（モード）はまさに「現代性」の象徴であり、印象派の画家がモードに敏感であったことが肯ける。

（8）　Colette Becker, « Genèse de l'œuvre », in *Genèse, structure et style de* La Curée, SEDES, 1987, p.11.

（9）　*Ibid*., p.43.

（10）　Barbara Spadaccini-Day, « La poupée de mode, miroir d'une époque », in *Sous l'Empire des crinolines*, Musée Galliera, 2008, p.71.

(11) *Ibid.*, pp.71-72.

(12) *Ibid.*, p.74.

(13) フィリップ・ペロー『衣服のアルケオロジー――服装からみた一九世紀フランス社会の差異構造』大矢タカヤス訳、文化出版局、一九八五年、一三二～一三三頁。

(14) 実際、ゾラは小説のための準備資料として、『フィガロ』誌の二つの記事（上流階級のブーローニュの森の散策についての記事、宮廷の舞踏会での皇后やヨーク夫人、メッテルニヒ夫人の衣装についての記事）を保存するなど、当時のモードに関心を持っていた（Cf. Colette Becker, « Les toilettes de Renée Saccard : un langage complexe », p.488）。

(15) 工藤浩二によれば、マネを筆頭とする印象派の芸術家たちは、「自らの芸術性を保障するために高尚な芸術を参照することを勧めていた伝統的な文脈を一蹴して、絵画制作において大衆的かつ低俗とされていた民衆版画やファッション・プレートを新たな霊感源として、従来の価値観を転覆させること」を目指した（「絵画とファッション・プレート――新しいインスピレーションを求めて」、『Modern Beauty フランスの絵画と化粧道具、ファッションに見る美の近代』、ポーラ美術館、二〇一六年、三二頁）。

(16) Virginia Spate, *The Colour of Time. Claude Monet*, London, Thames and Hudson, 1992, p.35.

(17) *Ibid.*, p.39.

(18) Birgit Haase, « Claude Monet, *Femmes au jardin* », in *L'Impressionnisme et la Mode*, Musée d'Orsay, 2012, p.191.

(19) *Ibid.*

(20) ソースティン・ヴェブレンによれば、家父長的な社会では「女は自分自身の主人ではなかったから、彼女たちが行う明白な支出や閑暇は、彼女たち自身の名誉というよりも、むしろ主人の名誉に跳ね返るものであった。それゆえ、家庭の婦人がより贅沢ではっきりと非生産的であればあるほど、彼女たちの生活は、家庭またはその長の名声のため、という目的にとってさらに効果的であり、面目を施すものになったわけだ。女は単に有閑生活の証拠を提供するだけではなく、実用的な活動能力を自ら喪失するように求められてきたほどである」（『有閑階級の理論』高哲男訳、ちくま学芸文庫、二〇三頁)。ヴェブレンはこうした現象を「顕示的消費」と呼んだ。

(21) Émile Zola, *Écrits sur l'art*, Gallimard, 1991, p.209.

(22) Birgit Haase, *op.cit.*, p.190.

(23) *Ibid.*

(24) アト・ド・フリース『イメージ・シンボル事典』山下圭一郎他訳、大修館書店、一九八四年、「白」の項目参照。

(25) Françoise Tétart-Vittu, « Femmes du monde et du demi-monde », in *Sous l'Empire des crinolines*, p.34.

(26) Therese Dolan, « The Empress's New Clothes. Fashion and Politics in Second Empire France », in *Woman's Art Journal*, Vol 15, N° 1, 1994, p.23.

(27) Laure Chabanne, « Eugénie, impératrice de la mode ? », in *Sous l'Empire des crinolines*, p.43.

(28) *Ibid.*, p.42.

(29) Therese Dolan, *op.cit.*, p.23. Falbala は「襞飾り」の他に「ごてごてした飾り」も意味する。

(30) Cf. Elizabeth Ann Coleman, *The Opulent Era. Fashions of Worth, Doucet and Pingat*, New York, Thames and Hudson, and the Brooklyn Museum, 1989, p.15.

(31) Françoise Tétart-Vittu, *op.cit.*, p.36.

(32) *Ibid.*, p.14.

(33) Rose Fortassier, *Les écrivains français et la mode de Balzac à nos jours*, PUF, 1988, p.110.

(34) Therese Dolan, *op.cit.*, p.28.

(35) *Ibid.*

(36) 興味深いことに、『獲物の分け前』にはナポレオン三世は二度、姿を現すのに、ウジェニー皇后は一度も登場しない。皇帝主催のチュイルリー宮殿での舞踏会でも皇后に言及されることがないことからも、ルネが皇后の分身的役割を果たしていることがわかる。

(37) ウォルトについての詳細は、北山晴一『おしゃれの社会史』、朝日選書、一九九一年、三〇〇～三一〇頁；吉田典子「モードと社会：ゾラ『獲物の分け前』における衣装・女・テクスト」、『近代』七五号、一九九三年、九～一一頁；Elizabeth Ann Coleman, *op.cit.*, pp.9-136 を参照のこと。

(38) 北山晴一、前掲書、三〇三頁。

(39) 吉田典子「モードと社会：ゾラ『獲物の分け前』における衣装・女・テクスト」、一四頁。

(40) Elizabeth Ann Coleman, *op.cit.*, p.18.

(41) Shoshana-Rose Marzel は、ゾラが「ウォルト（Worth）」（「価値のある男」という意味）から「ウォルムス（Worms）」（「（ミミズなど）地面を這う虫」を意味する）に名前を転換することで、ウォルトの値打ちを下げたとみなしている（« Qui est Worms ? Enquête sur la création d'un personnage zolien », in *Les Cahiers naturalistes*, N° 84, 2010, p.167）。

(42) Susan Harrow, « Myopia and the Model : The Making and Unmaking of Renée in Zola's *La Curée* », in *L'écriture du féminin chez Zola et dans la fiction naturaliste*, Bern, Peter Lang, 2004, p.252.

(43) タヒチ女の衣装とオリエンタリズムとの関連については、吉田典子「第二帝政期の文化とモード：ゾラ『獲物の分け前』における衣装・女・テクスト（二）」、『近代』七八号、一九九五年、三〇八～三一三頁を参照のこと。

(44) Susan Harrow, *op.cit.*, p.256.

(45) 吉田典子「モードと社会：ゾラ『獲物の分け前』における衣装・女・テクスト」、二二頁。

(46) チュイルリー宮殿の舞踏会で、黒いビロードのテープで縁取られた襞飾りがスカート部分に無数についた白のドレスを纏ったルネを皇帝が見て「この白と黒の不思議なカーネーション」を「摘みたくなる」と述べたのに対して、彼の腹心の将軍は「我々のボタンホールに挿すのにうってつけでしょう」と感想を述べている。

(47) Pierre-Olivier Douphis, « Du tableau au texte. *L'Hallali du cerf* de Gustave Courbet（1819-1877）», in *La Curée*, Foliopius classiques（Gallimard）, 2014, p.364.

(48) Philippe Berthier, « Hôtel Saccard : état des lieux », in La Curée *de Zola ou « la vie à outrance »*, p.109.

(49)　Susan Harrow, *op.cit.*, p.259.

(50)　少女時代のルネと妹のクリスティーヌが、ベロー邸の屋根裏部屋から見るセーヌ川の光景は次のようなものだ。「晴れた日には彼女たちは、セーヌ川は白い炎の斑点のついた、きれいな緑の絹のドレスを着ている、と言っていた。巻き毛のように波打つ水の流れは、サテンの襞飾りをドレスにつけたようで、彼方ではベルトのような幾つもの橋の向こうで、光の当たった平らな部分が太陽の色をした衣服の裾を広げていた」。サカール邸も「盛装を纏った屋敷」と呼ばれ、「スレートの重い帽子を被った、蒼白い顔の、豪華だが愚かな威光を放つ成り上がり女」と表現されている。

(51)　Catherine Join-Diéterle, « Revisiter le style Second Empire », in *Sous l'Empire des crinolines*, p.21.

(52)　Robin Spencer, « Whistler's 'The White Girl' : painting, poetry and meaning », in *The Burlington magazine*, Vol. 140, N° 1142, 1998, p.300.

(53)　*Ibid.*

(54)　*Ibid.*, p.309.

(55)　*Ibid.*

(56)　ラルースの『一九世紀大辞典』によれば、シャプランは皇后の居室である「花のサロン」の天井と扉の上に「魅惑的な女神と愛らしい小さなキューピッドの一群」を描いた。ここでもルネと皇后の類似が見られる。

(57)　Émile Zola, *Écrits sur l'art*, p.298.

(58)　*Ibid.*

(59)　寝室のキルティングした貴婦人のベッドではルネは「上品で可愛らしく」、「愛の行為も趣味良く控え目」であった。小サロンでは金髪の女神ディアナとなり、「ソファの上での姿勢は、古代風の優雅さを帯びた高貴な線を描いていた」。

(60)　小倉孝誠『挿絵入新聞「イリュストラシオン」にたどる一九世紀フランス――光と闇の空間』、人文書院、一九九六年、二〇三頁。

（61）　Philippe Berthier, *op.cit.*, p.113.

（62）　二人の情事が繰り返されるうちに、マクシムを自分の意のままにしようとするルネの横暴さに彼は恐怖を抱くようになり、「彼女の白い手が彼の肩に置かれると、爪（griffes）が食い込むような気がする」ほどであった。この表現は明らかに、モローのスフィンクスを想起させる。

（63）　Émile Zola, *Écrits sur l'art*, p.390.

（64）　*Ibid.*, p.391.

第五章

（1）　小倉孝誠「監訳者解説」、アラン・コルバン／ジャン＝ジャック・クルティーヌ／ジョルジュ・ヴィガレロ監修『男らしさの歴史　II――男らしさの勝利――一九世紀』（コルバン編／小倉孝誠監訳）、藤原書店、二〇一七年、六三五頁。

（2）　Régis Revenin, « Homosexualité et virilité », in Alain Corbin, Jean-Jacques Courtine, Georges Vigarello（dir.）, *Histoire de la virilité 2. Le triomphe de la virilité. Le XIX*ᵉ *siècle*, volume dirigé par Alain Corbin, Seuil, 2011, p.374.

（3）　*Ibid.*, p.381.

（4）　「男らしさ」を意味するフランス語は « masculinité » と « virilité » の二つがあるが、アラン・コルバンが指摘しているように両者は同義語ではなく、前者は本来、生物学的な意味で使われ、何の価値づけもされていない（Alain Corbin, Introduction de l'*Histoire de la virilité 2*, p.9）。二つの語の違いについての詳細は、以下の文献を参照のこと。Daniel Maira et Jean-Marie Roulin, « Constructions littéraires de la masculinité entre Lumières et Romantisme », in *Masculinités en révolution de Rousseau à Balzac*, Saint-Étienne, Publications de l'Université de Saint-Étienne, 2013, pp.12-19.

（5）　Alain Corbin, *op.cit.*, p.9.

（6）　*Ibid.*

（7）　Cf. Alain Corbin, « La virilité reconsidérée au prisme du naturalisme », in *Histoire de la virilité 2*.

(8) François Guillet, « Le duel et la défense de l'honneur viril », in *Histoire de la virilité 2*, p.92.

(9) Norman Bryson, « David et le *Gender* », in *David contre David*, t. II, La documentation française（Louvre conférences et colloques）, 1993, p.708.

(10) *Ibid.*

(11) *Ibid.*, p.709.

(12) Jean-Paul Bertaud, « La virilité militaire », in *Histoire de la virilité 2*, p.165.

(13) Norman Bryson, *op.cit.*, p.710.

(14) *Ibid.*, p.711. とりわけ画面中央のテーブルの縫物籠が「日常生活」を表している。

(15) 共和国軍の手伝いをしていたバラは反革命派の農民たちに捕まった時、「国王万歳！」と叫ぶよう強要されるが、「共和国万歳！」と叫んで殺されたという。

(16) Jean-Paul Bertaud, *op.cit.*, p.168.

(17) Mechthild Fend, *Les limites de la masculinité. L'androgyne dans l'art et la théorie de l'art en France*（*1750-1830*）, Berlin, La Découverte, 2003, p.83.

(18) Abigail Solomon-Godeau, *Male Trouble. A Crisis in Representation*, London, Thames and Hudson, 1997, p.139.

(19) Thomas Crow, « Revolutionary Activism and the Cult of Male Beauty in the Studio of David », in *Fictions of the French Revolution*, Evanston, Northwestern University Press, 1991, pp.80-81.

(20) Cf. Mechthild Fend, *op.cit.*, pp.41-66.

(21) Johann Joachim Winckelmann, *Histoire de l'art dans l'Antiquité*, traduction de Dominique Tassel, Le Livre de Poche（La Pochethèque）, 2005, p.248.

(22) *Ibid.*, p.552.

(23) *Ibid.*, p.555.

(24) Alex Potts, « Beautiful Bodies and Dying Heroes : Images of Ideal Manhood in the French Revolution », in *History*

Workshop Journal, N° 30, 1990, p.11.

(25) *Ibid.*

(26) Mechthild Fend, *op.cit.*, p.47.

(27) *Ibid.*, p.141.

(28) Frédéric Monneyron, *L'Androgyne romantique. Du mythe au mythe littéraire*, Grenoble, ELLUG, 1994, pp.49-52.

(29) *Ibid.*, p.50.

(30) 「両性具有は妄想に過ぎず、結婚してそれぞれ男として、女として互いに子どもを設けた両性具有者についての報告例は、子どもっぽい作り話にすぎない。それは完全な無知や驚異への好みから生み出されたもので、我々がその偏見を取り除くのに非常に苦労しているものである」（Jaucourt, « hermaphrodite », in *Encyclopédie ou dictionnaire raisonné des sciences, des arts et des métiers*, éd. Denis Diderot et Jean D'Alembert）（https://fr.wikisource.org/wiki/L%E2%80%99Encyclop%C3%A9die/1re_%C3%A9dition/HERMAPHRODITE）

(31) 両性具有に関する医学的言説に関しては、Mechthild Fend, *op.cit.*, pp.33-39 を参照のこと。

(32) Frédéric Monneyron, *op.cit.*, p.54.

(33) Cité par Frédéric Monneyron, *op.cit.*, p.49.

(34) *Ibid.*, pp.49-50.

(35) Cf. Thomas Crow, *op.cit.*, pp.80-81.

(36) ジロデの「女性化された身体」に関して、およびバルザックとジロデとの関係は、村田京子『ロマン主義文学と絵画――一九世紀フランス「文学的画家」たちの挑戦』、新評論、二〇一五年、六一～七三頁を参照のこと。

(37) Mechthild Fend, *op.cit.*, p.138.

(38) フィリポは次のように描写されている。「一言で言い尽すならば、この青年は少し華奢な体つきだが、アンティノウスの生き写しであった。しかし、オリーヴ色がかった肌色、逞しい眉、柔らかな眼の光が、将来の男らしい情熱や高邁な思想を約束する時、このほっそりして繊細な体つきが何とよく若さに釣り合っていることか！」。

（39） Cf. Anne Geisler-Szmulewicz, Introduction de *Mademoiselle de Maupin*, *Œuvres complètes*, *Romans*, *contes et nouvelles*, Honoré Champion, t. 1, 2004, pp.25-26.

（40） ダルベールは、彼の「理想とした容姿を盗んだかのような青年」に出会った時のことを、次のように語っている。「並んで立つと、ぼくはまるで彼の下絵だ。背丈は変わらないが、彼はぼくよりすらりとして頑健そうだ。風采もぼくに似ているが、ぼくにはない優雅さと気高さがあった。眼の色はぼくと同じだが、眼差しと閃きが違っていた。彼の鼻も同じ型で抜いたようにそっくりだが、ただ、巧みな彫刻家の鑿で手直しされたようだった。［……］自然はぼくの肉体を土台にしてより完璧な造形を試みたのだろうか」。そして、彼はその男の首を絞めて、「ぼくのものである彼の肉体から霊魂を追い出してやりたいという恐ろしい衝動」に駆られたと告白している。

（41） Pierre Albouy, « Le mythe de l'androgyne dans *Mademoiselle de Maupin* », in *Revue d'histoire littéraire de la France*, *Théophile Gautier*, N° 4, 1972, p. 604.

（42） Balzac, *Lettres à Madame Hanska*, Robert Laffont (Bouquins), t. 1, 1990, p.98.

（43） *Ibid.*

（44） 『セラフィタ』では確かに、女性にとっては凛々しい美青年セラフィトゥス、男性にとっては楚々とした美女セラフィタとして現れる両性具有的存在が描かれている。しかし、セラフィトゥスとして登場するのは、少女ミンナと一緒にファルベルク山の断崖の上に立つ冒頭の場面だけで、あとは一貫してセラフィタと呼ばれ、女性として扱われている。フレデリック・モネロンが指摘しているように、バルザックにとって「天使は女性の本質」(Frédéric Monneyron, *op.cit.*, p. 67）であり、セラフィタと「男らしさ」との関係は希薄である。

（45） Pierre Citron, « Le rêve asiatique de Balzac », in *L'Année balzacienne 1968*, p.311.

（46） 『金色の眼の娘』と同様に『一三人組物語』三部作に組み込まれた『ランジェ公爵夫人』でも、カルメル会修道院からランジェ公爵夫人を奪還するためにモンリヴォーが一三人組の仲間と修道院に潜入する時、アンリは女装して、修道女になりすましている。

（47） Geneviève Delattre, « De *Séraphîta* à *La Fille aux yeux d'or* » in *L'Année balzacienne 1970*, p.223.

（48） *Ibid.*

（49） パキタがアンリに一緒にパリから逃げようと提案した時、彼は次のように答えている。「ぼくはパリから出ることはできない。［……］ぼくは誓いによって何人かの男たちと運命を共にし、ぼくは彼らに、彼らはぼくに結びつけられているのだから」。すでにこの時点で、彼はパキタへの愛よりも、男同士の絆の方を選んでいる。

（50） A. J. L. Busst, « The Image of the Androgyne in the Nineteenth Century », in *Romantic Mythologies*, London, Routledge & Kegan Paul, 1967, p.10.

（51） *Ibid.*, p.38.

（52） *Ibid.*, p.58.

（53） Cité par Mechthild Fend, *op.cit.*, p.148.

（54） ユイスマンスは一八八九年に「フランチェスコ・ビアンキ」というタイトルの美術評を書き、ビアンキの《聖ベネディクト、聖カンタンと二人の天使に囲まれた聖母子》について論じているが、この絵は現在では一六世紀の画家フランチェスコ・マルミッタのものとされている（Cf. Patrice Locmant, la note 3 de « Francesco Bianchi » de J.-K. Huysmans, *Écrits sur l'art 1867-1905*, Bartillat, 2006, p.431）。

（55） J.-K. Huysmans, *Écrits sur l'art 1867-1905*, Bartillat, 2006, p.432.

（56） *Ibid.*, p.433.

（57） 『創世記』によれば、古代都市ソドムはゴモラと共に住民の罪悪（同性愛など）のため、神によって滅ぼされた。悪徳の退廃の代名詞として用いられる。

（58） マクシムだけではなく、マクシムの婚約者ルイーズが「少女に変装した男の子」、シドニー夫人が「中性的になった女の奇妙な両性具有」と表現され、両性具有的存在として登場するが、両者とも否定的に扱われている。

（59） John C. Allan, « Narcissism and the Double in *La Curée* », in *Stanford French Review*, V, N°3, Winter 1981, p.305.

（60） Émile Zola, Préface aux premières éditions de *La Curée*, dans *Les Rougon-Macquart, Histoire naturelle et sociale d'une famille sous le Second Empire*, Pléiade (Gallimard), t. I, 1960, p.1583.

(61)　ラシルドの『ヴィーナス氏』はベルギーで出版され、ベルギーの法廷により発禁処分となったが、一八八九年にフランスで決定版として再版が出版された。

(62)　一九世紀において、女性が男装して公的空間に姿を現すことは、警察の勅令によって禁止されており、健康上の理由などで男装する場合は「異性装許可証」を警察に交付してもらう必要があった。勅令に違反した女性は逮捕され、罰金または禁固刑が課せられた。詳細は村田京子「男装の動物画家ローザ・ボヌール――その生涯と作品――」、『女性学研究』第二〇号、二〇一三年、六五〜六六頁を参照のこと。

(63)　A. J. L. Busst, *op.cit.*, p.42. バストによれば、「精神的淫蕩」は「現実生活からの隠遁、現実に対する幻滅を最も特徴づける至高の悪徳（*vice suprême*）」で、「外的現実に幻滅した者たちの欲望に、精神によってのみ満たすことができる」（*Ibid.*）。

(64)　『ヴィーナス氏』の序文を書いたモーリス・バレスは、この小説を「稀にみる倒錯のスペクタクル」と呼び、その「倒錯性」は二〇歳の「気紛れな／頭のいかれた（lunatique）」処女、「最も穏やかで社会から最も引き籠った子ども」がその「本能」に任せて書いたことにあるとしている。バレスはラシルドの小説をサドの『恋の罪』やゴーティエの『モーパン嬢』、ボードレールの『悪の華』に連なる作品だと評価しながらも、その「頭脳の奇矯さ（excentricité cérébrale）」、「ヒステリー性」を強調するだけで、ラシルドの社会批判（男女の性愛関係が男性原理に基づいていることへの異議申し立て）には全く触れていない。

(65)　物語最終章は、ジャックと瓜二つの等身大の蝋人形を抱きしめるラウールの描写で終わっている。

(66)　Daniel Maira et Jean-Marie Roulin, *op.cit.*, p.28.

(67)　*Ibid.*

おわりに

(1)　Cf. Albert Béguin, *Balzac lu et relu*, Seuil, 1965, pp.67-77.

参考文献

◎本書で取り上げた主な作家の著作

（欧文文献で出版地が Paris の場合は省略、以下同。日本語文献で出版地が東京の場合は出版地を省略、以下、同じ）

1　スタール夫人（Madame de Staël）

Corinne ou l'Italie, *Œuvres complètes*, série II, *Œuvre littéraires*, tome III, Honoré Champion, 2000.〔『コリンナ　美しきイタリアの物語』佐藤夏生訳、国書刊行会、一九九七年〕

De la littérature, GF-Flammarion, 1991.

De l'Allemagne, GF-Flammarion, 2 vol, 1968.

2　オノレ・ド・バルザック（Honoré de Balzac）

Correspondance, Classiques Garnier, t.III, 1964.

La Cousine Bette, Pléiade (Gallimard), t.VII, 1977.

La Fille aux yeux d'or, Pléiade, t.V, 1977.
La Peau de chagrin, Pléiade, t.X, 1977,
La Rabouilleuse, Pléiade, t.IV, 1976.
Lettres à Madame Hanska, Robert Laffont (Bouquins), t. 1, 1990.
Sarrasine, Pléiade, t.VI, 1977.
Séraphîta, Pléiade, t.XI, 1980.
Splendeurs et misères des courtisanes, Pléiade, t. VI, 1977.
Une passion dans le désert, Pléiade, t.VIII, 1977.

3　エミール・ゾラ（Émile Zola）

Écrits sur l'art, Gallimard, 1991.
La Curée, dans *Les Rougon-Macquart, Histoire naturelle et sociale d'une famille sous le Second Empire*, Pléiade, t.I, 1960.
: Folio classique (Gallimard), 1981.
: Folioplus classiques (Gallimard), 2014.〔『獲物の分け前』中井敦子訳、ちくま文庫、二〇〇四年〕
L'Œuvre, Folio classique, 1983.
Nana, GF Flammarion, 2000.
: *Les Rougon-Macquart, Histoire naturelle et sociale d'une famille sous le Second Empire*, Pléiade, t.II, 1961.〔『ナナ』河口篤・古賀照一訳、新潮文庫、二〇〇八年〕
Préface aux premières éditions de *La Curée*, dans *Les Rougon-Macquart, Histoire naturelle et sociale d'une famille sous le Second Empire*, Pléiade, t.I, 1960.

4　テオフィル・ゴーティエ（Théophile Gautier）

« Contralto », dans *Œuvre poétiques complètes*, Bartillat, 2004.

« Du beau dans l'art », in *Revue des deux mondes*, juillet 1847.

Guide de l'amateur au Musée du Louvre, suivi de la vie et les œuvres de quelques peintres, Charpentier, 1893.

Mademoiselle de Maupin, Œuvres complètes, Romans, contes et nouvelles, Honoré Champion, t.I, 2004.〔『モーパン嬢』（上下巻）井村実名子訳、岩波文庫、二〇〇〇年〕

◎複数の章で参照した文献

Citron (Pierre) : « Le rêve asiatique de Balzac », in *L'Année balzacienne 1968*.

Larousse (Pierre) : *Grand dictionnaire universel du XIXe siècle*, 24 vol, 1866-76.

Parent-Duchâtelet (Alexandre) : *De la prostitution dans la ville de Paris, considérée sous le rapport de l'hygiène publique, de la morale et de l'administration*, J.-B. Ballière, 2 vol, 1837.

Takaï (Nao) : *Le Corps féminin nu ou paré dans les récits réalistes de la seconde moitié du XIXe siècle. Flaubert, les Goncourt et Zola*, Honoré Champion, 2013.

Trésor de la langue française. Dictionnaire de la langue du 19e et du 20e siècle, C.N.R.S., Gallimard, 1976.

ヴェブレン（ソースティン）：『有閑階級の理論』高哲男訳、ちくま学芸文庫、二〇一一年。

フリース（アト・ド）：『イメージ・シンボル事典』山下主一郎主幹、荒このみ他共訳、大修館書店、一九八四年。

ペロー（フィリップ）：『衣服のアルケオロジー――服装からみた一九世紀フランス社会の差異構造』大矢タカヤス訳、文化出版局、一九八五年。

村田京子：『娼婦の肖像――ロマン主義的クルチザンヌの系譜』、新評論、二〇〇六年。

◎研究書および研究論文等

第 I 章

Amend-Sochting (Anne) : « La mélancolie dans *Corinne* », in *Madame de Staël,* Corinne ou l'Italie, *« l'âme se mêle à tout »,* textes réunis par José-Luis Diaz, Actes du Colloque d'agrégation des 26 et 27 novembre 1999, SEDES, 1999.

Ansel (Yves) : « *Corinne,* ou les mésaventures du roman à thèse », in *Madame de Staël,* Corinne ou l'Italie, *« l'âme se mêle à tout ».*

Balayé (Simone) : *Les carnets de voyage de Madame de Staël. Contribution à la genèse de ses œuvres.* Genève, Droz, 1971.

—— : « Fonction romanesque de la musique et des sons dans « Corinne » », in *Romantisme,* N° 3, 1971.

—— : *Madame de Staël. Lumières et liberté,* Klincksieck, 1979.

—— : *Madame de Staël. Écrire, lutter, vivre,* Genève, Droz, 1994.

—— : « *Corinne,* histoire du roman », in *L'éclat et le silence « Corinne ou l'Italie » de Madame de Staël,* Études réunies par Simone Balayé, Honoré Champion, 1999.

Bercegol (Fabienne) : « Madame de Staël portraitiste dans *Corinne ou l'Italie* » in *Madame de Staël,* Actes du colloque de la Sorbonne du 20 novembre 1999, sous la direction de Michel Delon et Françoise Mélonio, Presses de l'Université de Paris-Sorbonne, 2000.

Berthier (Philippe) : « Au-dessous de volcan », in *Madame de Staël,* Corinne ou l'Italie, *« l'âme se mêle à tout ».*

Bertrand-Jennings (Chantal) : *Un autre* Mal du Siècle, Toulouse, Presses Universitaires du Mirail, 2005.

Bonnet (Jean-Claude) : « Le musée Staëlien », in *Littérature,* N° 42, 1981.

Boussel (Claire) : « L'image du père dans *Corinne* », in *Madame de Staël,* Corinne ou l'Italie, *« l'âme se mêle à tout ».*

Bruschini (Enrico) and Amoia (Alba) : « Rome's Monuments and Artistic Treasures in Madame de Staël's *Corinne* (1807) : Then and Now », in *Nineteenth-Century French Studies,* t.29, 3-4, 1994.

Corinne, 200 ans après, Cahiers Staëliens, Nouvelle Série, N° 59, 2008.

D'Eaubonne (Françoise) : *Une femme témoin de son siècle. Germaine de Staël,* Flammarion, 1966.

DeJean (Joan) : « Staël's *Corinne*. The Novel's Other Dilemma », in *Stanford French Review,* Vol. II (1), 1987.

Delon (Michel), « Du vague staëlien des passions », in *Madame de Staël.*

—— : « *Corinne* et la mémoire sensorielle », in *Madame de Staël,* Corinne ou l'Italie, *« l'âme se mêle à tout ».*

Didier (Béatrice) : « Mme de Staël et l'écriture au pinceau », dans *L'écriture-femme,* PUF, 1981.

—— : Corinne ou l'Italie *de Madame de Staël,* Folio, 1999.

—— : *Madame de Staël,* Ellipses, 1999.

Garry-Boussel (Claire) : « L'homme du Nord et l'homme du Midi dans *Corinne* de Madame de Staël », in *Madame de Staël.*

Girard (Marie-Hélène) : « Corinne collectionneur ou le musée imaginaire de Madame de Staël », in *Art et littérature : actes du congrès de la Société Française de Littérature Générale et Comparée,* Université de Provence, 1988.

Guellec (Laurence) : « L'éloquence dans *Corinne* ou la parole d'une affranchie », in *Madame de Staël,* Corinne ou l'Italie, *« l'âme se mêle à tout ».*

Gutwirth (Madelyn) : « Mme de Staël's Debt to *Phèdre* : *Corinne* », in *Studies in romanticism,* Vol. 3, 1964.

—— : « *Corinne* et l'esthétique camée », in *Le préromantisme : hypothèque ou hypothèse? : colloque organisé à Clermont-Ferrand les 29 et 30 juin 1972 par le Centre de recherches révolutionnaires et romantiques de l'Université,* Actes du colloque établis et présentés par Paul Viallaneix, Klincksieck, 1975.

—— : « Du silence de Corinne et de sa parole », in *Benjamin Constant, Madame de Staël et le Groupe de Coppet : actes du deuxième Congrès de Lauzanne à l'occasion du 150e anniversaire de la mort de Benjamin Constant et du troisième Colloque de Coppet, 15-19 juillet 1980, publiés sous la direction d'Étienne Hofmann,* Voltaire Foundation Oxford, 1982.

Huchette (Jocelyn) : « Le comte d'Erfeuil et la représentation du caractère français », in *Madame de Staël.*

Johnson-Cousin (Danielle) : « L'orientalisme de Madame de Staël dans *Corinne* (1807) : politique esthétique et féministe », in *Studies on Voltaire and the Eighteenth Century,* vol. 317, 1994.

Laforgue (Pierre) : « Écriture et œdipe dans *Corinne* », in *Madame de Staël,* Corinne ou l'Italie, *« l'âme se mêle à tout ».*

Lebègue (Raymond) : « Le thème du « Miserere » de la Sixtine, Chateaubriand, Stendhal, Mme de Staël », in *Revue d'histoire littéraire de la France,* N° LXII, mars-avril, 1972.

Lepschy (A. Laura) : « Madame de Staël's Views on Art in *Corinne* », in *Studi Francesi,* N° 42, 1970.

Lévêque (Laure) : *Lecture d'une œuvre* Corinne ou l'Italie *de Madame de Staël. Poétique et Politique,* Éditions du Temps, 1999.

—— : « Corinne ou Rome : une réécriture de l'histoire », in *Madame de Staël,* Corinne ou l'Italie, *« l'âme se mêle à tout ».*

Louichon (Brigitte) : « Mme de Staël et le roman sentimental », in *Madame de Staël,* Corinne ou l'Italie, *« l'âme se mêle à tout ».*

Madame de Staël. Corinne ou l'Italie, textes réunis par Jean-Pierre Perchellet, Klincksieck, 1999.

Madame de Staël et Benjamin Constant, Revue d'histoire littéraire de la France, N° 1, Janvier-Mars 1966.

Madame de Staël et les études féminines, Cahiers Staëliens, Nouvelle Série, N° 57, 2006.

Minski (Alexandre) : « La niche vide du Panthéon : Monuments et beaux-arts de Rome », in *Madame de Staël.*

Planté (Christine) : « De Corinne à Sapho : le conflit entre passion et création », in *Un deuil éclatant du bonheur.* Corinne ou l'Italie, *Madame de Staël,* textes réunis par Jean-Pierre Perchellet, Orléans, Paradigme, 1999.

—— : « *Ce qui parle en moi vaut mieux que moi-même.* Improvisation et poésie dans *Corinne* », in *Madame de Staël,* Corinne ou l'Italie, *« l'âme se mêle à tout ».*

Poulet (Georges) : « *Corinne* et *Adolphe* : deux romans conjugués », in *Un deuil éclatant du bonheur.*

Pouzoulet (Christine) : « *Corinne ou l'Italie* : A quoi sert un roman pour penser l'Italie en 1807 ? » in *L'éclat et le silence « Corinne ou l'Italie » de Madame de Staël.*

Rambaud (Vital) : « Corinne ou le roman des adieux », in *Madame de Staël.*

Reid (Martine) : « *Corinne,* vue d'un peu loin », in *Madame de Staël,* Corinne ou l'Italie, *« l'âme se mêle à tout ».*

Roulin (Jean-Marie) : « *Corinne* : roman et souci patrimonial », in *Madame de Staël,* Corinne ou l'Italie, *« l'âme se mêle à tout ».*

Saint Girons (Baldine) : « Sublime et beau chez Madame de Staël », in *Un deuil éclatant du bonheur.*

Schlegel (A.W.) : « Une étude critique de *Corinne ou l'Italie* », in *Cahiers Staëliens*, Nouvelle Série, N° 16, 1973.
Seth (Catrina) : « « À sa voix, tout sur la terre se change en poésie » : les improvisations dans *Corinne* », in *Un deuil éclatant du bonheur*.
—— : « « Une âme exilée sur la terre ». *Corinne* : un mythe moderne de la transgression », in *Madame de Staël*.
Szmurlo (Karyna) : « Le jeu et le discours féminin : la danse de l'héroïne staëlienne », in *Un deuil éclatant du bonheur*.
The Novel's Seductions. *Staël's* Corinne *in Critical Inquiry*, edited by Karyna Szmurlo, London, Bucknelle University Press, 1999.
Vallois (Marie-Claire) : « les voi(es) de la Sibylle : aphasie et discours féminin chez Madame de Staël », in *Un deuil éclatant du bonheur*.
Villeneuve (Roselyne de) : « L'eau à Rome : magnificence et mélancolie », in *Madame de Staël*, Corinne ou l'Italie, *« l'âme se mêle à tout »*.
Winckelmann (Johann J.) : *Réflexions sur l'imitation des œuvres grecques en peinture et en sculpture*, traduction de Marianne Charrière, Nîmes, Éditions Jacqueline Chambon, 1991.
Zanone (Damien) : « Entre l'art et la vie, entre la référence et le sentiment : Corinne et l'amour », in *Madame de Staël*, Corinne ou l'Italie, *« l'âme se mêle à tout »*.
工藤庸子：『評伝　スタール夫人と近代ヨーロッパ——フランス革命とナポレオン独裁を生きぬいた自由主義の母』、東京大学出版会、二〇一六年。
佐藤夏生：『スタール夫人』、清水書院、二〇〇五年。
鈴木杜幾子：『画家ダヴィッド　革命の表現者から皇帝の主席画家へ』、晶文社、一九九一年。
マルタン（ルネ）監修：『ギリシア・ローマ神話文化事典』松村一男訳、原書房、一九九七年。

第二章

Beizer (Janet L.) : *Family Plots. Balzac's Narrative Generations*, New Haven and London, Yale University Press, 1986.

Frappier-Mazur (Lucienne) : *L'Expression métaphorique dans* La Comédie humaine, Klincksieck, 1976.

Higonnet (Anne) : « Femmes et images. Apparences, loisirs, subsistance », dans *Histoire des femmes IV, Le XIX*e *siècle,* sous la direction de Geneviève Fraisse et Michelle Perrot, Plon, 1991.

Hoffmann (Léon-François) : « Eros camouflé : En marge d'*Une Passion dans le désert* », in *Hebrew University Sudies in literature 5,* No.1, Spring 1977.

Kristeva (Julia) : *Pouvoirs de l'horreur,* Seuil, 1980.

Mehta (Brinda J.) : *Corps infirme, corps infâme. La Femme dans le roman balzacien,* Birmingham, Summa Publications, 1992.

Le Code Civil, GF Flammarion, 1986.

Sue (Eugène) : *Les Mystères de Paris,* Bouquins (Robert Laffont), 1989.

サイード（エドワード）：『オリエンタリズム』板垣雄三・杉田英明監修、今沢紀子訳、平凡社、一九八六年。

プラーツ（マリオ）：『肉体と死と悪魔　ロマンティック・アゴニー』倉智恒夫・土田知則・草野重行・南條竹則訳、国書刊行会、一九八七年。

松浦暢：『宿命の女　愛と美のイメジャリー』、平凡社、一九八七年。

ラプランシュ／ポンタリス：『精神分析用語辞典』村上仁監訳、みすず書房、一九七七年。

第三章

Bellalou (Gaël) : *Regards sur la femme dans l'œuvre de Zola. Ses représentations de l'encre à l'écran,* Toulon, Presses du Midi, 2006.

Best (Janice) : « Portraits d'une « vraie fille » : *Nana,* tableau, roman et mise-en-scène », in *Les Cahiers naturalistes,* N° 66, 1992.

Brooks (Peter) : « Le corps-récit, ou Nana enfin dévoilée », in *Romantisme,* N° 63, 1989.

Beizer (Janet L.) : « Uncovering *Nana.* The Courtesans's New Clothes », in *L'Esprit créateur,* Vol. XXV, No.2, Summer 1985.

Buvik (Per) : « Nana et les hommes », in *Les Cahiers naturalistes,* N° 49, 1975.

Cabanès (Jean-Louis) : « La chair et les mots », in *Magazine littéraire,* N° 413, 2002.

Clark (Roger J.B.) : « « Nana » ou l'envers du rideau », in *Les Cahiers naturalistes,* N° 45, 1973.

Clark (T.J.) : *The Painting of Modern Life. Paris in the Art of Manet and His Followers,* Princeton, Princeton University Press, 1984.

Clayson (Hollis) : *Painted Love. Prostitution in French Art of the Impressionist Era,* New Haven & London, Yale University Press, 1991.

Corbin (Alain) : *Les filles de noce. Misère sexuelle et prostitution au XIXe siècle,* Flammarion, 1978.〔コルバン『娼婦』内村瑠美子・国領苑子・門田眞知子・岩本篤子訳、藤原書店、一九九一年〕

—— : *Le miasme et la jonquille,* Flammarion, 2008.

Davey (Lynda A.) : « La croqueuse d'hommes : images de la prostituée chez Flaubert, Zola et Maupassant », in *Romantisme,* N° 58, 1987.

Derakhshesh (Derayeh) : *Et Zola créa la femme…,* Langres, éd. Domique Guéniot, 2005.

Dolan (Therese) : « Guise and Dolls : Dis/covering Power, Re/covering Nana », in *Nineteenth-Century French Studies,* vol 26, N° 3-4, Spring-Summer 1998.

Dottin-Orsini (Mireille) : *Cette femme qu'ils disent fatale. Textes et images de la misogynie fin-de-siècle,* Grasset, 1993.

Dumas fils (Alexandre) : *La Dame aux camélias,* GF Flammarion, 1981.

Giraud (Barbara) : « Sensualité et hygiène. Regards sur la salle de bains dans *Nana* de Zola et *La Faustin* d'Edmond de Goncourt », in *Les Cahiers naturalistes,* N° 87, 2013.

Gural-Migdal (Anna) : « Nana, figure de l'entre et de l'autre », in *L'écriture du féminin chez Zola et dans la fiction naturaliste : Writing the Feminine in Zola and Naturalist Fiction,* éd. Anna Gural-Migdal, Bern, Peter Lang, 2004.

Hamon (Philippe) : « A propos de l'impressionnisme de Zola », in *Les Cahiers naturalistes,* N° 34, 1967.

Hartog (Laura C.) : « "Ces monstres antiques" : la femme prostituée et le milieu sexualisé dans les *Rougon-Macquart* », in

Excavatio, vol. III, winter 1993.

Huysmans (J.-K.) : « Le Nana de Manet (1877) », in *Bulletin de la Société, J.-K. Huysmans*, N° 50, 1965.

—— : *À rebours*, Folio (Gallimard), 1977.

Jennings (Chantal) : « Les trois visages de Nana », in *The French Review*, Vol.XLIV, N° 2, Winter, 1971.

—— : « La symbolique de l'espace dans *Nana* », in *Modern Language Notes*, N° 4, mai 1973.

—— : « Lecture idéologique de *Nana* », in *Mozaic*, 10 : 4, 1977.

—— : *L'Éros et la femme chez Zola. De la chute au paradis retrouvé*, Klincksieck, 1977.

Lanoux (Armand) : Préface « Émile Zola et *Les Rougon-Maquart* », in *Les Rougon-Macquart. Histoire naturelle et sociale d'une famille sous le second Empire* d'Émile Zola, Pléiade (Gallimard), t.I, 1960.

Lapp (John C.) : « The Watcher betrayed and the Fatal Woman : Some Recurring Pattern in Zola », in *PMLA*, June 1959.

Lipton (Eunice) : « Manet : a Radicalized Female Imagery », in *Art Forum*, march 1975.

Marzel (Shoshana-Rose) : *L'esprit du chiffon. Le vêtement dans le roman français du XIXe siècle*, Bern, Peter Lang, 2005.

McNeely Leonard (Frances) : « *Nana :* Symbol and Action », in *Modern Fiction Studies*, vol 9, N° 2, Summer 1963.

Mitterand (Henri) : « Étude de *Nana* » à l'édition Pléiade de *Nana*.

Newton (Joy) : « Emile Zola impressionniste », in *Les Cahiers naturalistes*, N° 33, 1967.

—— : « Emile Zola impressionniste (II) », in *Les Cahiers naturalistes*, N° 34, 1967.

—— : « Zola et l'expressionnisme : le point de vue hallucinatoire », in *Les Cahiers naturalistes*, N° 41, 1971.

—— : « Zola et les images : aspects de *Nana* », in *Mimesis et Semiosis. Littérature et représentation. Miscellanées offertes à Henri Mitterand*, Nathan, 1992.

Milleret (Guénolée) : *La mode du XIXe siècle en images*, Eyrolles, 2012.

Nœtinger (Elise) : « Les chambres de Nana », in *Les Cahiers naturalistes*, N° 71, 1997.

Pagès (Alain) : « Rouge, jaune, vert, bleu. Étude du système des couleurs dans *Nana* », in *Les Cahiers naturaliste*, N° 49, 1975.

Petrey (Sandy) : « Anna-Nana-Nana. Identité sexuelle, écriture naturaliste, lectures lesbiennes », in *Les Cahiers naturalistes,* N° 69, 1995.

Reverzy (Éléonore), ou Roy-Reverzy (Éléonore) : « Nana, ou l'inexistence. D'une écriture allégorique », in *Les Cahiers naturalistes,* N° 73, 1999.

—— : Nana *d'Émile Zola,* Folio (Gallimard), 2008.

Rochecouste (Maryse) : « Images catamorphes zoliennes : deux chapitres de *Nana* », in *Les Cahiers naturalistes,* N° 60, 1986.

Rousseau (Marjorie) : « Destinée féminine et destinée historique dans *Nana* », in *Les Cahiers naturalistes,* N° 84, 2010.

Simon (Agathe) : « Désir et fatalité dans le roman naturaliste (Anna Coupeau – Jeanne de Lamare), in *Les Cahiers naturalistes,* N° 78, 2004.

Voisin-Fougère (Marie-Ange) : Présentation à l'édition GF Flammarion de *Nana.*

Wagner (Franc) : « *Nana* en son miroir », in *Les Cahiers naturalistes,* N° 75, 2001.

Walker (Philip) : « The mirror, the window, and the eye in Zola's fiction », in *YFS,* N° XLII, 1969.

Wallace (Jeremy) : « Baudelaire, Zola, et la femme-charogne », in *L'écriture du féminin chez Zola et dans la fiction naturaliste.*

井方真由子：「エドゥアール・マネの《ナナ》と〝化粧する女〟のイメージ」、『ジェンダー研究』第一〇号、二〇〇七年

大鐘敦子：「一九世紀サロメ神話の変遷：フローベール、ワイルド、ゾラ」、『女性学講演会　第二部「文学とジェンダー」』第一九期、二〇一六年。

小倉孝誠：「ゾラにおける女・身体・ジェンダー」、『ゾラの可能性　表象・科学・身体』（小倉孝誠・宮下志朗編）、藤原書店、二〇〇五年。

ギルマン（サンダー・L）：『性の表象』大瀧啓裕訳、青土社、一九九七年。

實谷総一郎：「前進する言説――エミール・ゾラ初期美術批評の位置づけと構造解明への試論――」、『比較文学・文化論集』第三〇号、二〇一三年。

窪田般彌：『皇妃ウージェニー　第二帝政の栄光と没落』、白水社、二〇〇五年。

高橋愛：「ゾラの小説における窓辺の女――近代都市パリへのまなざし――」、『社会志林』第五八号（四）、二〇一二年。

――：「ゾラ『ナナ』と絵画における自然主義――マネとジェルヴェックスを中心に」、『*Gallia*』第五一号、二〇一二年。

ノックリン（リンダ）：『絵画の政治学』坂上桂子訳、彩樹社、一九九六年。

『華やぐ女たち　ロココからベルエポックの化粧とよそおい』、ポーラ文化研究所、二〇〇三年。

古屋健三：「ゾラ：娼婦「ナナ」の肉体」、『藝文研究』第五八号、一九九〇年。

ホーフマン（ヴェルナー）：『ナナ――マネ・女・欲望の時代』水沢勉訳、PARCO出版局、一九九一年。

吉田典子：「ショーウィンドーの中の女たち――ゾラとマネ、ティソ、ドガにおける近代商業の表象」、『表現文化研究』第五巻第一号、二〇〇五年。

――：「ゾラの『居酒屋』とマネの《ナナ》――小説から絵画へ」『表現文化研究』第一〇巻第二号、二〇一〇年。

――：「オランピア、ナナ、そして永遠の女性――マネ、ゾラ、セザンヌにおける絵の中の女の眼差し」、『言語文化』、第二九号、二〇一二年。

第四章

Adam-Maillet (Maryse) : « Renée, poupée dans *La Curée* », in *Les Cahiers naturalistes*, N° 69, 1995.
Alcorn (Clayton) : « *La Curée* : les deux Renée Saccard », in *Les Cahiers naturalistes*, N° 51, 1977.
Allan (John C.) : « Narcissism and the double in *La Curée* », in *Stanford French Review*, V, N° 3, Winter 1981.
Au paradis des dames. Nouveautés, modes et confections 1810-1870, Éditions Paris-Musées, 1992.
Baudelaire (Charles) : « Le peintre de la vie moderne », dans *Curiosités esthétiques. L'Art romantique*, Classiques Garnier, 1990.
Baguley (David) : « *La Curée* : la bête et la belle », in La Curée *de Zola ou « la vie à outrance »*, SEDES, 1987.

Becker (Colette) : « Les « machines à pièces de cent sous » des Rougon », in *Romantisme*, N° 40, 1983.

—— : « Illusion et réalité : la métaphore du théâtre dans *La Curée* », in La Curée *de Zola ou « la vie à outrance »*.

—— : « Les toilettes de Renée Saccard : un langage complexe », in *Heitere Mimeses : Festshrift für Willi Hirdt zum 65. Geburstag*, Tübingen, éd. Birgit Tappert und Willi Jung, 2003.

Belgrand (Anne) : « Le jeu des oppositions dans *La Curée* », in La Curée *de Zola ou « la vie à outrance »*.

Benhaim (André) : « De René à Renée », in *Les Cahiers naturalistes*, N° 73, 1999.

Berthier (Philippe) : « Hôtel Saccard : état des lieux », in La Curée *de Zola ou « la vie à outrance »*.

Best (Janine) : « Espace de la perversion et perversion de l'espace : la génération du récit dans *La Curée* », in *Les Cahiers naturalistes*, N° 63, 1989.

Borie (Jean) : Préface à l'édition Folio classique de *La Curée*, 1981.

Bournefu (Roland) : « Retour et variation des formes dans *La Curée* », in *Revue d'histoire littéraire de la France*, N° 69 (6), novembre-décembre 1969.

Buuren (Maarten van) : « *La Curée*, roman du feu », in La Curée *de Zola ou « la vie à outrance »*.

Cabanès (Jean-Louis) : « Le corps sensible et l'espace romanesque dans *La Curée* », in *Littérature*, N° 15, automne, 1986.

Capitanio (Sarah) : « Les mécanismes métaphoriques dans *La Curée* », in *Les Cahiers naturalistes*, N° 61, 1987.

—— : « L'hypertextualité chez Zola : le cas de *La Curée* », in *Les Cahiers naturalistes*, N° 68, 1994.

Chalonge (Florence de) : « Espace, regard et perspectives. La promenade au bois de Boulogne dans *La Curée* d'Émile Zola », in *Littérature*, vol. 65, N° 1, 1987.

Chevrel (Yves) : « *La Curée* : un roman d'étrange éducation ? », in La Curée *de Zola ou « la vie à outrance »*.

Citron (Pierre) : « Quelques aspects romantiques du Paris de Zola », in *Les Cahiers naturalistes*, N° 24-25, 1963.

Coleman (Elizabeth Ann) : *The Opulent Era. Fashions of Worth, Doucet and Pingat*, New York, Thames and Hudson, and the Brooklyn Museum, 1989.

Conrad (Thomas) : « Deux diptyques : *La Curée / L'Argent, Pot-Bouille / Au Bonheur des Dames* », in *Les Cahiers naturalistes,* N° 83, 2009.

Croisille (Christian) : « La sexualité dans *La Curée* d'Émile Zola », in *Révolutions, résurrections et avènements,* SEDES, 1991.

Desfougères (Anne-Marie) : « *La Curée* : Roman et dramaturgie classique », in La Curée *de Zola ou « la vie à outrance ».*

Dezalay (Auguste) : « La « nouvelle Phèdre » de Zola ou les mésaventures d'un personnage tragique », in *Travaux de linguistique et de littérature,* t. 25.2, 1971.

—— : « Destruction et sacrilège chez Zola », in La Curée *de Zola ou « la vie à outrance ».*

Dolan (Therese) : « The Empress's New Clothes. Fashion and Politics in Second Empire France », in *Woman's Art Journal,* Vol 15, N° 1, 1994.

Douphis (Pierre-Olivier) : « Du tableau au texte. *L'Hallali du cerf* de Gustave Courbet (1819-1877) », in *La Curée,* Folioplus classiques.

Fernadez-Zoïla (A.) : « Renée, la déchirée », in La Curée *de Zola ou « la vie à outrance ».*

Fortassier (Rose) : *Les écrivains français et la mode de Balzac à nos jours,* PUF, 1988.

Gauthier (E. Paul) : « Zola as Imitator of Flaubert's Style », in *Modern Language Notes,* Vol. LXXV, May 1960.

Godenne (Janine) : « Le Tableau chez Zola : une forme, un microcosme », in *Les Cahiers naturalistes,* N° 40, 1970.

Gourdin-Servenière (Gina) : « *La Curée* et les travaux de rénovation d'Haussmann », in La Curée *de Zola ou « la vie à outrance ».*

Grant (Elliott M.) : « The composition of *La Curée* », in *The Romanic Review,* N° 45, 1954.

Guiral (Pierre) : *La vie quotidienne en France à l'âge d'or du capitalisme 1852-1879,* Hachette, 1976.

Harrow (Susan) : « Exposing the Imperial Cultural Fabric : Critical Description in Zola's *La Curée* », in *French Studies,* Vol. LIV, N° 4, 2000.

—— : « Myopia and the Model : The Making and Unmaking of Renée in Zola's *La Curée* », in *L'écriture du féminin chez Zola et dans la fiction naturaliste,* Bern, Peter Lang, 2004.

Joly (Bernard) : « Le chaud et le froid dans *La Curée* », in *Les Cahiers naturalistes,* N° 51, 1979.

Lapp (John C.) : « The Watcher betrayed and the Fatal Woman : Some Recurring Pattern in Zola », in *PMLA,* June 1959.

Leduc-Adine (Jean-Pierre) : « Architecture et écriture dans *La Curée* », in La Curée *de Zola ou « la vie à outrance ».*

Lehmann (Ulrich) : « Markets for modernity. Salons, galleries and fashion in Paris at the end of the nineteenth century », in *Fashion and Imagination : About Clothes and Art,* Arnhem, ArtEZ Press, 2009.

Lethbridge (Robert) : « Du nouveau sur la genèse de *La Curée* », in *Les Cahiers naturalistes,* N° 45, 1973.

—— : « La préparation de *La Curée* : mise au point d'une chronologie », in *Les Cahiers naturalistes,* N° 51, 1977.

—— : « Zola et Haussmann : une expropriation littéraire », in La Curée *de Zola ou « la vie à outrance ».*

L'Impressionnisme et la Mode, Musée d'Orsay, 2012.

Lipovetsky Gilles : *L'empire de l'éphémère. La mode et son destin dans les sociétés modernes,* Folio, 1987.

Marzel (Shoshana-Rose) : « Qui est Worms ? Enquête sur la création d'un personnage zolien », in *Les Cahiers naturalistes,* N° 84, 2010.

Matoré (Georges) : « Le vocabulaire des sensations dans *La Curée* », in *L'Information grammaticale,* Vol. 31, N° 1, 1986.

Mitterand (Henri) : « Études de *La Curée* », in *Les Rougon-Macquart, Histoire naturelle et sociale d'une famille sous le Second Empire,* 1960, Pléiade (Gallimard), t.I.

Mitterand (Henri), Becker (Colette), Leduc-Adine (J.-P.) : *Genèse, structure et style de* La Curée, SEDES, 1987.

Nakai (Atsuko) : « Statique et dynamique de l'hôtel Saccard dans *La Curée* », in *Études de langue et littérature françaises*（『日本フランス語フランス文学研究』日本フランス語フランス文学会発行）' N° 68, 1996.

—— : « Généalogie d'une figure hybride : Renée, Nana et Josiane », in *Études de langue et littérature françaises*（『仏文研究』京都大学フランス語学フランス文学研究会発行）' N° XXVII, 1996.

Nelon (Brian) : « Speculation and Dissipation : A Reading of Zola's *La Curée* », in *Essays in French Literature,* N° 14, 1977.

—— : « Zola's metaphoric language : a Paragraphe from *La Curée* », in *Modern Languages,* Vol. LIX, N° 1, June 1978.

Norya (Jacques) : « Une "mise en abyme" de *La Curée* : "Les Amours du beau Narcisse et de la nymphe Echo" », in *Littérature*, N° 16, printemps, 1987.

Palacio (Jean de) : « *La Curée* : histoire naturelle et sociale, ou agglomérat de mythes », in La Curée *de Zola ou « la vie à outrance »*.

Petrey (Sandy) : « Stylistics and Society in *La Curée* », in *Modern language notes*, vol. 89, N° 4, May 1974.

Plessis (Alain) : « *La Curée* et l'haussmannisation », in La Curée *de Zola ou « la vie à outrance »*.

Preiss (Axel) : « Les couleurs de *La Curée* », in La Curée *de Zola ou « la vie à outrance »*.

Rabaté (Étienne) : « *La Curée* de Zola : le sens des métaphores », in *Littérature*, vol. 75, N° 3, 1989.

Reid (Doddey) : « Perverse Commerce : Familial Pathology and National Decline in *La Curée* », in *Families in Jeopardy : Regulating the Social Body in France, 1750-1910*, Stanford, Stanford University Press, 1993.

Ripoll (Roger) : « L'Histoire du Second Empire dans *La Curée* », in *Revue d'Histoire moderne et contemporaine*, t.XXI, janvier-mars 1974.

Rochecouste (M.) : « Isotopie catamorphe : un paragraphe de *La Curée* », in La Curée *de Zola ou « la vie à outrance »*.

Sous l'Empire des crinolines, Musée Galliera, 2008.

Spate (Virginia) : *The Colour of Time. Claude Monet*, London, Thames and Hudson, 1992.

Spencer (Robin) : « Whistler's 'The White Girl' : painting, poetry and meaning », in *The Burlington magazine*, Vol. 140, N° 1142, 1998.

Suwala (Halina) : « Le discours attributif dans *La Curée* », in La Curée *de Zola ou « la vie à outrance »*.

Vanier (Henriette) : *La mode et ses métiers. Frivolités et luttes des classes 1830-1870*, Armand Colin, 1960.

Via (Sara) : « Une Phèdre décadente chez les naturalistes », in *Revue des sciences humaines*, N° 153, 1974.

Zielonka (Anthony) : « Renée et le problème du mal : explication d'une page de *La Curée* », in La Curée *de Zola ou « la vie à outrance »*.

Zilli (Luigia) : « Du temps romanesque au temps théâtral : raison d'un échec », in La Curée *de Zola ou « la vie à outrance »*.

有富智世：「ゾラ『獲物の分け前』――視覚芸術との関連で――」、『日本フランス語フランス文学会　中部支部研究報告書』三〇号、二〇〇六年。

小倉孝誠：『挿絵入新聞「イリュストラシオン」にたどる一九世紀フランス　光と闇の空間』、京都、人文書院、一九九六年。

北山晴一：『おしゃれの社会史』、朝日選書、一九九一年。

工藤浩二：「絵画とファッション・プレート――新しいインスピレーションを求めて」、『Modern Beauty フランスの絵画と化粧道具、ファッションに見る美の近代』、箱根、ポーラ美術館、二〇一六年。

グロー（フランソワ＝マリー）：『オートクチュール――パリ・モードの歴史』中川高行・柳嶋周訳、鈴木桜子監修、白水社（文庫クセジュ）、二〇一二年。

高井奈緒：「エミール・ゾラ『獲物の分け前』、エドモン・ド・ゴンクール『シェリ』における女性の身体と衣装の関係」、『ふらんぼー』三六号、二〇一〇年。

高橋愛：「ゾラの小説における窓辺の女――近代都市パリへのまなざし――」、『社会志林』五八（四）号、二〇一二年。

高山宏：『テクスト世紀末』、ポーラ文化研究所、一九九二年。

寺田光徳：『欲望する機械――ゾラの「ルーゴン＝マッカール叢書」』、藤原書店、二〇一三年。

中井敦子：「ガラス空間の機能――『獲物の争奪』における「温室」について――」、『仏文研究』二五号、一九九四年。

能澤慧子：『モードの社会史　西洋近代服の誕生と展開』、有斐閣選書、一九九一年。

松井道昭：『フランス第二帝政下のパリ都市改造』、日本経済評論社、一九九七年。

深井晃子：『パリ・コレクション』、講談社、一九九三年。

ペロー（フィリップ）：「モードの世界」、ジャン＝ポール・アロン編『路地裏の女性史　一九世紀フランス女性の栄光と悲惨』片岡幸彦監訳、新評論、一九八四年。

吉田典子：「モードと社会：ゾラ『獲物の分け前』における衣装・女・テクスト」、『近代』七五号、一九九三年。

——：「近代都市の誕生——オスマンのパリ改造とゾラ『獲物の分け前』について——」、『神戸大学教養部紀要』五一号、一九九三年。

——：「第二帝政期の文化とモード：ゾラ『獲物の分け前』における衣装・女・テクスト（二）」、『近代』七八号、一九九五年。

——：「空虚と襞——ゾラ『獲物の分け前』におけるモード・身体・テクスト」、『身体のフランス文学——ラブレーからプルーストまで』、京都、京都大学学術出版会、二〇〇六年。

——：「フランス一九世紀におけるモード・文学・絵画」、『Modern Beauty フランスの絵画と化粧道具、ファッションにみる美の近代』。

第五章

Albouy (Pierre) : « Le mythe de l'androgyne dans *Mademoiselle de Maupin* », in *Revue d'histoire littéraire de la France, Théophile Gautier*, N° 4, 1972.
Allan (John C.) : « Narcissism and the double in *La Curée* », in *Stanford French Review*, V, N° 3, Winter 1981.
Barthes (Roland) : *S/Z*, Seuil, 1970.
Bornet (R.) : « La structure symbolique de *Séraphîta* et le mythe de l'androgyne », in *L'Année balzacienne 1973*.
Bouchard (Anne) : « Le masque et le miroir dans *Mademoiselle de Maupin* », in *Revue d'histoire littéraire de la France, Théophile Gautier*.
Brisson (Luc) : « Hermaphrodite chez Ovide », in *Cahiers de l'Hermétisme, L'androgyne dans la littérature*, Albin Michel, 1990.
Bryson (Norman) : « David et le *Gender* », in *David contre David*, t.II, La documentation française (Louvre conférences et colloques), 1993.
Busst (A.J.L.) : « The Image of the Androgyne in the Nineteenth Century », in *Romantic Mythologies*, London, Routledge & Kegan Paul, 1967.

Crouzet (Michel) : « Gautier et le problème de « créer » », in *Revue d'histoire littéraire de la France, Théophile Gautier*.

—— : « *Mademoiselle de Maupin* ou l'Éros romantique », in *Romantisme,* N° 8, 1974.

—— : « Monstres et merveilles : poétique de l'Androgyne, à propos de Fragoletta », in *Romantisme,* N° 45, 1984.

Crow (Thomas) : « Revolutionary Activism and the Cult of Male Beauty in the Studio of David », in *Fictions of the French Revolution,* Evanston, Northwestern University Press, 1991.

—— : « Girodet et David pendant la Révolution : un dialogue artistique et politique », in *David contre David,* t.II.

—— : « Observations on Style and History in French Painting of the Male Nude, 1785-1794 », in *Images Visual and Culture Interpretations,* Hanover and London, University Press of New England, 1994.

—— : *Emulation. Making Artists for Revolutionary France,* New Haven and London, Yale University Press, 1995.

Czyba (Lucette) : « Misogynie et gynophobie dans *La Fille aux yeux d'or* », in *La Femme au XIXe siècle : littérature et idéologie,* Lyon, Presses universitaires de Lyon, 1979.

Daston (Lorraine) and Park (Katharine) : « The Hermaphrodite and the Orders of Nature », in *A Journal of Lesbian and Gay Studies,* N° 1, 1995.

Delattre (Geneviève) : « De *Séraphîta* à *La Fille aux yeux d'or* » in *L'Année balzacienne 1970.*

Delcourt (Marie) : « Deux interprétations romanesques du mythe de l'androgyne. Mignon et Séraphîta », in *Revue des langues vivantes,* N° 38 (3), 1972.

—— : « Deux interprétations romanesques du mythe de l'androgyne. Mignon et Séraphîta (II) », in *Revue des langues vivantes,* N° 38 (4), 1972.

Emont (Nelly) : « Les aspects religieux du mythe de l'androgyne dans la littérature de la fin du XIXe siècle », in *Cahiers de l'Hermétisme, L'androgyne dans la littérature*.

Fend (Mechthild) : *Les limites de la masculinité. L'androgyne dans l'art et la théorie de l'art en France (1750-1830),* Berlin, La Découverte, 2003.

Fortassier (Rose) : Introduction à l'édition Pléiade de *La Fille aux yeux d'or,* 1977.

Frappier-Mazur (Lucienne) : « Balzac et l'androgyne : Personnages, symboles et métaphores androgynes dans *La Comédie humaine* », in *L'Année balzacienne 1973*.

Gaehtgens (Thomas W.) : « David et son maître Vien », in *David contre David,* t.I, La documentation française (Louvre conférences et colloques), 1993.

Gandillac (Maurice de) : « Approches platoniciennes et platonisantes du mythe de l'androgyne original », in *Cahiers de l'Hermétisme, L'androgyne dans la littérature*.

Geisler-Szmulewicz (Anne) : Introduction à l'édition Honoré Champion de *Mademoiselle de Maupin,* 2004.

Germer (Stefan) and Kohle (Hubertus) : « From the Theatrical to the Aesthetic Hero : on the Privatization of the idea of Virtue in David's *Brutus* and *Sabines* », in *Art History,* Vol. 9, N° 2, June 1986.

Giraud (Raymond) : « Winckelmann's part in Gautier's Perception of classical beauty », in *Yale French Studies,* N° 38, May 1967.

Histoire de la virilité, sous la direction d'Alain Corbin, Jean-Jacques Courtine, Georges Vigarello, t.2. *Le triomphe de la virilité*, dirigé par Alain Corbin, Seuil, 2011. 〔コルバン／クルティーヌ／ヴィガレロ監修『男らしさの歴史　II　男らしさの勝利——一九世紀』（コルバン編／小倉孝誠監訳）、藤原書店、二〇一七年〕

Huysmans (J.-K.) : *Écrits sur l'art 1867-1905,* Bartillat, 2006.

Knight (Diana) : « S/Z, Realism, and Compulsory Heterosexuality », in *Spectacles of Realism : Body, Gender, Genre,* Minneapolis, University of Minnesota Press, 1995.

Laforgue (Pierre) : *L'Éros romantique. Représentations de l'amour en 1830,* PUF, 1998.

Latouche (Henri de) : *Fragoletta,* Michel Lévy frères, 1867.

L'Encyclopédie de Diderot et d'Alembert, rubrique de l'« hermaphrodite » : https://fr.wikisource.org/wiki/L%E2%80%99Encyclop%C3%A9die/1re_%C3%A9dition/HERMAPHRODITE

Maira (Daniel) et Roulin (Jean-Marie) : « Constructions littéraires de la masculinité entre Lumières et Romantisme », in

Masculinités en révolution de Rousseau à Balzac, Saint-Étienne, Publications de l'Université de Saint-Étienne, 2013.

Miguet (Marie) : « Androgynes », in *Dictionnaire des mythes littéraires*, Monaco, Éditions du Rocher, 1988.

Monneyron (Frédéric) : *L'Androgyne romantique. Du mythe au mythe littéraire*, Grenoble, ELLUG, 1994.

Nathan (Michel) : « La droite et la courbe : unité et cohérence de *Séraphîta* », in *Littérature*, N° 5, 1972.

Oliver (Andrew) : « Opacité et transparence : *La Fille aux yeux d'or* », in *L'École des lettres second cycle*, N° 13, 2002-2003.

Perry (Catherine) : « *La Fille aux yeux d'or* et la quête paradoxale de l'infini », in *L'Année balzacienne 1993*.

Potts (Alex) : « Beautiful Bodies and Dying Heroes : Images of Ideal Manhood in the French Revolution », in *History Workshop Journal*, N° 30, 1990.

Rachilde (Marguerite Vallette-Eymery) : *Monsieur Vénus*, Miami, HardPress, 2016.

Reboul (Jean) : « *Sarrasine* ou la castration personnifiée », in *Cahiers pour l'analyse*, mars-avril 1967.

Richer (Jean-François) : « Le boudoir chez Balzac ou la nouvelle fabrique de l'homme d'État : le cas d'Henri de Marsay », in *Balzac et le politique*, Saint-Cyr-sur-Loire, Christian Pirot, 2007.

Rubin (James Henry) : « Endymion's Dream as a Myth of Romantic Inspiration », in *The Art Quarterly*, printemps 1978.

Serres (Michel) : *L'Hermaphrodite. Sarrasine sculpteur*, Flammarion, 1987.

Sohn (Anne-Marie) : *« Sois un homme! ». La construction de la masculinité au XIXe siècle*, Seuil, 2009.

Solomon-Godeau (Abigail) : *Male Trouble. A Crisis in Representation*, London, Thames and Hudson, 1997.

Winckelmann (Johann Joachim) : *Histoire de l'art dans l'antiquité*, traduction de Dominique Tassel, Le Livre de Poche (La Pochethèque), 2005.

村田京子：「男装の動物画家ローザ・ボヌール――その生涯と作品――」、『女性学研究』第二〇号、二〇一三年。

――：『ロマン主義文学と絵画――一九世紀フランス「文学的画家」たちの挑戦』、新評論、二〇一五年。

モッセ（ジョージ・L）：『男のイメージ　男性性の創造と近代社会』細谷実・玉亮子・海妻径子訳、作品社、二〇〇五年。

人名索引

【初出一覧】

＊本書は、これまでに発表した以下の論文に加筆修正を施したものである。

第一章：「絵画・彫像で読み解く『コリンヌ』の物語」、『女性学講演会　第一部「文学とジェンダー」』第一八期、二〇一五年。

第二章：「バルザックの作品における「宿命の女」像――『砂漠の情熱』から『従妹ベット』まで――」、『女性学研究』一八号、二〇一一年。

第三章：「危険な『ヴィーナス』――ゾラの娼婦像と絵画――」、『女性学講演会　第二部「文学とジェンダー」』第一九期、二〇一六年。

第四章：「「服飾小説」としてのゾラ『獲物の分け前』――モード、絵画、ジェンダー――」、『女性学講演会　第一部「文学とジェンダー」』第二〇期、二〇一七年。

第五章：「一九世紀フランス文学・絵画における両性具有的存在――「男らしさ」の観点から――」、『女性学講演会　第二部「文学とジェンダー」』第二一期、二〇一八年。

（「はじめに」と「おわりに」は書き下ろし。）

著者について——

村田京子（むらたきょうこ）　京都大学大学院文学研究科博士課程満期退学。文学博士（パリ第七大学）。現在、大阪府立大学人間社会システム科学研究科教授。専攻、一九世紀フランス文学・ジェンダー論。主な著書に *Les métamorphoses du pacte diabolique dans l'œuvre de Balzac* (Osaka Municipal Universities Press / Klincksieck, 2003)、『娼婦の肖像——ロマン主義的クルチザンヌの系譜』（新評論、二〇〇六年）、『女がペンを執る時——一九世紀フランス・女性職業作家の誕生』（新評論、二〇一一年）、『ロマン主義文学と絵画——一九世紀フランス「文学的画家」たちの挑戦』（新評論、二〇一五年）などがある。

装幀――宗利淳一

イメージで読み解くフランス文学――近代小説とジェンダー

二〇一九年八月二〇日第一版第一刷印刷　二〇一九年八月三〇日第一版第一刷発行

著者――村田京子

発行者――鈴木宏

発行所――株式会社水声社

東京都文京区小石川二―七―五　郵便番号一一二―〇〇〇二

電話〇三―三八一八―六〇四〇　ＦＡＸ〇三―三八一八―二四三七

［**編集部**］横浜市港北区新吉田東一―七七―一七　郵便番号二二三―〇〇五八

電話〇四五―七一七―五三五六　ＦＡＸ〇四五―七一七―五三五七

郵便振替〇〇一八〇―四―六五四一〇〇

URL : http://www.suiseisha.net

印刷・製本――ディグ

ISBN978-4-8010-0443-6

水声文庫

映画美学入門　淺沼圭司　四〇〇〇円
制作について　淺沼圭司　四五〇〇円
宮澤賢治の「序」を読む　淺沼圭司　二八〇〇円
昭和あるいは戯れるイメージ　淺沼圭司　二八〇〇円
物語るイメージ　淺沼圭司　三五〇〇円
平成ボーダー文化論　阿部嘉昭　四五〇〇円
幽霊の真理　荒川修作・小林康夫　三〇〇〇円
『悪の華』を読む　安藤元雄　二八〇〇円
フランク・オハラ　飯野友幸　二五〇〇円
映像アートの原点　一九六〇年代　飯村隆彦　二五〇〇円
アメリカ映画とカラーライン　金澤智　二八〇〇円
ロラン・バルト　桑田光平　二五〇〇円
危機の時代のポリフォニー　桑野隆　三〇〇〇円
小説の楽しみ　小島信夫　一五〇〇円
書簡文学論　小島信夫　一八〇〇円
演劇の一場面　小島信夫　二〇〇〇円
零度のシュルレアリスム　齊藤哲也　二五〇〇円
実在への殺到　清水高志　二五〇〇円
マラルメの〈書物〉　清水徹　二〇〇〇円
美術館・動物園・精神科施設　白川昌生　二八〇〇円
西洋美術史を解体する　白川昌生　一八〇〇円
贈与としての美術　白川昌生　二五〇〇円
美術、市場、地域通貨をめぐって　白川昌生　二八〇〇円
美術・神話・総合芸術　白川昌生　二八〇〇円